Stéphanie Queyrol
DIE LETZTE NACHT DER LILIE

Stéphanie Queyrol

DIE LETZTE NACHT DER LILIE

Roman

Theodor Boder Verlag

Für
Armand
und
Sylviane

Erstausgabe
Copyright © 2013 by Theodor Boder Verlag,
CH-4322 Mumpf
Alle Rechte vorbehalten
Covergestaltung: Alexandra Kaeser
Fotografien: Alexandra Kaeser und Pierre Pallez
Lektorat: Theodor Boder und Lectorare.de
Druck: Pro BUSINESS digital printing Deutschland GmbH, Berlin
ISBN 978-3-905802-22-1

www.boderverlag.ch

Prolog

Erstes Buch

Die Prophezeiung der Lilie

Zweites Buch

Das Erwachen der Lilie

Drittes Buch

Das Erbe der Lilie

Epilog

Prolog

Das Ende

Es ist nun fast drei Jahre her, seit Lilith uns verlassen hat. Über zwei Jahre lang haben wir nichts von ihr gehört. Wir wussten nicht, wo sie war oder wie es ihr erging. Das Einzige, dessen wir uns sicher waren: Sie lebte noch. Bis heute fällt mir die Vorstellung, dass jemand mächtig genug sein könnte, sie zu zerstören, wirklich schwer.

Vor ein paar Wochen hat uns ein Bote ein Paket überbracht. Wir waren erstaunt zu sehen, dass es ein Manuskript in Liliths Handschrift war. Sie hatte alles niedergeschrieben. Dem Manuskript hat sie folgenden Brief beigelegt:

Meine Liebsten,

es ist nun fast zwei Jahre her, seit ich Euch in Basel alleingelassen habe. Die Art, wie ich mich von Euch getrennt habe, war für mich die einzig denkbare. Ich wollte nicht Abschied von Euch nehmen, denn wir wissen alle, dass uns die Zeit wieder zueinander führen wird.

Vor ein paar Monaten, als ich das Geburtsland der Dämonen besuchte, habe ich wieder einmal sehen müssen, dass alles ein Ende hat, aber auch einen Anfang. Mir wurde bewusst, dass unsere Geschichte für zukünftige Generationen wichtig sein könnte. Sie ist schließlich ein Teil von uns allen.

Ich weiß auch, dass ich Euch mit vielen Fragen zurückgelassen habe. Das tut mir so leid, denn Ihr standet mir geduldig zur Seite, und ohne Euch wäre ich nicht Lilith. Wenn jemand Antworten verdient hat, dann seid Ihr es!

Ich habe mich also entschieden, die Geschehnisse meiner beiden

Anfänge und Enden niederzuschreiben. Ich verlasse mich auf Euch, das Manuskript zu einem Buch zu verarbeiten und es meiner Bibliothek in den Katakomben des Ordens der Lilie hinzuzufügen. Schließlich ist dies die größte bekannte Bibliothek, die sich mit der wahren Geschichte unserer Art beschäftigt.

Ich hoffe, Ihr findet in diesem Werk die Antworten, nach denen Ihr gesucht habt.

Vergesst nicht, dass ich Euch liebe, und diese Liebe ist immerwährend!

In Liebe
Lilith

Ihrem Wunsch entsprechend haben wir uns sofort an die Arbeit gemacht. Wir haben uns entschieden, Liliths Geschichte zu veröffentlichen. Es bestand keine Gefahr, dass sie als reales Werk erkannt würde. Gleichzeitig gibt es uns die Möglichkeit, die Geschehnisse zu verbreiten. Alle, die wissen müssen, dass es sich wirklich so zugetragen hat, werden dies auch erkennen.

Der Orden der Lilie dient nun einer anderen Sache, und Basel ist in der kurzen Zeit zum Mittelpunkt unserer Bewegung geworden.

Unsere Hoffnung, liebe Leser, ist, dass Ihr aus Liliths Geschichte lernt.

Basel, 1. Oktober 2013
Lyès de Marois

Erstes Buch

Die Prophezeiung der Lilie

Armand 13

Plötzliche Stille 22

Feuer und Tränen 28

Gleiches Blut 33

Die Liebe einer Mutter 36

Sag mir, wer du bist 39

Lilith 44

Die Veränderung 48

Ein schöner Raum 53

Schauerromane und Küsse 61

Seelen im Gespräch 65

Entlang des Birsig 70

Die Übernahme 73

Armand

Lily saß im Kannenfeldpark auf einer Bank und genoss die letzten Sonnenstrahlen. Die Bäume verloren bereits ihre ersten Blätter. Noch war es zwar warm, bald aber würde das letzte Laub fallen und der Winter würde kommen. Lily mochte die Kälte nicht. Was sie liebte, war die Hitze des Sommers und das Licht der Sonne. Noch nie hatte sie einfach nur zu Hause rumsitzen können, wenn die Sonne schien. Schon als kleines Kind konnte ihre Mutter sie nicht aufhalten, immer wieder nach draußen in den Garten zu rennen, wo Lily sich alleine beschäftigte und in ihre Welten eintauchte.

Lily schloss die Augen und genoss die Wärme der Sonne auf ihrem Gesicht. Zwar spürte sie die sinkende Temperatur, schließlich war es schon Oktober, aber es störte sie nicht, sie fror selten.

Heute vor dreizehn Jahren waren ihre Eltern bei einem Brand gestorben. Doch das Mädchen trauerte nicht mehr um sie. Lily war noch so jung gewesen. Anfangs hatte sie ihre Eltern sehr vermisst, doch mit der Zeit verblasste ihre Erinnerung. Ganz wenige Bilder blieben ihr noch, sie hätte ihren Vater wahrscheinlich gar nicht mehr erkannt, hätte sie ihn heute gesehen. Aber ihre Mutter war immer präsent. Lily hatte allerdings nur noch eine Erinnerung an sie: wie sie Lily verängstigt ansah, das dunkelbraune Haar ganz unordentlich, die dunklen Augen voller Schmerz und Traurigkeit. Lily wusste nur noch, wie ihre Mutter ihr die Kette gegeben hatte. „Trag sie, sie wird dich vor Bösem beschützen!" Dann verschwand das Gesicht der Mutter. *Grüne Augen. Wo kamen denn die grünen Augen her?* Hatte ihr Vater grüne Augen gehabt? Schon möglich, sie erinnerte sich ja nicht mehr an ihn. Die silberne Mondsteinkette hatte sie nicht ein einziges Mal in ihrem Leben abgelegt. Lily hatte ihrer Mutter geglaubt, und sogar jetzt meinte Lily zu spüren, wie die Kette nicht nur Trost spendete, sondern sie auch beschützte.

Plötzlich bekam Lily eine Gänsehaut, aber nicht vor Kälte. Sie öffnete die Augen und sah sich um. Die Sonne war untergegangen, die Nacht kam. Wurde sie beobachtet? Sie sah nichts. *Eine Bewegung? Nein, nichts.* Lily stand auf und ging nach Hause. Sie wohnte in einer kleinen, aber sehr schönen Wohnung neben dem Park. Fast jeden Abend kam sie her, spazierte, las oder saß einfach nur auf ihrer Bank und genoss die Sonne und die Natur. Sie mochte es auch, Menschen zu beobachten und sich deren Geschichten vorzustellen. Manchmal sprach sie mit älteren Leuten, die wahrscheinlich nicht mehr viel zu tun hatten und ihre Tage im Park verbrachten. Sie erzählten Lily ihre Leiden und Probleme, manchmal aber schwatzten sie nur über das Wetter oder darüber, wie Basel früher ausgesehen hatte. Lily hatte zu Hause eine ganze Sammlung an Geschichten und Begegnungen: niedergeschrieben, um sie immer wieder zu lesen.

So vergingen die Jahre: Den Tag verbrachte sie in der Schule und die Abende im Park. Und manchmal, wenn ihr danach war, setzte sie sich auch an den Rhein. Da war die Vielfalt der Menschen deutlich größer. Sie sah junge Schulschwänzer, Spaziergänger, verliebte Paare, Touristen, Schwimmer im Sommer und arme Leute, die um Geld bettelten oder dafür sogar musizierten. Lily hatte keine Freunde, sie hatte ein paar Kollegen. Doch sie ertrug viel Gesellschaft nicht. Sie sei komisch, hatte man ihr in der Schule gesagt. Das störte sie nicht. Sie machte das, worauf sie Lust hatte. Lily war nicht einsam. Anfangs nach dem Brand, als ihre Eltern starben, da hatte sie sich allein gefühlt, aber jetzt nicht mehr. Sie mochte es, allein zu sein.

Nun war es schon ganz dunkel geworden und zum ersten Mal fühlte sie sich unwohl, verfolgt. Als sie an ihrem

Haus ankam, schaute sie noch kurz über ihre Schultern, ob da jemand sei. Für einen kurzen Moment glaubte sie Armand gesehen zu haben, ihren Nachbarn. Erschrocken ließ sie ihre Schlüssel fallen. Als sie den Bund aufhob, schaute sie nochmals zu der Stelle, wo sie geglaubt hatte, den vertrauten Unbekannten gesehen zu haben, doch da stand niemand. Stirnrunzelnd ging sie ins Haus.

Als sie sich schlafen legte, war da noch immer dieses seltsame Gefühl. Wieso sollte Armand sie beobachten? Sie hatte noch nie ein Wort mit ihm geredet. War es Wunschdenken? Vielleicht …

Seit sie vor eineinhalb Jahren hier eingezogen war und ihn zum ersten Mal gesehen hatte, wusste Lily, dass er jemand Besonderer war. Immer wieder hatte sie ihn im Park gesehen und beobachtet. Er war der einzige Mensch, über den ihr keine Geschichte einfallen wollte. Seine Bewegungen waren grazil und elegant, doch er hatte etwas Dunkles und Gefährliches an sich. Lily hatte ihn nie mit jemandem zusammen gesehen geschweige denn mit anderen sprechen hören. Er schien immer alleine zu sein, genauso wie sie oder sogar noch mehr als sie.

Lily hatte sich so oft mit ihm beschäftigt, dass sie nicht gemerkt hatte, wie sehr sie ihn mochte. Sie wusste nicht, wie es sich anfühlte, verliebt zu sein oder gar zu lieben. Die einzigen Menschen, die sie je geliebt hatte, waren ihre Eltern gewesen und das war nun wirklich kein Vergleich! Erst als Lily zum ersten Mal seine Augen gesehen hatte, wusste sie, dass sie ihn liebte. Er hatte im Park, nachdem die Sonne gerade untergegangen war, seine Sonnenbrille abgenommen und sie angesehen. Armand hatte sie so lange betrachtet, dass es ihr fast unangenehm war. Sein Blick war intensiv. Sie konnte die Erinnerung nun nicht mehr verdrängen. Meistens, wenn Lily schlafen ging, drängte sich ihr sein Bild auf und ihr Herz klopfte stark. Nur mit Mühe hatte sie seinen Namen herausgefunden – Armand. Das war ein französischer Name. Sie hatte ihn nur ein einziges Mal zuvor in einem Film gehört, sie glaubte, es sei ein Vampirfilm gewesen.

Lily war beim Gedanken an Vampire eingeschlafen. Schon wieder hatte sie diese Albträume: ein brennendes Haus, ihr Vater tot, ihre Mutter verängstigt, grüne Augen, bleiche, angsteinflößende Gestalten und ... Blut? Das war neu. Das musste der Nachhall ihrer letzten Gedanken gewesen sein. Sie mochte Vampire nicht besonders, sie hatte ein paar Filme gesehen, aber das war alles Unsinn gewesen. Menschliche Vampire ... Was sich Schriftsteller doch so alles einfallen lassen! Lily mochte packende Geschichten. Aber mittlerweile las sie fast nur noch das, was sie selbst aufgeschrieben hatte – echte Geschichten oder zumindest solche, die real sein konnten.

Die Ironie war, dass ihr eine ganz wichtige Geschichte fehlte: ihre eigene. Sie konnte sich an nichts mehr erinnern. Nur noch an die Hitze des Feuers und an die Angst, als ihre Mutter verschwand. Das Haus war so gut wie ganz abgebrannt, die Bewohner der umliegenden Häuser hatten Glück, dass das Feuer nicht auf ihre Wohnungen übersprang. Und Lily? Wahrscheinlich hatte sie durch ein Fenster aus dem Haus fliehen können, denn sie war mit Schnittwunden übersät gewesen. Ihre Eltern waren tot, das nahm man zumindest an, denn es wurden nur die Überreste ihres Vaters gefunden. Aber wenn sich ihre Mutter aus dem Feuer hätte retten können, wäre sie bestimmt nicht völlig verschwunden, sie wäre nicht mal in der Lage gewesen zu verschwinden. Lily konnte sich an nichts erinnern, die Ärzte sprachen von partieller Amnesie. Das Einzige, das in ihr Bewusstsein drang, waren diese schrecklichen Albträume. Es waren immer die gleichen: ein brennendes Haus, loderndes Feuer, der Tod ihres Vaters, ihre verzweifelte Mutter und nicht zuletzt das Gefühl eingesperrt, gefangen zu sein. Ganz selten tauchten die grünen Augen auf, dieselben grünen Augen, in die sie sich verliebt hatte.

Von diesem Tag an häuften sich ihre Albträume wieder, aber nicht so, wie Lily es gewohnt war, sondern eine neue Variante davon: Immer kamen seltsame bleiche Gestalten vor, doch nie sah sie ihre Gesichter. Das Blut schien ein essenzieller Bestandteil dieser neuen Träume zu sein; manchmal verlor ihre Mutter Blut, manchmal tranken die bleichen Gestalten Blut, und ganz selten trank sogar sie Blut. Sie wusste nicht, was der Auslöser für diese seltsamen Träume war, doch Lily befasste sich nun doch ein wenig intensiver mit Vampiren. Sie hatte schon immer das Gefühl gehabt, dass damals etwas Seltsames vorgefallen war. Doch Vampire? Obwohl sich Lily bei diesen Recherchen ziemlich blöd vorkam, informierte sie sich: Wie kann ein Vampir existieren? *Das ist doch lächerlich,* dachte sie. Sie war drauf und dran, das Ganze wieder aufzugeben, als ein Wort ihre Aufmerksamkeit erregte: Lilith. Lilith? Sie hatte diesen Namen sonst noch nie irgendwo gehört oder gelesen, die wenigsten wussten, dass Lily selbst so hieß. Sie hasste diesen Namen und stellte sich deshalb immer nur mit Lily vor. Doch jetzt ... Sie merkte, wie das Adrenalin in ihren Adern zu rauschen anfing, wie die Aufregung sie packte. Konnte es etwas mit jener Lilith zu tun haben? Aufmerksam las sie die Geschichte durch.

> Lilith ...
> die erste Frau Adams im jüdischen Glauben.
> Sie wurde im Gegensatz zu Eva nicht aus einer
> Rippe Adams geschaffen, sondern aus der gleichen Erde wie Adam selbst. Lilith aber ließ sich
> nicht von Adam fremdbestimmen und lehnte

es ab, sich unter Adam zu stellen (manche vermuten, dass es sich hierbei implizit um den Geschlechtsverkehr handelt, d. h. dass Lilith die Missionarsstellung ablehnte). Lilith floh aus dem Garten Eden, worauf die drei Engel Senoi, Sansenoi, und Sammangelof nach ihr gesandt wurden, sie zu bitten, wieder ins Paradies zurückzukehren. Lilith lehnte ab und verdammte sich dazu, die Erde zu umwandern und die neugeborenen Kinder Adams zu verzehren.

Eine Gestalt wie Lilith tritt schon in den assyrischen und babylonischen Religionen auf, wonach sie als Göttin des Geschlechtsverkehrs, der Liebe und des Krieges dargestellt wird. Als blutrünstiger Sukkubus, der den Männern den Lebenssaft raubt (ob es sich hierbei um Sperma oder Blut handelt, sei offen gelassen).

Als Lily den Artikel zu Ende gelesen hatte, schüttelte sie einfach nur den Kopf. *Das ist doch Unsinn,* dachte sie, *wie kann diese Lilith real sein oder im Entferntesten etwas mit meiner persönlichen Geschichte zu tun haben?* Lily klappte den Laptop zu und schaute zum Fenster hinaus. Es war schon Nacht geworden. Gerne wäre sie noch in den Park gegangen, aber jetzt lohnte es sich nicht mehr. Sie wählte eine ihrer Geschichten aus, machte es sich auf ihrem Sofa gemütlich und begann zu lesen. Bald aber merkte sie, dass sie sich gar nicht konzentrieren konnte und ihre Gedanken immer wieder zu Lilith schweiften. Sie seufzte und zog ihre Jacke und Schuhe an, sie musste noch raus. Sie hielt es nicht aus, in ihrem Haus mit ihren Gedanken eingesperrt zu sein.

In Gedanken versunken, erreichte sie den Park. Alles war dunkel, nur wenige Leute waren noch dort: Ein paar späte Jogger und Spaziergänger und die üblichen Bettler und Drogensüchtigen tummelten sich noch im Park. Lily hatte keine Angst vor ihnen; sie waren nicht gefährlich. Sie ging quer über den Rasen direkt zu ihrer Lieblingsbank unter den Trauerweiden. Die Stadt war ruhig und im Park hörte man die Autos und Straßenbahnen kaum noch; er war wie ein stiller Kokon inmitten der Stadt. Lily setzte sich seufzend hin, ihre Gedanken waren wirr und sie konnte sich nicht richtig auf etwas Bestimmtes konzentrieren. Immer war sie eine ruhige Person gewesen, doch plötzlich hatte sie das Gefühl, diese innere Ruhe zu verlieren. Wer war sie wirklich? Was hatte sich in ihrer Vergangenheit abgespielt? Plötzlich packte sie wieder diese Unruhe und eine unbegreifliche Angst überfiel sie. Sie schaute sich um. Wurde sie beobachtet? Doch der Park war leise, es waren kaum noch Leute zu sehen. Aus dem Nichts sah sie wieder diese grünen Augen vor sich, diejenigen aus ihrem Traum, dieselben, wie sie Armand hatte. In der Ferne erblickte sie eine dunkle Gestalt auf dem Kieselweg, die sich ihr näherte. Unerklärlich begann ihr Herz heftig zu schlagen. Sie spürte das Adrenalin in ihrem Körper, während die Dunkelheit sie umschloss. Obwohl sie die Gestalt immer noch nicht genau sehen konnte, kam Lily doch etwas an ihr bekannt vor. Der ruhige Gang, beinahe schwebend, und dann die Haare! Gelockte Haare, die bis zu den Schultern reichten. *Armand!*, schoss es ihr plötzlich durch den Kopf. Natürlich, es war Armand! Erleichterung überkam sie, aber nicht wirklich. Sie hatte immer noch das Gefühl von Gefahr, aber ihr Herz schlug deswegen nicht mehr wie wild. Lily dachte, er würde ihr einfach nur zulächeln und weitergehen. Ihr Herz würde sich dann beruhigen können, sobald er außer Sichtweite war. Doch Armands Schritte wurden langsamer und er blieb vor ihr stehen, aber kein Lächeln. Er schaute ihr tief in die Augen, zumindest dachte sie das, da sein Gesicht im Schatten lag und nur seine Blässe hervorleuchtete. „Hallo Lily", sagte er mit einer tiefen, samtenen Stimme, „wieder ganz alleine im Park?" Lily wollte zwar antworten, doch ihre Kehle war wie zugeschnürt. Sie nickte. „Du solltest nicht so spät alleine in den Park gehen, es ist gefährlich für junge Frauen." Immer noch kein Lächeln, es war sein voller Ernst. Obwohl Lily spürte, dass er recht hatte, kam Wut in ihr auf. „Ich war schon oft alleine hier, auch zu späterer Stunde als jetzt ... Hier ist niemand Gefährliches. Was sollte schon passieren?" Plötzlich ein Lächeln: „Ich weiß. Komm! Ich begleite dich nach Hause." Eigentlich war sie noch wütend, sie hatte das Gefühl, gerade wie ein kleines Mädchen behandelt worden zu sein, aber ihr Körper gehorchte, scheinbar ohne Rücksprache mit ihrem Gehirn. Sie stand auf und schaute zu ihm hoch. Er hatte sich umgedreht, und nun konnte sie seine Augen sehen. Sie waren von einem unglaublichen Grün, wie Smaragde schienen sie aus seinem Gesicht. Lily wollte nie wieder ihren Blick von diesen Augen abwenden. Sie wusste nicht mehr, wie ihr geschah. Als sei sie hypnotisiert, versank sie im Grün. Armand räusperte sich, ein Lächeln spielte um seine Lippen. Lily fing sich wieder, errötete und marschierte los. Den ganzen Weg, bis zu ihr nach Hause, war sie sich Armands Präsenz sehr bewusst. Sie konnte es kaum glauben, dass er hier neben ihr stand. Leider wohnte sie viel zu nah, und obwohl sie gemütlich gingen, kamen sie nach zehn Minuten schon bei ihr zu Hause an. Sie drehte sich zu Armand, um sich zu verabschieden, und erschrak beinahe. Er schaute sie mit einem intensiven Blick an, der durch ihr ganzes Wesen drang. Sie erzitterte, aber diesmal nicht vor Angst. Er lächelte und bückte sich zu ihr herunter. Alles geschah so schnell, dass Lily es nicht fassen konnte. Ihr Herz hämmerte so laut, dass sie sicher war, er könnte es hören. Und dann berührten seine Lippen auch schon die ihren. Es war ein zärtlicher Kuss, der bestimmt nicht lange gedauert hatte, aber für Lily war es eine Ewigkeit gewesen. Sie spürte seine seidenen Haare in ihrem Gesicht und eine kalte Hand in ihrem Nacken. Schon beendete er den Kuss, und es schien Lily, als ob dieser Moment nicht lange genug hätte dauern können. Er beobachtete sie wieder mit seinen unglaublich grünen Augen, strich ihr einmal durch die Haare und hauchte: „Gute Nacht." Lily stand wie benommen vor ihrer Tür. Armand war plötzlich verschwunden.

Irgendwie hatte sie es die Treppe hinauf geschafft und war in ihrem Bett. Doch wie konnte sie nach einem derartigen Erlebnis bloß einschlafen? Bald war sie aber doch eingeschlummert. Auch diese Nacht träumte sie wieder von grünen Augen, nur von grünen Augen.

Plötzliche Stille

Am nächsten Tag fiel Lily auf, dass Armand sie nicht gefragt hatte, ob sie ihn wieder treffen könne. Niedergeschlagen ging sie durch den Tag, stets abgelenkt. Sie machte sich Vorwürfe. Sie hätte ihn fragen sollen, ob er sie zum Spazierengehen begleiten wolle oder ob sie sich gar mal zum Essen treffen könnten. Doch nichts von alledem hatte sie getan und nun schien es Lily, als ob alles nur ein Traum gewesen sei und dass sie ihn nicht wiedersehen würde. Beim Abendessen überlegte sie sich sogar, ob sie vielleicht wieder absichtlich zu spät in den Park gehen solle, in der Hoffnung, dass Armand sie wieder „rettete". Als sie das Geschirr spülte, klingelte es. Lily hatte keine Ahnung, wer sie noch so spät besuchen könnte, sie hatte ja keine sozialen Kontakte. Deshalb war Lily sehr überrascht, Armand zu sehen. „Guten Abend", sagte er fröhlich, beugte sich zu ihr runter und gab ihr ein Küsschen zur Begrüßung. Lily war sprachlos. Wie am Abend zuvor fand sie ihre Stimme nicht, doch bevor sie noch etwas stammeln konnte, beantwortete Armand ihre stumme Frage auch schon: „Ich dachte, du würdest gerne wieder in den Park gehen, und damit du nicht in Gefahr gerätst, dachte ich mir, ich könnte dich begleiten." Lily nickte nur, zog sich einen Mantel über und sie gingen los. Es war noch früh am Abend, und die letzten Sonnenstrahlen schienen durch die spärlichen Blätter der Bäume. Der Park schien aus Gold zu bestehen: von der Sonne beleuchtet und in herbstliche Farben getaucht. Lily ließ Armand die Richtung angeben. Und ohne ein Wort zu sagen, waren sie schon bald bei ihrer Lieblingsbank unter den Weiden angekommen. Sie setzten sich, als das Tageslicht wich und die kältere Beleuchtung des Parks die Oberhand gewann. Büsche und Wiesen fielen in die Schatten der Bäume, die der Mond, wenn er gelegentlich zwischen den Wolken hervorleuchtete, spielend animierte. Wie lange sie auf der Bank gesessen hatten, konnte Lily nicht sagen, doch plötzlich stand Armand auf und streckte seine Hand aus, um ihr beim Aufstehen zu helfen. *Wie altmodisch*, dachte Lily, so etwas hatte sie, außer in alten, romantischen Filmen, noch nie gesehen. Etwas an Armand war wirklich sonderbar, und gelegentlich verspürte sie eine ihr unverständliche Angst, als ob sich bald etwas Schlimmes ereignen würde. Armand begleitete sie wieder bis vor die Haustür und küsste sie zum Abschied. Diesmal aber nicht mehr so sanft wie beim ersten Mal. Lily war beinahe atemlos, als sie die Treppen zu ihrer Wohnung hinaufstieg. „Bis morgen", hatte Armand ihr noch zugeflüstert. „Träum was Schönes." Lily liebte seine Stimme. Den ganzen langen Abend hatten sie sich über alles Mögliche unterhalten. Noch nie hatte sie sich so zu Hause gefühlt wie bei Armand. Lily wusste nun, was ihr seit dem Tod ihrer Eltern gefehlt hatte: eine Familie. Sie hatte nun wieder eine Familie, jedenfalls fühlte es sich so an. Armand war ihr Zuhause, ihr sicherer Hafen. Sie war glücklich. Mit solchen Gedanken und einem Lächeln auf den Lippen schlief sie ein.

Mehrere Tage vergingen auf dieselbe Art und Weise. Lily sprach über ihre Vergangenheit. Doch vieles gab es eigentlich nicht zu erzählen. Sie konnte nur über den Tod ihrer Eltern und ihr Leben danach berichten. Am spannendsten war es für sie, über die Geschichten zu sprechen, die sie gesammelt hatte und immer noch sammelte. Armand war fasziniert davon und hörte ihr auch gerne zu. Er seinerseits erzählte nicht viel, nur dass er aus Frankreich kam und dass seine Familie tot war. Ähnlich wie Lily schien er nicht viel über seine Vergangenheit zu wissen, zumindest schilderte er es nicht. Er blickte nur kurz zurück und widmete sich danach sofort wieder Lily. Wenn sie nicht von ihren Geschichten erzählte, fanden sie problemlos auch andere Themen. Manchmal saßen sie auch einfach still nebeneinander und genossen die Zweisamkeit.

Mit dieser neuen Beziehung zu Armand hatte sie alles vergessen, was sich vorher zugetragen hatte. All ihre seltsamen Träume, und Lilith. Sie hatte diese Träume seitdem nicht mehr gehabt und wurde daher auch nicht daran erinnert, weshalb sie über Vampire recherchiert hatte. Wenn sie jetzt hin und wieder über die Existenz der geheimnisvollen Blutsauger nachdachte, schien alles nur Unsinn zu sein, und sie fragte sich ernsthaft, wie sie diese Möglichkeit überhaupt in Betracht hatte ziehen können. Es war, als ob sie ein neues Leben begonnen hatte, ein Leben mit Armand.

Eine Woche später saß Lily im Roten Engel. Sie mochte dieses Restaurant, weil es sich auf dem Andreasplatz befand, einem ihrer Lieblingsplätze in Basel. Der Rote Engel war für Lily ein weiteres Refugium, falls sie mal nicht in den Park ging. Der Platz war klein, umringt von alten Häusern. Auf manchen Häusern stand in gotischer Schrift deren Name geschrieben. Lily hatte sich schon immer gewundert, wie die Häuser zu solchen Namen kamen. Zu gern hätte sie deren Geschichten gekannt, doch Gebäude, im Gegensatz zu Menschen, sprechen nicht. Pflanzen, nebst anderen Efeu- und Weinranken, wuchsen die Wände der alten Häuser empor, und mehrere kleine Bistros stellten im Sommer Stühle und Tische heraus. Der Andreasplatz war immer voller Menschen, vor allem bei schönem Wetter. Was Lily an diesem Platz aber am Besten gefiel, war der Brunnen, der in der Mitte stand. Für gewöhnlich fand man in Städten viele Brunnen mit klassischen oder mythologischen Motiven. Dieser Brunnen aber war mit einem bekleideten, Trauben essenden Affen geschmückt! Vor und hinter dem Affenbrunnen wuchsen zwei Krim-Linden und um den Brunnen herum standen

Topfpflanzen zur Zierde bereit. Es sah fast so aus, als kletterte der Affe in seinem eigenen kleinen Wald. Auf den Dächern, die den Platz umgaben, befand sich wohl eine große Spatzenkolonie. Diese Vögel waren hier nicht mehr wegzudenken. Sie hatten sich so sehr an die Menschen gewöhnt, dass sie frech auf die Tische flogen. Ganz in ihrem Element, beachteten sie die Menschen dabei nicht. Lily trank ihren Tee, und, in Gedanken versunken, beobachtete sie die Spatzen, die spielerisch herumhüpften oder sich um Essensreste zankten. Der Platz war von Leuten überfüllt. Alle saßen an der Sonne mit Getränken. Lily beobachtete, wie sie alle gelassen den Tag genossen. Als sie sich wieder den Vögeln zuwenden wollte, konnte sie keine mehr sehen: nicht ein einziger kleiner Spatz. Plötzlich bellten Hunde hinter dem Affenbrunnen. Lily sah sich um und versuchte auszumachen, was der Grund der Aufregung war. Das Einzige, was ihr in die Augen stach, war eine junge Frau. Sie war vielleicht Anfang dreißig, elegant gekleidet, und sie trug ihre dunkelbraunen Haare in einem eleganten Knoten hochgesteckt.

Lily merkte, wie das ganze Blut aus ihrem Gesicht wich. Ihr Herz schlug wie verrückt, und sie konnte einfach nicht glauben, was sie gerade gesehen hatte. Sie wollte der Frau hinterherrennen und sie einfach nur in die Arme schließen, doch ihre Muskeln waren wie gelähmt. Ihr Gehirn jedoch war auf hundertachtzig. Sie rief jede Erinnerung wach, die sie hatte, und Lily war sich sicher: Die Frau war ihre vor über zehn Jahren angeblich verstorbene Mutter. Es gab nur einen winzigen kleinen Unterschied: Sie lebte.

Wie kann das sein?, dachte Lily. *Ich habe doch gesehen, wie meine Mutter getötet wurde.* Dieser Gedanke überraschte sie. Denn so ganz genau konnte sich Lily nicht mehr daran erinnern. *Wo kam dieser Gedanke her?* Sie hatte immer geglaubt, dass ihre Mutter im Feuer gestorben war. Lebte ihr Vater auch noch? Wirre Gedanken jagten sich. Einer nach dem anderen.

Plötzlich fand sich Lily zu Hause wieder. Wie gelähmt saß sie in der Küche, als es klingelte. *Armand!*, schoss es ihr durch den Kopf. Sie stand auf und öffnete die Tür. Armand begrüßte sie wie immer lächelnd, doch im selben Moment, als Lily die Tür öffnete, sah er, dass etwas nicht stimmen konnte, und erkundigte sich danach.

„Ich habe Mama gesehen", war alles, was Lily hervorbrachte. „Aber, ich dachte, deine Mutter sei vor Jahren gestorben, als euer Haus abbrannte." „Das dachte ich auch, aber mir war, als hätte ich sie heute gesehen."

Armand runzelte die Stirn, führte Lily zum Küchentisch und setzte sie auf einen Stuhl. „Also gut, erzähl mir nochmals in allen Details, was damals passiert ist."

„Ich weiß nicht viel, schon gar keine Details. Es geschah vor dreizehn Jahren. Ich war gerade fünf Jahre alt geworden. Wir saßen vor dem Fernseher und schauten uns … ich weiß nicht mehr genau … irgendeinen Film an. Meine Eltern saßen neben mir, und dann plötzlich … sie hatten Angst, vor etwas … jemandem? Mama gab mir eine Kette, die Kette, die sie immer getragen hatte, die ich immer noch trage. Dann wurde es dunkel. Hörte ich Stimmen? … Ich weiß nicht mehr genau." Verzweifelt vergrub Lily das Gesicht in ihren Händen. „Plötzlich war alles ruhig und wieder hell, ich hatte Papa gefunden, er bewegte sich nicht mehr. Mama war weg. Ich weiß noch, dass ich mich an Papa gekuschelt hatte. Ich verstand nicht, dass er tot war, ich dachte, er würde bald wieder erwachen. Auf einmal brach das Feuer aus. Ich weiß nicht mehr, wie ich aus dem Haus gekommen bin, sie sagten mir, dass ich wahrscheinlich ein Fenster eingeschlagen habe. Vielleicht ist es auch wegen der Hitze geborsten. Auf jeden Fall bin ich dort hinausgeklettert."

Für einen Moment herrschte Stille. Lily hatte den Eindruck, dass an der Geschichte etwas nicht stimmen konnte. „Warte mal!", schrie sie plötzlich. „Ich dachte, meine Eltern seien während des Brandes gestorben. Aber mein Vater war schon tot, als das Feuer ausbrach, und ich kann mich nicht daran erinnern, dass meine Mutter auch dort gelegen hätte. Sie hätte doch auch dort liegen müssen, oder? ... Ihre Leiche! Man hat nie ihre Leiche gefunden! Das war ein Rätsel!" Da fielen Lily wieder ihre Träume ein. Sie erzählte Armand, wie sie lange immer den gleichen Traum gehabt hatte, immer von Feuer und Tod, und wie sich die Träume vor Kurzem verändert hatten: wie plötzlich Blut hinzukam, Blut und grüne Augen, seine grünen Augen. Lily schaute zu Armand hoch und blickte in seine Augen, doch was sie fand, war nicht der ihr wohlbekannte Blick. Noch nie hatte sie so einen Ausdruck in Armands Augen gesehen. Sie waren vor Entsetzen geweitet. „Meine grünen Augen?", stammelte er. Lily nickte. Armand sah nachdenklich aus. „Du heißt eigentlich Lilith? Das hast du mir gesagt. Und wie hieß deine Mutter?" „Elizabeth" „Bist du dir sicher?" „Natürlich! Was glaubst du denn?" „Hier stimmt etwas nicht, und ich befürchte, dass ich auf einen Aspekt ein wenig Licht werfen kann." Lily hielt den Atem an. „Hast du mich vorher schon einmal gesehen? Ich meine, bevor du hierherkamst." „Ähm ... nein. Hätte ich denn?" „Nun ja, vielleicht." Armand war nun tief in Gedanken versunken: „Ich muss jetzt nach Hause gehen, vielleicht kann ich dir morgen mehr sagen." Er küsste sie flüchtig und war weg.

Lily war verwirrt. Alles war ihr nun ein bisschen zu viel geworden. Sie legte sich ins Bett, brauchte jedoch lange, bis sie einschlafen konnte. Ihre Gedanken überschlugen sich. In dieser Nacht träumte sie unruhig.

Feuer und Tränen

Es ist spät am Abend, und Lily sitzt gemütlich auf dem Sofa. Auf ihrer linken Seite ist ihr Vater, groß und streng. Doch wenn er sie ansieht, öffnet sich sein Gesicht, und er lächelt sie voller Liebe an. Rechts von Lily sitzt ihre Mutter, einen Arm hat sie um ihre Tochter gelegt. Lily kuschelt sich zu ihr, und die Mutter küsst sie auf die Stirn. Sie schauen sich gerade Aladin, Lilys Lieblingsfilm an, als Elizabeth mit einem angstverzerrten Gesicht aufsieht: „Sie kommen hierher!" Georg schaut sie erschrocken an: „Was, hierher? Aber davon wissen doch nur ..." „Ich weiß, aber das ändert jetzt auch nichts mehr. Sie sind hier. Schnell, wir müssen Lily verstecken." „Das hilft doch auch nicht, sie werden sie riechen." „Ja, aber sie sollte nicht alles sehen müssen." Lily versteht nicht, was passiert ist. Plötzlich sind ihre Eltern sehr besorgt. Hat sie etwas Falsches getan? Sie beginnt zu weinen, als ihre Mutter sie im Schrank versteckt. „Schatz, du musst jetzt ganz still sein und nicht weinen. Es kommen böse Männer. Denk immer daran: Papa und ich haben dich ganz fest lieb, und wir werden immer bei dir sein." Elizabeth drückt sie nochmals ganz fest an sich und küsst sie auf die Wangen. Sie zieht ihre Kette aus und legt sie Lily um den Hals. „Das ist ein Mondstein, du darfst ihn nicht verlieren. Er wird dich immer beschützen." Lily schaut erstaunt auf den Anhänger: Er hat die Form einer Träne und leuchtet blass wie der Mond im wenigen Licht, das durch den Türspalt dringt.

Ein Riesenlärm unterbricht ihr Staunen. Verzerrtes Gelächter dringt zu ihr. „Soso. Endlich haben wir euch gefunden! Ihr wart gut versteckt, aber nicht gut genug für uns!" „Lasst uns in Ruhe. Wir haben nichts, was ihr wollt", hört sie ihren Vater sagen. „Oh doch, wir wissen alles über euch. Sie ist es! Und wir kriegen sie", sagt die böse Stimme. „Elizabeth, nein!", schreit Georg. Lily späht durch den Spalt. Es stehen drei Männer im Raum, alle schwarz gekleidet. Der Anführer, der gerade gesprochen hat, trägt schneeweißes Haar, das in einem langen, geflochtenen Zopf an seinem Rücken herunterhängt. Seine Augen sind böse und so hellgrau, dass sie fast weiß scheinen, vielleicht sind sie sogar weiß. Lily kann ihn nicht gut sehen. Seine schmalen Lippen sind in einer Grimasse hämischen Lachens verzogen. Der Mann zu seiner Rechten hat kurze, rabenschwarze Haare und seine Augen sind so dunkel, dass man glauben könnte, beim längeren Anblick in ein tiefes Loch zu fallen. Der dritte Mann zu seiner Linken steht mit dem Rücken zu Lily, sie kann nur einen Schopf gewellter, schwarzer Haare erkennen.

Dann passiert etwas, das Lily nicht versteht. Der Anführer packt ihre Mutter und beißt ihr brutal in den Hals. Der Vater schreit auf und wird vom schwarzäugigen Mann zurückgehalten. Der Anführer lässt von Lilys Mutter ab. Sie liegt schwach in seinen Armen, die Augen nur noch leicht geöffnet, und ihr Hals ist blutverschmiert. Sie hört ihren Vater hoffnungslos „Elizabeth" flüstern. Doch da beißt sich der Anführer in sein eigenes Handgelenk und hält es Elizabeth an den Mund. „Trink!", befiehlt er. Ihre Mutter nimmt den Arm in ihre Hände und trinkt. „Nein Elizabeth, tu das nicht! Du weißt doch, was dann geschieht." „Du kannst noch lange mit ihr reden, sie hört dich nicht mehr. Sie befindet sich bereits an einem anderen Ort", erklärt der Anführer kalt. Er entzieht Elizabeth sein Handgelenk und beißt sie wieder in den Hals. Als er nun ganz von ihr ablässt, liegt Elizabeth reglos in seinen Armen. Lily schluchzt, und alle drei Köpfe drehen sich zum Schrank. Der dritte Mann, von welchem sie nur den Rücken gesehen hatte, eilt zum Schrank und zieht sie grob heraus. Lily weint. Seine Hände sind eiskalt und brennen beinahe auf ihrer Haut. Durch ihre Tränen sieht sie sein Gesicht. Und das Erste, was sie sieht, sind seine grünen Augen, smaragdgrün, in einem wunderschönen Gesicht, das von weichen schwarzen Locken umrahmt wird. „Schaut, was ich noch gefunden habe – den Nachtisch!", *sagt er bösartig. "Nein, bitte nicht. Sie ist doch nur ein Kind. Lasst sie gehen!", fleht ihr Vater. "Ihr habt doch schon meine Frau genommen. Lasst meine Tochter in Ruhe." "Wir könnten sie doch zu einer von uns machen! Würde dir das besser gefallen?", lacht er hämisch. "Lasst sie laufen!" Georg sieht schwach aus, jede Hoffnung ist ihm genommen worden. "Nein! Du sollst zusehen. Soll ich sie beißen?", sagt der zweite Mann und macht sich daran Lily in den Hals zu beißen. Millimeter davor hält er inne. Sie kann seinen kalten Atem auf ihrer Haut spüren. Lily hat schreckliche Angst. Doch er beißt nicht. Der dritte Mann, mit den schönen smaragdfarbenen Augen, reißt sie ihm weg: "Ich habe eine bessere Idee." Er beißt sich ins Handgelenk. Lily sieht, wie das dunkle Blut fließt. "Trink!" Er hält ihr seinen Arm hin. Sie will nicht und doch hat der süßliche Duft des Blutes etwas für sich. "Tu das nicht, mein Schatz. Du darfst nicht von dem Blut der bösen Männer trinken, Lily. Es ist giftig." Georg scheint plötzlich wieder bei Sinnen zu sein. Doch der schwarzäugige Mann packt ihn wieder: "Wenn du nicht trinkst, tu ich deinem Papa weh!" Lily schaut wieder aufs Blut: "Bitte tu Papa nicht weh!" "Dann trink!" Zögernd beginnt sie zu trinken. Das Blut schmeckt gar nicht wie ihr eigenes Blut. Es ist süß und hat einen guten Geschmack, den sie nicht kennt; es schmeckt nicht nach Eisen. Es fühlt sich nicht giftig an. "Genug gespielt!", ertönt harsch die Stimme des Anführers. "Was soll das, einem Kind Blut zu geben?" Elizabeth liegt bewusstlos in den Armen des Anführers. "Wir haben doch nur ein bisschen gespielt. Dem da …", antwortet der Grünäugige und zeigt auf Georg, "schien die Vorstellung zu gefallen." "Fertig jetzt! Wir gehen", erwidert der Anführer eisern. "Erledigt eure Arbeit."*

Plötzlich umringen die Männer ihren Vater und stürzen sich auf ihn. Es ist schnell vorbei. Beide schauen Lily an. "Und die Kleine?" "Lasst sie, wir brennen das Haus nieder." Dann sind die Männer weg und Lily steht alleine im Wohnzimmer. Ihr Va-

ter liegt regungslos auf dem Boden, das Gesicht nach unten. Sein Hals und seine Handgelenke sind blutverschmiert. Ihre Mutter ist nun ebenfalls fort. Lily geht zu Georg und setzt sich neben ihn auf den Boden. Vorsichtig stupst sie ihn an: „Papa?" Er regt sich nicht. Lily kuschelt sich an seinen noch warmen Körper und weint leise. Sie weiß nicht, wie viel Zeit vergeht.

Plötzlich wird es sehr heiß. Sie öffnet die Augen und alles ist grellorange. Feuer! Sie will nicht von ihrem Vater weg, doch sie weiß, dass sie sich retten muss. Sie hat nicht die Kraft aufzustehen, deshalb kriecht sie in Richtung des Wintergartens. Die Hitze ist unerträglich, sie kann nicht atmen. Der Rauch versperrt ihr die Sicht. Ihre Augen tränen. Sie hat den Wintergarten erreicht, doch die Tür ist abgesperrt. Der Schlüssel steckt fest im Schloss und lässt sich nicht drehen. Zum Glück ist die Hitze so stark, dass die alten, dünnen Fensterscheiben bersten. Lily schafft es, mit ihren letzten Kräften auf den Tisch zu klettern und durch das Fenster zu fliehen. Sie fällt auf den Boden im Garten.

Lily erwachte. Ihre Wangen waren tränenverschmiert. Ihr Herz raste. Sie konnte sich nur noch daran erinnern, wie sie unter dem Baum im Garten von der Feuerwehr entdeckt wurde. Ihre Kleider waren von der zerstörten Fensterscheibe zerfetzt worden. Ihre Hände, die Knie und ihr Gesicht waren von kleinen Schnitten übersät, aber außer einer leichten Rauchvergiftung und einer partiellen Amnesie konnte man keine weiteren Verletzungen feststellen.

Und nun die Gewissheit: Sie hatte ihre Mutter gesehen! Lily konnte es kaum fassen, nach all den Jahren ... Ihre Mutter lebte! Das waren ihre ersten Gedanken. Aber wieso? Was war geschehen? Lily erinnerte sich wieder an die Details des Traumes: Blut! Sie hatten ihr Blut getrunken, sie hatten Blut ausgetauscht. Vampire? Existierten sie wirklich? Es war die einzige Erklärung! Welcher Mensch, oder besser, welches Wesen würde sonst Blut trinken? Lily zitterte am ganzen Körper.

Jetzt musste sie die ganze Wahrheit erfahren. Sie stand auf und schaltete ihren Computer an. Plötzlich fiel ihr noch was ein: Armand! Er war dort gewesen! Sie hatte von seinem Blut getrunken, er war da, als ihre Eltern getötet wurden ... Noch nie zuvor hatte sie einen derart starken Schmerz erlebt. Es war ein Gefühl, als ob ein Dolch ihr Herz durchbohrt hätte. Aber warum?

Ohne wirklich zu sehen starrte sie auf ihren Bildschirm. Tränen netzten ihre Wangen. Leise weinte sie vor sich hin. Sie wusste nicht, wie lange sie so gesessen hatte. Eine unendliche Leere hatte sich ihrer bemächtigt. Ohne richtig hinzusehen tippte sie „Blut trinken" in ihre Suchmaschine und las dann einen Artikel über Vampire. Mehr als dort stand, brauchte sie nicht zu wissen.

Armand hatte sie belogen und betrogen. Ihre Mutter war verschwunden und als Vampir zurückgekehrt, aber nicht zu ihr. Sie war wieder alleine, so wie sie es immer schon gewesen war.

Draußen war es hell geworden, doch Lily ging zurück ins Bett und weinte sich in ihrer tiefen Leere in den Schlaf.

Gleiches Blut

Lilys Gedanken rasten zwischen dem neu gefundenen Wissen über den Tod, genauer Untod ihrer Eltern, und der Gewissheit, dass Armand ein Vampir war.

Wie in einem Traum stand sie auf, ging zur Küche und brühte sich einen Tee auf.

Ihre Mutter lebte! Doch wieso war sie all die Jahre ferngeblieben? Und Armand war also ein Vampir! Nein, nicht nur irgendein Vampir, der Vampir. Er hatte geholfen, ihre Familie und somit auch ihre Kindheit zu zerstören. Wieso war er wieder hier? Um den Job zu beenden? Wie könnte sie wieder mit ihrer Mutter in Kontakt treten? Wusste Elizabeth überhaupt, dass Lily noch am Leben war? Vielleicht hatte sie geglaubt, ihre Tochter sei auch getötet worden. Armand würde sie am Abend wieder besuchen.

Was konnte sie nur tun? Er würde wissen, dass etwas nicht stimmte. Würde er sie töten?

Sie brauchte einen Plan, musste sich zusammenreißen. Und ihre Gedanken wieder auf die Reihe kriegen.

Als Erstes würde Lily intensiver über Vampire recherchieren. Vielleicht konnte sie etwas in Erfahrung bringen, das ihr weiterhelfen könnte.

Immer noch tief in Gedanken versunken, setzte sich Lily an ihr Pult und schaltete den Computer an. Sie tippte das Wort „Vampire" in ihren Suchbrowser: 439 Millionen Treffer! Na klar, bei all den Filmen und Büchern, die es gab … In einem Artikel stand geschrieben, dass der Vampirmythos auf alte Volkssagen des Balkans zurückzugehen schien. Lily wusste aber, dass Armand aus Frankreich kam. Ob das wohl wichtig war? Hatten sich die Vampire so weit verbreitet oder gab es ganz einfach sehr viele von ihnen? Stimmten die Legenden überhaupt mit den echten Vampiren überein? Oder entstammten diese ganz und gar den Vorstellungen fantastischer Autoren?

Ein anderer Punkt schien zu sein, dass das Bluttrinken nicht von Anfang an einem Vampircharakteristikum entsprach, zumindest in gewissen Überlieferungen des Ostens Europas nicht. In jenen Fällen wurde der Vampir lediglich als Wiedergänger beschrieben, der zu Lebzeiten gesündigt hatte oder die Nähe seiner Mitmenschen suchte.

Doch die Blutfrage war jene, die Lily am meisten interessierte, obwohl Armand sie bestimmt auch problemlos töten könnte, ohne ihr Blut zu trinken. Wenn man sich jedoch an der Literatur orientierte, so war der Vampir meist ein nach Blut lechzender Killer. Wie würde sie dann reagieren, wenn Armand am Abend kommen würde? Sie wollte nicht von ihm fernbleiben, und sie wollte unbedingt ihre Mutter wiedersehen.

Auch wenn ihr die Blutfrage wichtig war: Allmählich merkte Lily, dass die Liebe zu Armand und das Verlangen nach ihrer Mutter stärker waren als ihr Wissensdurst. Zudem hatte sie nicht nur eine Vampirattacke in ihrer Kindheit, nein, sie hatte auch eine ganze Woche in Armands Nähe überlebt. Und wenn sie wissen wollte, warum ihre Mutter sich von ihr ferngehalten hatte oder weshalb Armand so tat, als habe er sie noch nie gesehen, dann durfte sie sich, Blutfrage hin oder her, ihnen nicht entziehen.

Mit diesen Gedanken konnte sich Lily immerhin beruhigen. Ihre Neugierde übernahm nun das Steuer, und sie begann, sich über manches zu wundern:

Vampire galten als nachtaktive Wesen, und doch hatte sie ihre Mutter am helllichten Tag gesehen. Auch Armand war schon oft vor Sonnenuntergang bei ihr gewesen. Die Nachtaktivität der Vampire war also nur eine Legende. Ob man sie wohl mit Knoblauch und Kruzifixen bekämpfen könnte?

Lily wandelte wie ein Geist in ihrem Haus umher. Vollkommen in Gedanken versunken, ließ sie sich ein Bad einlaufen. Als sie genüsslich ins heiße Wasser hinabsank, hatte sie einen Entschluss gefasst: Sie würde heute an den Andreasplatz zurückkehren und auf ihre Mutter warten.

Die Liebe einer Mutter

Lily verbrachte den ganzen Nachmittag in ihrem Lieblingscafé am Andreasplatz, trank aufgeregt einen Tee nach dem anderen und erinnerte sich an ein Buch, das sie in ihrer Tasche bei sich trug. Gedankenverloren zog sie das Buch jetzt heraus, schlug den schwarzen Einband zur Seite und blätterte eine Weile darin herum. Als sie fand, wonach sie gesucht hatte, las sie die Stelle mehrmals, ohne dass ihr der Sinn klar wurde. Dann blickte sie auf, doch weit und breit fand sie kein Zeichen ihrer Mutter oder sonstiger Vampire. Es war schon nach vier Uhr und die Sonne würde bald untergehen. Lily beschloss, noch eine halbe Stunde zu warten, bis sie ihre Sachen zusammenpacken und den Nachhauseweg antreten würde. Zu ihrer Enttäuschung verging die halbe Stunde wie im Flug ohne dass sich ihre Hoffnung erfüllte.

Traurig bezahlte sie die Getränke und trat auf die Straße hinaus, als eine plötzliche Stille aufkam und die junge Frau gefangen nahm. Alarmglocken läuteten in ihr und sie schaute sich vorsichtig um.

Da, inmitten der arbeitsgestressten Menschen um sie herum, sah sie nun tatsächlich die Gestalt ihrer Mutter, die Lily mit ernstem Blick entgegenkam.

Ihre Wege würden sich unumgänglich kreuzen. Elizabeth wich aus, doch Lily stellte sich wieder in den Weg der Mutter. Irritiert fokussierte nun Elizabeth ihren Blick auf das unerwünschte Hindernis.

Lily wusste nicht, wie ihr geschah: In einem Augenblick war das erschrockene Gesicht ihrer Mutter vor ihr und im nächsten befand sie sich, ohne sich bewegt zu haben, im nahe gelegenen Totengässlein.

Die Stimme der Mutter war nun so leise und sachte, dass Lily sie kaum verstehen konnte: „Li… Lily, bist du das wirklich?" Lily wollte antworten, doch sie konnte nur ein schwaches Krächzen hervorbringen. Sie nickte deshalb.

„Wie ist das möglich?", stotterte die Mutter. „Er hatte mir doch gesagt, dass du gestorben seiest ..." Ein langes Schweigen folgte. *Wer ist er?*, wunderte sich Lily. *Einer der anderen zwei Assassinen?* „Du musst hier weg", unterbrach Elizabeth Lilys Überlegungen. Schockiert von dieser Aussage fand Lily ihre Stimme wieder: „Warum? Wir haben uns doch gerade erst wiedergefunden! Ich dachte, du ... ich dachte, wir könnten ..." Doch sie war zu verletzt, um weitersprechen zu können. Sie hatte immer angenommen, ihre Mutter würde sie lieben, die Trennung war ja schließlich nicht freiwillig gewesen.

„Lily", sprach jener Mensch, der Lily einst so nahe gestanden hatte, ihren Namen sanft aus – voller Zuneigung. Lily sah auf und fand die Liebe in den dunkelbraunen Augen ihrer Mutter. „Du kannst nicht bleiben, weil sie dich sonst finden würden. Alle glauben, du seiest im Feuer gestorben." „Alle?", fragte Lily. „Wer sind alle?" „Das kann ich dir nicht sagen, er würde es spüren ..." Elizabeth wurde plötzlich blass. Das wenige Blut, das ihrem Gesicht Farbe verliehen hatte, war ganz gewichen. „Oh nein, daran hatte ich nicht gedacht", flüsterte sie. „Du musst gehen. So schnell wie möglich. Weit weg von hier", sagte Elizabeth mit Nachdruck. „Er kann Gedanken lesen, wenn er will ..." Lily war den Tränen nahe, jegliches Gefühl von Liebe war der Angst gewichen: „Aber ...", stammelte sie, „wir werden uns doch wiedersehen?" Die Frage hing in der Luft, Elizabeth schien sie nicht gehört zu haben, stattdessen murmelte sie vor sich hin: „Er dachte, Lilith sei tot." Und plötzlich schaute Elizabeth Lily tief in die Augen: „Nun geh, mein Schatz, geh." „Aber wieso kann ich nicht hierbleiben? Armand kann mich doch beschützen." „Armand?", erschrak Elizabeth. „Nein, du musst ihn zurücklassen. Sag ihm nicht, wo du hingehst. Er ist eine Gefahr, er ist mit Lyès verwandt …" Ihre Worte überstürzten sich beinahe, Lily musste sich sehr konzentrieren, um ihr noch folgen zu können. „Lyès? Wer ist Lyès?", hakte sie nach, doch das Gesicht ihrer Mutter glich nun einer starren Maske: „Geh nun, und denk daran, in der Anonymität einer Großstadt findest du Sicherheit." Elizabeths Blick wurde wieder sanfter, und sie schloss ihre Tochter behutsam in die Arme: „Ich werde dich immer lieben", flüsterte sie, doch sogleich stand Lily wieder alleine da. Und zum ersten Mal nach Jahren fühlte sie sich auch so. Sie hätte noch viele Fragen gehabt, doch blieben sie alle unbeantwortet.

Als sie sich wieder auf den Nachhauseweg machte, war sie sich wenigstens über eines im Klaren: Sie würde Armand mit Fragen überschütten und nicht eher ruhen, bis er sie alle beantwortet hatte.

Sag mir, wer du bist

Tief in Gedanken versunken, erreichte Lily ihr Haus. Erst als sie die dunkle Gestalt sah, die im Vorgarten wartete, wurde sie sich der eventuellen Gefahr des Abends bewusst. Es war Armand.

Unsicher trat sie an ihn heran und begrüßte ihn förmlich. Als er sie jedoch küssen wollte, wandte sie sich ab, widmete sich der Haustüre und schloss sie auf. Wortlos, die Stirn in Falten gelegt, folgte er ihr ins Haus. Lily ging direkt zur Küche und setzte Teewasser auf. Sie hatte noch immer kein Wort gesagt, doch ihr Herz klopfte wie verrückt. Wahrscheinlich war sie in ihrem ganzen Leben noch nie derart aufgewühlt gewesen. Sie setzte sich Armand gegenüber an den Küchentisch. Wie sollte sie bloß das Gespräch beginnen?

Die unerträgliche Stille wurde vom Pfeifen des Wasserkochers unterbrochen. Ohne Armand zu fragen, ob er auch einen Tee wolle, goss Lily das heiße Wasser in eine Teekanne und setzte sich wieder. Erst jetzt traute sie sich, Armand in die Augen zu blicken. Und bis auf die gerunzelte Stirn glich sein Gesicht einer Maske. Es war ihr vorher nicht aufgefallen, wie anders er war. „Willst du mich jetzt für immer anschweigen, oder sagst du mir, was los ist?", unterbrach er endlich die Stille. „Ich ... ich weiß nicht, wie ich beginnen soll", stotterte sie leise vor sich hin und schaute ihm dann in die Augen. Sein Blick war plötzlich voller Dunkelheit, die Runzeln waren von seiner Stirn verschwunden, und Lily hatte ihn noch nie zuvor so gefährlich empfunden. Sie hatte Angst. „Wie hast du es herausgefunden?", waren die Worte, die er zwischen knirschenden Zähnen hervorbrachte. Dies erstaunte Lily. Was meinte er nur damit? Dass er ihre Familie zerstört hatte? Dass er ein Vampir war? Dass sie ihre Mutter gefunden hatte? Lily wusste überhaupt nicht, wie sie diese Frage beantworten sollte. Als ihr Gegenüber sah, wie verwirrt sie war, hellte sich seine Miene wieder ein wenig auf. Lily merkte, dass, egal welche Antwort Armand erwartet hatte, er ihr nicht, zumindest nicht sofort, an den Hals springen würde, und sie entschloss sich, ihm die ganze Geschichte zu erzählen. Sie holte tief Luft und begann: „Nachdem wir gestern Abend über das gesprochen hatten, was damals geschehen war, weil ich meine Mutter auf dem Andreasplatz gesehen hatte … Ich hatte letzte Nacht einen Traum. Ich erinnere mich jetzt wieder an alles!" Armand war das Erstaunen klar ins Gesicht geschrieben. Lily fuhr fort und erzählte ihm, was geschehen war. Sein Ausdruck verdunkelte sich zusehends von Minute zu Minute. Als Lily die Stelle erreichte, da der dritte Vampir, dessen Gesicht sie nun so gut kannte, sie aus dem Schrank gezerrt hatte, schien Armand einen absoluten Tiefpunkt erreicht zu haben. Er hatte zwar nicht einen einzigen Ton geäußert, doch seine Augen schienen jetzt schwarz, er knirschte mit den Zähnen und seine Fäuste waren so stark geballt, dass seine Knöchel die Haut zu durchstoßen schienen. Lily traute sich kaum, mit ihrer Erzählung fortzufahren, doch jetzt war es zu spät um aufzuhören. Nachdem sie ihren Erinnerungstraum fertig geschildert hatte, legte sie eine kurze Pause ein, doch Armand schien – noch – nichts sagen zu wollen. Also fuhr sie fort und erzählte von der Begegnung mit ihrer Mutter. Lily schilderte ihm alles. Sie erwähnte, dass Elizabeth „Er glaubte, Lilith sei tot" gemurmelt hatte, dass Lily sich von Armand fernhalten solle und dass ihre Mutter einen Lyès erwähnt hatte. Lily schloss ihren Bericht mit dem Entschluss ab, dass sie von Basel wegziehen werde, da es hier zu gefährlich für sie sei, auch wenn sie nicht genau wisse, wieso.

Es folgte eine lange Stille. Lily überlegte, ob sie die Lautlosigkeit mit ihren Fragen unterbrechen solle oder nicht. Armand saß immer noch wortlos da, mit geballten Fäusten und zähneknirschend, nun aber mit geschlossenen Augen.

Langsam und vorsichtig bewegte er sich schließlich. Aus der Starre erwacht, griff er in seine Jacke und sagte: „Eines kann ich dir versichern, Lily, ich war damals nicht dabei … und doch fällt ein Teil der Verantwortung auf mich. Ich habe dir gestern versprochen, dass ich dir heute mehr Informationen zu deiner Vergangenheit geben kann. Es war nur ein Verdacht, doch nun bin ich davon überzeugt, dass du die letzte lebende Nachfahrin von Lilith bist." Während er dies sagte, hatte Armand ein kleines, altes Büchlein auf den Tisch gelegt. Es war sorgfältig in eine Art Folie verpackt und schien zusätzlich zu den Brandspuren insgesamt in einem schlechten Zustand zu sein. Lily glaubte ihm, und die Neugier zu diesem kleinen Büchlein hatte sie gepackt. Vor allem aber wollte sie wissen, wie ihrer beider Leben miteinander zusammenhingen. Waren sie sich schon einmal begegnet? Über Lilith hatte sie manches gelesen, aber es war ja eine fiktive Lilith: ein Wesen aus babylonischer Mythologie und jüdischer Dämonologie. Und doch machte sich nun ein gewisses Unbehagen in ihr breit. „Dieses Büchlein", fuhr Armand fort, „ist eine Sammlung mündlich übertragener Legenden. Es ist ein Buch, das meiner Mutter gehörte. Soweit ich weiß, ist es mittlerweile ein Unikat. Schau es dir ruhig an." Vorsichtig entnahm Lily das Büchlein der Folie und blätterte die harten, alten Seiten vorsichtig um. Das Papier war vergilbt, der letzte Teil des Buches fehlte, er war völlig verbrannt. Man konnte die braunrote Tinte kaum noch erkennen. Die Aufzeichnungen waren von Hand geschrieben worden, sicher sehr alt – und in Latein. Lily hatte diese Sprache zwar nie gelernt, konnte sie jedoch gut erkennen. Bald schloss sie das Buch wieder, voller Verwunderung, was darin stehen könnte. Lily schaute Armand fragend an: „Und was genau aus diesem

Werk könnte nun mich betreffen?" „Ich lese dir den Teil vor, den ich für wichtig halte, aber bedenke, dass auch in dieser Legende nicht mehr alles lesbar ist.

> Im Mittelpunkt der Welt,
> in der Stadt, in welcher Marduk regierte,
> ward geboren ein machtsüchtiger Mann.
>
> Asmodeus hieß er,
> der durch dunkle Kräfte erlangte das ewige Leben.
> Durch Blut ward er geschaffen,
> und durch Blut ward er genährt.

Nach jahrzehntelanger Herrschaft des Todes und des Blutes,
der Dämonenkönig seine Königin fand.
Der Königin Rachsucht übertraf bei Weitem die seine,
sie befahl ihren Dämonengeburten, die Lande zu überfallen.

Hier wird der Text unlesbar, auf jeden Fall geht die Legende folgendermaßen weiter:

> Ohne Opfer ist's nicht möglich,
> doch aus dieser Welt werd ich dich verbann'.

Nochmals eine unlesbare Stelle:

> Meine Seel in Dir und Deinen Töchtern folgend,
> bis der Tag kommt, an dem Ihr seid wie ich.

Auch hier kann ich den Text nicht entziffern, aber das Ende der Legende lautet:

Bis zum heut'gen Tage Asmodeus allein in der Welt
'rumirrt,
zu dem Tage an dem der König selbst nach Hause find't."

Armand schaute zu ihr. Und Lily, völlig verwirrt, wusste nicht, was sagen. Der Vers *Bis der Tag kommt, an dem Ihr seid wie ich* geisterte noch in Lilys Kopf herum. Was mochten diese Zeilen bedeuten und warum glaubte Armand, dass es mit ihrer Vergangenheit zu tun hatte? Plötzlich erinnerte sich Lily an ihre Recherchen: Die Überlieferung, die im Mittelalter bekannt wurde, identifizierte auch den Dämonenkönig Asmodeus. Zusammen mit Lilith als seine Königin verbreitete er Chaos hieß es im Internet. War von demselben Unhold die Rede wie in Armands Büchlein? Falls dies der Fall wäre, wie würden Asmodeus und Lilith dann zu ihr stehen, es waren ja nach wie vor bloß Legenden und Mythen? In diesem Moment sagte Armand etwas, das ihr Blut zum Erstarren brachte, und Lily wusste, dass sie Teil von etwas war, das viel mächtiger war als sie. „Ich kenne den Vampir aus deiner Erinnerung, jenen mit den langen weißen Haaren und den weißen Augen. Er ist über zweitausendfünfhundert Jahre alt. Sein Name ist Asmodeus."

Lilith

„Was heißt das genau?", stotterte Lily. „Ist denn diese Legende real? Ist Lilith die Königin, von welcher in der Überlieferung die Rede ist?" „Dies ist zu vermuten", antwortete Armand, „es ist eine Legende, die unter unseresgleichen sehr bekannt ist. Alle kennen Asmodeus. Sein Ziel ist, Lilith wiederzufinden. Um dies zu erreichen, scheut er vor nichts zurück. Dies ist der Grund, weshalb es zwei Fronten gibt unter uns Vampiren. Diejenigen, die ihn unterstützen und sich dadurch eine wichtige Rolle in seiner absehbaren Weltherrschaft erhoffen. Auf der anderen Seite gibt es die Vampire, wie ich einer bin, die mit dem Zustand der Dinge, wie sie sind, zufrieden sind. Früher gab es große Kriege zwischen den Lilienanhängern und uns, mittlerweile …" „Lilienanhänger?", unterbrach ihn Lily. „Ja, die Kämpfe gingen als Krieg der Lilie in die Geschichte ein. Zu Beginn sprach man natürlich über den Krieg der Lilith und über Lilithanhänger. Da aber Asmodeus den Namen seiner verlorenen Gattin nicht mehr hören wollte oder konnte, fingen die anderen an, von der Lilie zu sprechen, wenn sie Lilith erwähnen wollten. Auf jeden Fall führen wir heute keinen Krieg mehr gegeneinander, zumindest keinen öffentlichen. Selbst Asmodeus hat eingesehen, dass dies in eurem modernen Zeitalter nicht sehr schlau wäre."

Lily saß erstaunt da. Sie hätte nicht gedacht, dass Vampire ihre eigenen Kriege führen und ihre eigene Geschichte haben, abgesehen davon, dass sie bis gestern nicht mal wusste, dass Vampire tatsächlich existierten. „Was heißt das jetzt genau? Ist meine Mutter tatsächlich die neue Lilith?", wollte Lily wissen. „Nein, wenn sie Lilith wäre, sähe die Welt um uns völlig anders aus. Die Finsternis hätte alle Dämonen entfesselt und die Menschheit versklavt. Frauen, Kinder und

Männer würden fortan nur mehr als Futter, Arbeitssklaven und Unterhaltung dienen. Du trägst Liliths Seele in dir."

Lily saß wie versteinert da. Weitere Schocks und ihr Herz würde bald aufgeben.

„Das ist der Grund, weshalb Elizabeth wollte, dass du umziehst", erklärte Armand, „und den Kontakt zu mir abbrichst. Asmodeus ist in der Stadt." „Aber warum hat er dann damals meine Mutter und nicht mich genommen?" „Wahrscheinlich kannte er nur eine verkürzte oder unvollständige Version der Überlieferung. Ich kann mir gut vorstellen, dass er dachte, es sei wahrscheinlicher, seine Lilith in einer erwachsenen Frau wiederzufinden. Ein Kind hat er möglicherweise nicht mal in Betracht gezogen. Doch du bist der Schlüssel, nun müssen wir nur noch die Auflösung finden." „Die Auflösung? Gibt es denn eine Möglichkeit, dem ein Ende zu setzen?" „Wir haben leider nicht die vollständige Überlieferung, und ich denke nicht, dass heutzutage noch eine existiert. Vielleicht könnten wir versuchen, Asmodeus zu töten …"

In diesem Moment regte sich etwas ganz tief in Lily. Ein Gefühl von dunkelstem Hass verbreitete sich in ihr. Alles, was sie jetzt machen wollte, war Armand zu töten, auf die brutalstmögliche Art und Weise. Bilder zogen an ihr vorbei. Bilder von gefolterten Menschen, von in Blut und Fleisch getränkten Geräten, wie sie solche noch nie gesehen hatte. Sie wurde zwischen ihrem Hass und ihrer Angst hin und her gezerrt. Doch plötzlich ergriff ein völlig neues Gefühl die Oberhand: Macht. Eine unglaubliche Macht floss durch ihren Körper. In ihrem Verlangen nach Hass und Tod entwickelte sie plötzlich eine Macht, von der sie nicht einmal geträumt hatte. Etwas schien aus ihr auszubrechen zu versuchen und war doch absolut fest verankert.

„Lily. Lily … Lily? Lily?", schrie Armand ununterbrochen. Wie aus einer Albtagträumerei herausgerissen, schaute Lily zu ihm auf. „Ja? Schrei doch nicht so." „Schrei nicht so?", erwiderte er entsetzt. „Du bist seit einer viertel Stunde weg! Ich habe weiterhin erklärt und du hast nicht reagiert. Ich hatte sogar den Eindruck, dass deine Haut dunkler geworden war, und deine Augen bekamen plötzlich eine andere Farbe. Sie waren fahl ... fahlgrün. Du hättest deinen Gesichtsausdruck sehen sollen! Nicht einmal Asmodeus sieht so böse aus, nicht mal wenn er wütend ist ..." Lily war zwar erstaunt, dass sich ihr Äußeres verändert hatte, aber der Hass ... Es wunderte sie überhaupt nicht, dass dieser Hass sichtbar gewesen war. „Ich ... ich glaube, du hast Lilith geweckt." Lily war mittlerweile noch blasser geworden. „Du hast Lilith in dir bemerkt? Kannst du mit ihr kommunizieren?" Armand war nun eher interessiert als wirklich erstaunt. „Ich kann nicht mit ihr sprechen, aber ich habe sie gefühlt, ich habe mich gefühlt; es gab keine Trennung mehr zwischen uns ..." Lily war verwirrt. Ihr ich und Lilith verschwammen, sie wusste gar nicht mehr, was von ihr und was von Lilith gekommen war, außer dem Hass auf Armand. „Hm, was hat sie denn gefühlt – oder du?", hakte er nach. Lily antwortete nur zögernd: „Ich ... sie wollte dich töten. Sie wollte ihn rächen und dich zerstören." Armand schaute verdutzt drein: „Mich zerstören? Ich kenne sie doch gar nicht. Woher kommt das?" Lily versuchte, ohne Regung zu antworten: „Du wolltest ihn töten." „Wen? Asmodeus?" Lilith regte sich wieder, ihre Gefühle wechselten stets zwischen dem Hass auf Armand und der Liebe zu Asmodeus. Sie waren in totalem Konflikt mit Lilys Gefühlen, mit ihrer Angst vor diesem neuen Unbekannten und ihrer Liebe zu Armand. Lily realisierte, dass sie und Lilith, da diese nun erwacht war, nicht lange sich einen Körper teilen konnten. Lilith war zu stark, Lily würde ihre Seele verlieren und Lilith konnte diesen Körper nicht übernehmen, sie würden beide sterben. „Bitte sag seinen Namen nicht. Ich ertrag es nicht", flüsterte Lily. „Okay", willigte Armand ein, „aber wir müssen uns überlegen, wie wir As …", er räusperte sich verlegen, „wie wir ihn töten wollen." „Nein!", schrie Lily. Armand schaute sie mit weit geöffneten Augen an. „Nein", fuhr Lily fort, „wir würden das nicht überleben." „Wir?", fragte Armand nach, doch Lily antwortete nicht. Sie hatte ihren Kopf umklammert und verzog das Gesicht vor Schmerzen. „Also gut", nahm er den Dialog wieder auf. Ich werde zuerst ein paar Nachforschungen machen, bis wir uns über das weitere Vorgehen entscheiden. Vielleicht gibt es doch noch mehr Informationen über die Legende." Lily nickte zustimmend. „Aber, ich werde einige Tage weg sein. Ich kann nicht alles hier finden", fügte er noch hinzu. „Musst du wirklich weggehen? Ausgerechnet jetzt?" „Ja, leider, hier werde ich nichts finden. Ich werde bald zurück sein … Hoffentlich mit neuen Erkenntnissen." Lily begleitete ihn traurig zur Türe. Er küsste sie und ging. Lily war todmüde, sie legte sich sofort schlafen und verbrachte eine traumlose Nacht.

Die Veränderung

Die folgenden Tage schienen endlos für Lily. Sie konnte sich kaum konzentrieren, schaute die ganze Zeit aus dem Fenster und konnte sich nicht in der Gegenwart halten. Sie hatte versucht, noch mehr über Lilith, Asmodeus und Vampire herauszufinden. Doch das Internet enthielt nicht mehr an Informationen, als sie schon besaß. Das Wenige, das sie über Lilith und Asmodeus fand, stand immer in Verbindung zu Religionen oder der Bibel und deren verschiedenen Interpretationen von sogenannten Spezialisten und studierten Rabbis, Katholiken und Reformierten. Es gab natürlich auch sehr viele Bücher; die meisten aus der fantastischen Literatur – Geschichten, gewoben aus den Köpfen sehnsüchtiger Autoren. Sogar wenn es um Vampire ging, konnte Lily nichts finden, das Hand und Fuß gehabt hätte. Die diversen Legenden und Mythen des Ostens hatte sie schon beim letzten Mal recherchiert, und nun, da sie wusste, dass es Vampire gab, waren ihr diese Legenden noch fremder als zuvor. Auf diversen obskur gestalteten Webseiten fand sie Geschichten zu Vlad III. Draculea, auch bekannt unter dem Namen Vlad Țepeș (der Pfähler) und Elizabeth Báthory, die – wie Lily es erschien – zusammenhangslos mit Vampirmärchen und -eigenschaften verbunden wurden. Auch die Bücher, die sie in der Universitätsbibliothek durchsah, waren entweder fantastisch oder über literarische Vampirgeschichten. Ein einziges Buch schien der ganzen „Asmodeus und Lilith Geschichte" am nächsten zu kommen: es schien eine Sammlung von jüdischen Geschichten zu sein, die nicht unbedingt im Kanon vorkamen, und ihrer christlichen Kultur ganz fremd waren. Darunter befand sich natürlich auch jene Erzählung, in der Lilith Adams erste Frau war. Ein anderer Text stach Lily aber besonders ins Auge:

Es wird erzählt, dass Lilith die Jüngere, also die Tochter der Lilith, den Dämonen Ashmedai (einer der vielen Namen des Asmodeus) heiratet. Des Weiteren wird gesagt, dass Lilith, die Jüngere, gerne Kriege anfängt. Beide sind Dämonen der anderen Welt.

Obwohl Lily nicht wusste, ob Lilith tatsächlich eine Tochter hatte und ihr in derselben Legende nachgesagt wurde, sie habe Samael, Satan, zum Mann genommen, war diese Legende doch die, die der Überlieferung am nächsten kam. Wie sich in ihren vorherigen Recherchen herausgestellt hatte, erzählten die Menschen eher oft per Zufall eine wahre Begebenheit über diese mythologischen Wesen. Es konnte also gut möglich sein, dass es sich hier zweimal um dieselbe Geschichte handelte. Lilith, die Jüngere, und Lilith konnten ein und dieselbe Person sein, genauso wie Samael und Ashmedai. Wie dem auch sei, sie konnte nichts Neues finden. Auch wenn diese jüdischen Überlieferungen mehr oder weniger der Wahrheit entsprachen, halfen sie Lily nicht weiter. Sie wusste nicht, wo sie noch mehr Informationen bekommen sollte, und Elizabeth hatte ihr verboten, sie wieder aufzusuchen. Lily blieb nichts anderes übrig, als auf Armand zu warten, und zu hoffen, dass wenigstens er weiter gekommen war.

Sie ging immer noch in den Park, doch war er jetzt anders, oder vielleicht lag es an ihr. Er hatte nichts von seiner Ruhe und Schönheit verloren, aber er schien jetzt trivial, vergänglich. Lily konnte nicht mehr stundenlang auf ihrer Bank sitzen und den Menschen zusehen oder ihre Geschichten niederschreiben. Die einzige Geschichte, die sie jetzt noch beschäftigte, war die ihre. Sie wusste nicht mehr, was die Legende besagte, zumindest nicht wortgetreu, doch einen Satz konnte sie nicht vergessen: *Bis der Tag kommt, an dem Ihr seid wie ich.* Lily wusste auch nicht mehr, wer diesen Satz gesagt hatte. Er war ja sowieso schon nicht ganz klar in der Prophezeiung, aber so in der Leere hängend ...

Wie vor wenigen Wochen verging die Zeit wie im Flug und Lily hatte nicht gemerkt, wie es schon wieder dämmerte. Sie wurde von einem sanften „Hallo" aus ihren Gedanken gerissen. Sie schaute auf und blickte in zwei wunderschöne, smaragdgrüne Augen. „Armand?" Ein erleichtertes Lächeln machte sich auf ihrem Gesicht breit. „Du bist zurück! Ich habe dich so vermisst." Armand nickte nur leicht und half ihr hoch. Erst jetzt fiel Lily auf, dass sein Lächeln seine Augen nicht erreichte. „Stimmt etwas nicht?", fragte Lily besorgt. „Was hast du in Erfahrung bringen können?", hakte sie nach. „Nicht hier", murmelte Armand nur, seine Stirn in Runzeln, er schien nicht ganz da zu sein. Er schaute sich um. *Was ist nur los mit ihm?,* fragte sich Lily, *auch wenn er vorher besorgt war und nicht viel sagte, scheint er jetzt besonders kalt zu sein. Droht uns jetzt Gefahr?* Lily wusste nicht, wie sie diese Veränderung deuten sollte, und beschloss zu warten, bis er ihr erzählen würde, was er gefunden hatte. Vielleicht würde er sich dann entspannen. In Stille gingen sie nebeneinander her.

Als sie in Lilys Wohnung angekommen waren, schaute sich Armand interessiert um, als wäre er zum ersten Mal bei ihr. Lily ging wie gewohnt direkt zur Küche. Sie machte Tee und setzte sich an den Küchentisch. Armand stand noch immer in der Tür und verfolgte sie mit seinen Augen. „Willst du dich nicht hinsetzen?", fragte sie ihn. Er nickte wieder nur leicht mit dem Kopf und setzte sich zu ihr hin, ganz nah. Armand hatte bisher immer eine gewisse Distanz zwischen ihnen gehalten, außer natürlich, wenn sie sich küssten. Lily wurde sich seiner plötzlichen Nähe sehr bewusst und ihr Herz begann augenblicklich wild zu schlagen. Sie schaute zu ihm auf und fand seine grünen Augen. Schlagartig verlor sie etwas von ihrer Aufregung, es waren immer noch dieselben grünen Augen, doch Lily sah in ihnen etwas hartes Unnachgiebiges. Sie waren verändert, er war verändert. Was war in den wenigen Tagen nur geschehen, das ihn so hart und kalt gemacht hatte? „Und, sagst du mir jetzt, was du gefunden hast? Ich halte die Spannung nicht länger aus. Es ist ganz klar etwas Unerfreuliches, so wie du dich verhältst." „So wie ich mich verhalte?", fragte er mit einem höhnischen Grinsen. Lily erschrak, noch nie hatte sie Armand in einem derartigen Ton sprechen hören; er strahlte Kälte aus. „Ja, du bist so anders", brachte sie hervor, „so ... kalt. Als ob du jemand anders wärst." Erstaunt hob Armand die Augenbrauen, so als hätte sie etwas gesagt, das er nicht erwartet hatte. Er holte tief Luft und schien sich zu entspannen. „Also, was willst du wissen?", fragte er sie schließlich. „Na, das, was du in Erfahrung bringen konntest. Der Grund, weshalb du dich so anders verhältst. Weiß etwa Asmodeus über mich Bescheid? Hat er irgendwie herausgefunden, was wir wissen?" Armands Augen waren weit vor Erstaunen: „Asmodeus?", fragte er. „Was sollte er denn über dich wissen?" Nun wurde es Lily doch etwas mulmig: „Na, das, was du letzte Woche gesagt hast ... Dass ich Lilith sein soll ... Oder ist es etwa doch nicht so?" Lily schaute ihn hoffnungsvoll an. „Dazu habe ich leider nichts gefunden", entgegnete Armand vorsichtig, als ob er Angst hätte, etwas Falsches zu sagen. „Ich denke, ich sollte langsam gehen, aber ich werde morgen wiederkommen. Mir ist etwas eingefallen, was ich noch nachprüfen sollte. Ich werde dir morgen alles erklären, wahrscheinlich müssen wir dann für kurze Zeit verreisen." Lily nickte, sie hatte sich schon gedacht, dass der Zeitpunkt dafür bald kommen würde. „Willst du wirklich schon gehen? Wir könnten uns doch einen gemütlichen Abend machen und einen Film schauen, oder noch ein bisschen reden?" fragte Lily ihn hoffnungsvoll. „Aber nicht über Asmodeus oder Lilith", fügte sie noch schnell hinzu. Armand lächelte frech, und diesmal erreichte sein Lächeln auch seine Augen: „Heute nicht, aber wir werden bald zusammen fortgehen, dann werden wir ganz viel Zeit für solche Sachen haben!" Ihr Freund nahm sie in seine Arme und küsste sie mit einer Leidenschaft, die sie von ihm nicht kannte, er war sonst viel zärtlicher und vorsichtiger, aber jetzt … Vielleicht hatte die drohende Gefahr dies in ihm ausgelöst. Sie genoss den kurzen Augenblick, und plötzlich war er weg. Sie versuchte nicht, ihm nachzusehen. Sie setzte sich wieder an den Küchentisch und trank ihren Tee mit einem Lächeln aus. Der einzige Gedanke, den sie im Moment hatte, war, dass sie beide bald schon für unbestimmte Zeit ganz alleine sein würden!

Ein schöner Raum

Lily verbrachte den nächsten Tag angespannt und voller Vorfreude ... und Angst? Woher die Vorfreude kam, war ihr klar, aber Angst? Wovor sollte sie sich fürchten? Armand würde bald hier sein, und dann würde die Welt wieder in Ordnung sein.

Als es an der Tür klingelte, war Lily schon beinahe am Durchdrehen. Sie wusste nicht, wieso sie gerade heute so aufgeregt war, Armand sehen zu können. Vielleicht lag es an seinem Kuss von letzter Nacht oder an der Freude, mit ihm verreisen und vielleicht mal ein wenig entspannter zusammen die Zeit verbringen zu können. Seit sie über Vampire Bescheid wusste, war keine Normalität mehr in ihr Leben eingekehrt. Lily wäre schon sehr glücklich darüber, diese Lilith-Angelegenheit etwas ruhen zu lassen.

Sie öffnete Armand die Türe mit einem strahlenden Lächeln, doch er schien wieder, wie am Vorabend, kühl und meilenweit weg zu sein. Ihr Lachen verblasste und er trat ein. Sobald sich beide an den Tisch gesetzt hatten, fing Lily an, ihn auszufragen, sie platzte fast vor Neugier. „Und, konntest du das herausfinden, was dich gestern Abend so brennend interessierte?" „Jepp", sagte er belustigt. „Wie angekündigt, müssen wir heute Nacht los. Ich habe mich gestern noch mit Elizabeth getroffen und sie hat mir einiges sagen können. Deshalb werden wir uns heute Nacht auch mit ihr treffen, sie ist die Einzige, die uns helfen kann." „Wir treffen uns mit meiner Mutter?!" Lily war überglücklich, dies zu hören. Nach allem, was ihre Mutter ihr gesagt hatte, dachte Lily, sie würde sie nie wiedersehen können. „Ja, in ein paar Stunden, dann, wenn die anderen Vampire auf die Jagd gehen. Es würde sonst auffallen, wenn Elizabeth plötzlich verschwinden würde. Willst du noch ein paar Sachen packen? Wir müssen uns beeilen, um Asmodeus zu entkommen." „Okay, dann geh ich mal packen. Wohin gehen wir?" „Das kann ich dir noch nicht sagen, wir werden uns spontan entscheiden. Aber nimm doch lieber ein paar warme Sachen mit, nur für alle Fälle." Lily nickte.

Sie verbrachten einen ruhigen Abend. Armand war noch immer nicht gesprächiger und schien stets in Gedanken versunken. Kurz vor elf Uhr erklärte er ihr, dass er ihr die Augen verbinden müsse. „Wieso denn das?", fragte sie ihn skeptisch. „Weil ein Vampirversteck immer vor Sterblichen geheim gehalten werden muss." Lily schaute ihn immer noch argwöhnisch an. „Du vertraust mir nicht?", fragte er sie mit einem spitzbübischen Grinsen. Noch vor einer Woche hätte sie nicht gezögert, ihm zu antworten, doch seit er wieder zurück war, hatte er etwas Seltsames an sich … etwas Finsteres. Doch ihr blieb keine Wahl, was konnte sie sonst machen? „Ja, okay", antwortete sie endlich. Sie schloss das Haus ab und ließ sich in seinem Auto – er war noch nie mit dem Auto zu ihr gekommen! – die Augen verbinden. Schon nach den ersten vier Abbiegungen wusste sie nicht mehr, wo sie sich befanden. Bald hielten sie wieder an, für Lily hatte sich die Fahrt wie eine halbe Stunde angefühlt, aber es war bestimmt viel weniger Zeit vergangen. Armand half ihr aus dem Auto und führte sie vorsichtig beim Gehen. Ihre Schritte hallten, wahrscheinlich waren sie in einem Parkhaus, doch schon bald konnte sie einen Brunnen plätschern hören, zumindest dann, wenn nicht gerade eine Straßenbahn vorbeifuhr. Der Boden veränderte sich: Zunächst musste es Beton gewesen sein, doch jetzt? *Pflastersteine!*, dachte Lily. Sie mussten sich nun in der Altstadt befinden. Schon nach kurzer Zeit bogen sie ab, und Armand half ihr, die kleinen, unregelmäßigen Treppenstufen hinaufzugehen. Als die Treppe zu Ende war, drehte Armand sie nach rechts, und Lily hörte, wie er eine Türe öffnete. Sie traten ein und nach ein paar Schritten öffnete er eine weitere Türe; der Geruch eines feuchten Kellers kam ihnen entgegen. Nachdem Armand diese Türe hinter ihnen wieder verschlossen hatte, sagte er: „Gib acht, wir müssen eine Treppe hinuntersteigen. Die Stufen sind eng und können glitschig sein. Am besten schaust du, dass du weder den Kontakt zur Wand noch zu meiner Schulter verlierst." Er schob Lilys rechte Hand an eine feuchte Steinwand und ihre linke auf seine Schulter. „Solltest du fallen, kann ich dich jederzeit problemlos auffangen!" Lily konnte das freche Lächeln in seiner Stimme hören.

Lilys Beine schmerzten bereits etwas, als die Treppenstufen endlich zu Ende waren. Sie hatte keine Ahnung, wo sie sich befand, außer, dass es unter der Stadt sein musste. Die Luft war kühl und roch noch immer leicht nach Moder, so wie man es von schlecht isolierten Kellern in alten Häusern kennt. Armands Schritte verstummten ruckartig: „Du kannst die Augenbinde jetzt abnehmen, ich bezweifle, dass du weißt, wo wir sind." Lily erwartete elektrisches, helles Licht, doch der Schein, der auf ihre Augen traf, stammte von spärlich verteilten Kerzen. Sie hatte Mühe, etwas zu erkennen. Das Einzige, was sie wahrnehmen konnte, war ein scheinbar endloser, dunkler Gang, möglicherweise mit Abzweigungen. Oder waren es vielleicht Türen zu anderen Räumen? Lily konnte es nicht erkennen, nur dass an manchen Stellen die tiefen Wände des Korridors dunkler zu sein schienen. „Ich weiß, dass das Licht für Menschen spärlich ist, aber für uns reicht es. Eigentlich wären sogar weniger Kerzen notwendig, aber ein wenig Gemütlichkeit gönnen sich auch die Unsterblichen!" Ein mulmiges Gefühl stieg in Lily hoch, sie wusste nicht, ob es an Armands Tonfall lag oder ihr der Keller doch zu unheimlich war; irgendetwas stimmte hier nicht: *Wenn dies eine Vampirunterkunft ist, wo sind dann all die Vampire? Es wäre doch bestimmt gefährlich, wenn wir hier entdeckt würden. Wir hätten doch Elizabeth auch an einem anderen Ort treffen können, zum Beispiel in einem hell beleuchteten Café.* Sie gingen leise weiter. Lily versuchte, so wenig Lärm wie möglich zu verursachen, doch im Vergleich zu Armand schienen ihre Schritte die eines Riesen zu sein. Ihr war das Ganze nun doch ein bisschen zu klischeehaft: Warum konnten Vampire nicht auch einfach in einem schön eingerichteten Haus wohnen? … Wie Menschen? In den ganzen Horrorfilmen, in welchen Vampire das Sonnenlicht nicht vertrugen, mochte die ganze Gruft- und Sarggeschichte ja Sinn machen, aber die wirklichen, die realen Vampire hatten kein Problem mit Tageslicht, ja mochten es sogar. Wieso also diese ungemütlichen Katakomben? Lily hatte nicht aufgepasst, sie war einfach blind Armand gefolgt und lief nun beinahe in die Tür, vor der sie standen. Armand öffnete die dicke Eichentüre und Lily staunte nicht schlecht: obwohl der Raum keine Fenster besaß, war es einer der schönsten Räume, die Lily je gesehen hatte.

Er war um einiges besser beleuchtet als der Korridor, aus dem sie gerade kamen. Die Decke war zwar auch gewölbt, aber viel höher, und glich der einer Kirche. Am höchsten Punkt, an dem die Deckenteile zusammenliefen, hing ein mächtiger Kronleuchter mit etwa fünfzig brennenden Kerzen. Doch der Leuchter war nicht die einzige Lichtquelle; in der Wand war ein großer, rustikaler Kamin, in dem knisternd ein gemütliches Feuer brannte und den Raum nicht nur wärmte, sondern in ein warmes Licht tauchte. Vor dem Kamin waren zwei große Sessel platziert. Sie waren mit einfachen Schnitzereien dekoriert. Und das dunkle Holz mit laubgrünen Samtüberzügen wirkte sehr einladend. Zwischen den zwei Sesseln befand sich ein kleiner, runder Tisch auf dem eine Schale, ein Krug und zwei barocke Gläser ruhten.

An der rechten Wand stand ein imposantes Himmelbett. Die Farben der Bettbezüge und des Holzes harmonierten mit den gemütlichen Sesseln. Von der Größe her musste es sich um ein französisches Bett handeln; es war zu breit für ein normales Bett und zu schmal für ein Doppelbett. Die geschickt gedrechselten Eckpfosten schienen sogar höher als die Decke des Korridors. Auf der rechten Seite des Bettes stand aus demselben dunklen Holz ein kleiner Nachttisch. Eine kleine Platte aus weißem Marmor ruhte auf ihm. An der vorderen, rechten Wand stand noch ein zierlicher Sekretär, der in diesem Raum mit schweren Möbeln aus einer anderen Zeit zu kommen schien. Die groben Steinwände des Raumes waren mit alten Wandteppichen behangen, genauso wie der Sekretär schienen auch die Motive darauf Anachronismen zu sein. Sie bildeten Schlösser ab oder porträtierten ihr nicht bekannte Personen. Sogar das aus dem Fernsehen bekannte Ritter-gegen-Drachen-Motiv war auf einem Wandteppich zu sehen!

Lily war sprachlos. Es war, als wäre sie plötzlich in eine andere Welt geworfen worden, die für sie bisher nur in Geschichtsbüchern existierte. Waren es nicht erst wenige Minuten her, als sie noch über die Vampire und ihren unmöglichen Geschmack für Dunkelheit und Unheimlichkeit gewettert hatte? Sie schaute sich nochmals um: vom übergroßen Bett, über den Kerzenleuchter, dann zum Feuer, als ihr die Schale und der Krug auffielen. Wieso hat es hier eine gefüllte Fruchtschale? Sie ging zum Tischchen und den Sesseln. Der Krug war mit Wasser gefüllt. Lily runzelte nachdenklich die Stirn und drehte sich zu Armand. Sie wollte ihn fragen, wieso sich in einer Vampirbehausung eine Fruchtschale und ein Wasserkrug befanden. Doch Armand war verschwunden. Er musste aus dem Raum geschlichen sein, als sie in dessen Betrachtung vertieft war. Doch warum sollte er einfach verschwinden, ohne ihr etwas zu sagen? Es sah so aus, als ob sie doch ihrem Gefühl hätte vertrauen sollen. Was sollte sie jetzt machen? Konnte sie sich alleine auf die Suche nach Armand begeben, oder würde er wieder zurückkommen? Vielleicht war er alleine auf die Suche nach Elizabeth gegangen. Lily entschied, einfach mal auf den Gang hinauszugehen, vielleicht war er ja nicht so dunkel, wie sie geglaubt hatte. Vielleicht würde sie den Weg auch alleine finden. Diese Gänge konnten sich sicherlich nicht unter der ganzen Stadt verteilen. Lily hatte noch nie was von unterirdischen Gängen in Basel gehört. Sie ging zur Türe und versuchte diese zu öffnen. Entweder war die Tür viel schwerer, als Lily zuerst gedacht hatte, oder sie klemmte. Armand würde sie doch bestimmt nicht einsperren, welchen Grund hätte er denn? Doch, egal ob sie die Tür stieß oder zog, sie gab kein bisschen nach. Lily versuchte, durch das Schlüsselloch etwas zu sehen, doch sie konnte nichts erkennen. Ob es am wenigen Licht lag, oder daran, dass der Schlüssel vielleicht außen noch im Schlüsselloch steckte?

Nun war sich Lily sicher, dass etwas nicht stimmte. Armand hätte ihr das nie angetan, doch sie hatte vergessen, wie verändert er zurückgekommen war. Was würde nun mit ihr geschehen? Hatte Elizabeth doch recht gehabt und sie hätte Armand nicht vertrauen dürfen? Nein, das konnte nicht sein, und doch ... Er war ja auch dabei gewesen, als Asmodeus ihre Familie zerstört hatte. Konnte es zwei Armands geben? Das ist doch absurd! Zwei Armands ... Es reichte doch schon, dass sie in einen Schauerroman gefangen war, Science-Fiction brauchte Lily nun wirklich nicht auch noch! *Klone ...* dachte sie abschätzig, „Pah, so ein Mist ..." Sie hatte es sich im hinteren Sessel gemütlich gemacht, als ihr plötzlich alles klar wurde. Dass sie nicht früher darauf gekommen war ...; „Ein natürlicher Klon!" *Jetzt ergibt alles einen Sinn!,* dachte Lily, *aber wo ist dann ...* Die Tür ging auf, und im Zimmer standen plötzlich ein junger Vampir und ... Armand. „Bist du dir sicher, Lyès? Du weißt, wenn du dich täuschst, rollen Köpfe ... zumindest deiner!", fügte er schadenfreudig hinzu. „Klar bin ich mir sicher, sie hat es sogar selbst gesagt." Armands, oder wie der Fremde ihn nannte, Lyès' Stimme war rau, seine Augen schauten Lily voller Verachtung an. Sie hatte noch nie einen derartigen Blick aus diesen Augen erhalten, und war erstaunt, wie verletzt sie darüber war, obwohl sie ja jetzt genau wusste, dass dieser Vampir nicht ihr geliebter Armand war. Wieso hatte ihr Armand nicht gesagt, dass er einen Zwillingsbruder hatte? Dies hätte nicht nur das damalige Geschehen erklärt, sondern auch ein neues Desaster verhindern können. Wo war bloß Armand? Hatten sie ihn gefangen genommen? Dies würde auch erklären, warum sie wussten, wer sie war. „Wir müssen sie rund um die Uhr bewachen", fuhr Lyès fort, „wir wissen nicht, wann sie zurückkehren, und die anderen dürfen auf keinen Fall von ihr wissen. Hast du verstanden? Du übernimmst die erste Schicht und ich löse dich am Morgen ab. Sprich nicht mit ihr, fass sie nicht an, und am besten betrittst du das Zimmer erst gar nicht. Verstanden?" „Ja", antwortete der fremde Vampir kurz. Sie machten sich soeben daran, das Zimmer zu verlassen, als Lily den Mut fand, zu sprechen: „Ar... Lyès, warte!" Er drehte sich langsam zu ihr um und schaute sie mit einer hochgezogenen Augenbraue erwartungsvoll an. „Wo ... wo ist Armand?" Sein Gesicht verzog sich zu einer grausigen Maske: „Erwähne niemals wieder diesen Namen in meiner Gegenwart." Wenn Blicke hätten töten können ... Er wendete sich ab, und folgte dem anderen Vampir aus dem Raum.

Lily war wieder alleine. Sie legte sich auf das Bett und versuchte, ruhig zu bleiben. Tief durchatmen, dachte sie, doch die Wände des Raumes schienen näher zu rücken. Die Leere hatte den Raum für sich eingefordert.

Schauerromane und Küsse

Lily wusste nicht, wie viel Zeit sie in diesem Zimmer verbracht hatte. Ein Tag, wenn man es so nennen konnte, glich dem anderen. Sie schlief, las, wartete, aß, und schlief wieder. Lyès wechselte sich bei der Bewachung regelmäßig mit dem ihr fremden Vampir ab. Doch er blieb nicht, wie der andere, vor der Türe, sondern gesellte sich zu ihr. Er brachte ihr immer was zu essen mit, und neue Bücher. Lyès schien es lustig zu finden, gruselige Erzählungen zu wählen; so hatte sie sich in kürzester Zeit durch die klassische Schauerliteratur gelesen. Und obwohl sie sich selber in jener Art Geschichte befand, konnte sich Lily überhaupt nicht mit dem Genre anfreunden. Besonders „Der Mönch" von Matthew G. Lewis mochte sie nicht. Während andere Erzählungen sich noch in einem vernünftigen Rahmen bewegten und nicht immer erschreckend waren, so war die Geschichte des Mönches besonders beunruhigend. Da Lily aber sonst nichts zu tun hatte, las sie auch dieses Buch zu Ende. Wenn Lyès anwesend war, mochte er es, sie zu beobachten.

Zu Beginn hatte Lily noch versucht, konkrete Antworten aus ihm herauszubekommen, doch mittlerweile wusste sie, dass es nichts brachte. Immer, wenn sie ihn etwas gefragt hatte, hatte Lyès spitzbübisch gegrinst und ihr eine Gegenfrage gestellt. Lily hatte versucht, ihn nicht mehr zu beachten, ihn einfach zu ignorieren, und doch freute sie sich jedes Mal wieder, wenn er seinen Kollegen ablöste. Nach einigen Tagen reichten Lily die Bücher nicht mehr aus und sie sehnte sich nach Gesprächen. Sie schaute von ihrem aktuellen Buch „Der Untergang des Hauses Usher" auf, direkt in Lyès' Augen. Sie saßen beide in den gemütlichen Sesseln vor dem Feuer. Und sie bemerkte, wie seine Augen und Gesichtszüge weicher geworden waren; sie glichen jetzt viel eher denjenigen von Armand, nur das spitzbübische Grinsen war neu. Lily riss sich von seinem Blick los, und schüttelte sich, als ob sie das, was sie gerade gefühlt hatte, loswerden wollte. *Nein,* dachte sie, *das kann nicht sein, diese Gefühle sind nicht echt.* Sie gehörten zu Armand, nicht zu Lyès. Sie öffnete wieder das Buch, um sich abzulenken, doch es half nicht. Sie sah zwar die Wörter, die Sätze, doch was sie in ihrem Kopf sah, war das Gesicht ihres Kerkermeisters. Sie wusste zwar, dass es nicht Armand war, doch seine Augen waren ... sie waren gleich, stellte Lily erstaunt fest. Beide Brüder trugen dieselbe Melancholie, dieselbe Traurigkeit in sich. Wie konnte sie dies übersehen? Hatte Lyès sie deswegen so leicht austricksen können?

Nein, der Unterschied lag nicht in den Augen, es war der Mund. Während Armands Traurigkeit sich auch durch seinen Mund ausdrückte, spielte um Lyès' Lippen oft ein Lächeln, ja ein spitzbübisches Grinsen. Beim Gedanken an dieses Grinsen wurde es Lily wieder zu viel. Sie musste diese Gedanken verdrängen, sie waren nicht real, sie verwechselte ihn bestimmt wieder mit Armand. Armand, der sie in die Arme nehmen würde, der sie trösten würde ... und Lyès? Der ihr immer Gesellschaft leistete, immer mehr Zeit mit ihr verbrachte? Sie wusste, dass sie sich auf seine Schicht freute, sie konnte dies nicht leugnen. *Nein, nein, nein! Schlag dir das aus deinem Kopf!* Litt sie jetzt vielleicht sogar am Stockholm-Syndrom? Sie wollte sich nicht mehr den Kopf darüber zerbrechen. „Musst du nicht langsam gehen? Du wirst doch bestimmt bald vom anderen Trottel abgelöst", provozierte sie ihn kalt. Doch Lyès grinste nur: „Wieso? Erträgst du die Spannung zwischen uns nicht mehr?", fragte er mit einem höhnischen Lachen. „Na klar", erwiderte sie sarkastisch und stand ruckartig auf: „Bitte geh jetzt!" Lyès stand lässig auf, und stellte sich direkt vor Lily hin. Sie schaute ihm in die

Augen und merkte im selben Moment, dass dies ein Fehler gewesen war. Sie versank wieder, als befände sie sich in einem endlosen Wald. Lyès' Blick hatte seinen Hohn verloren, und war plötzlich voller Zärtlichkeit. Lilys Herz begann, wild zu schlagen, als der Vampir seine Hände hob. Seine linke Hand streichelte ihren Rücken, von ihrem Nacken hinunter, an der Wirbelsäule entlang und verharrte im Kreuz. Er hob die rechte Hand zu ihrem Gesicht und strich eine Strähne aus ihrem Gesicht. Lily hatte nun ihre Augen geschlossen und genoss Lyès' Zärtlichkeiten. Mit den Fingerspitzen fuhr er Lilys Gesicht entlang zu ihrem Kinn und hob ihren Kopf zu sich hoch. Lily öffnete überrascht ihre Augen, um gerade noch in seine zu blicken, die mit Leidenschaft gefüllt waren. Da küsste er sie auch schon. Automatisch schloss Lily ihre Augen wieder. Armand hatte sie nie mit solcher Leidenschaft geküsst, er war immer nur vorsichtig und zärtlich gewesen. Lily schmolz in Lyès' Armen nur so dahin. Er hielt sie mit seiner linken Hand fest gegen seinen Körper gedrückt. Seine rechte Hand streichelte ihren Hals entlang zu ihrem Schlüsselbein, und sie verspürte ein leichtes Stechen, währenddessen der Kuss immer noch anhielt. Lily wusste nicht mehr, wo sie aufhörte und Lyès anfing. All ihre vorherigen Ängste waren wie weggeschmolzen. Lyès küsste sie nun nicht mehr auf den Mund, sondern verfolgte mit kleinen Küssen ihren Kiefer und tastete sich genüsslich zum Ohr, wo er an ihrem Ohrläppchen knabberte. Lily schauderte leicht und merkte, wie sich Lyès' Lippen zu einem Lächeln formten, als er ihren Hals küsste. Er machte erst halt, als seine Lippen die pikende Stelle bei ihrem Schlüsselbein erreichten. Lily spürte nun ein leichtes Brennen, doch kümmerte sie sich nicht weiter darum. Lyès' Kuss war intensiver als zuvor, und Lily war enttäuscht, als er plötzlich damit aufhörte. Er richtete sich wieder auf und schaute sie an. Als Lily die Augen wieder öffnete und in die seinen schaute, sah sie nichts mehr vom alten Lyès. Seine Augen waren wieder weich und voller Zärtlichkeit, es war, als ob er jemand ganz anderer wäre. Sie sah plötzlich eine andere Person vor sich stehen und erinnerte sich schuldbewusst an Armand. Lyès musste den Wechsel in ihren Augen gesehen haben, denn seine Miene verfinsterte sich wieder und er trat einen Schritt zurück. Und plötzlich schien es, als ob die letzten Minuten nie stattgefunden hätten. „Lyès", sagte Lily sanft, doch er schaute zur Tür und in der nächsten Sekunde klopfte es auch schon. „Ja?", fragte Lyès harsch. Die Türe öffnete sich und der Andere trat ein. „Er ist zurück", sagte er nur. Lyès' Gesicht verwandelte sich wieder in die undurchschaubare Maske. Sie schaute ihm nochmals in die Augen: Er blickte ausdruckslos zurück, es war, als ob sich eine Türe geschlossen hätte. Lyès nickte und verließ wortlos den Raum.

Dies konnte nur eines bedeuten: Asmodeus war zurück und ihre Zeit war gekommen. Lily wusste zwar nicht genau, was das für sie bedeutete, doch eines war ihr klar: Sie würde nicht mehr lange sie selbst sein, Lilith würde ihren Körper übernehmen und sie zerstören. Als Lily diesen Gedanken formulierte, spürte sie, wie sich Lilith in ihr regte, sie war beim Namen Asmodeus erwacht.

Seelen im Gespräch

Lily beendete ihre Lektüre, denn nach Lesen war ihr nach diesen Ereignissen nicht mehr zumute. Sie legte sich aufs Bett und ließ ihren Gedanken freien Lauf. Zerrissen von Schuldgefühlen Armand gegenüber und ihrem Verlangen nach Lyès, versuchte sie mit ihrer Angst vor dem, was nun geschehen würde, klarzukommen. Da Asmodeus nun wieder hier war, konnte es nicht mehr lange dauern, bis man sie holen würde. Und obwohl sie damals weder ihre Familie hatte, noch Armand oder Lyès in ihrem Leben eine Rolle spielten, sehnte sie sich wieder nach jenen Zeiten, als sie keine Ahnung davon hatte, welche Wesen diese Welt bevölkerten. Sie wünschte sich die ruhigen Nachmittage im Park zurück und die stillen Nächte, die sie mit Schreiben verbringen konnte. „Keine Angst", sagte plötzlich eine samtene Stimme zu ihr, „bald bist du weg, und musst dir keine Sorgen mehr machen." Die Stimme wirkte zwar beruhigend, war aber gleichzeitig voller Bosheit und Schadenfreude. Lily wusste, dass Lilith zu ihr sprach. Die Dämonenkönigin war stärker geworden und schien sich jetzt schon ein wenig von Lily trennen zu können. Lily wunderte sich, wie sie das machte. Was hatte sich in den letzten Tagen verändert, das Lilith Kraft gegeben hatte? Sie berührte die Stelle an ihrem Schlüsselbein, die leicht brannte, als Lyès sie dort geküsst hatte. Lily wusste jetzt, auch wenn sie dies während des Kusses nicht wahrgenommen hatte, dass Lyès ihr Blut getrunken hatte. Er hatte sie nicht gebissen, nur ihre Haut leicht eingeritzt. Konnte er genug getrunken haben, um sie schon so zu schwächen? Sie konnte es nicht einschätzen. Sie fühlte sich zwar ein wenig müde, wusste aber nicht, ob der Blutverlust der Grund war. Wann hatte sie das letzte Mal geschlafen? Ohne Uhr und Tageslicht war es schwierig, die Zeit genau zu bestimmen.

Vielleicht war Lilith auch nur deshalb stärker, weil sie wusste, dass Asmodeus in der Nähe war. Sogar Lily konnte ihn fühlen. Eine riesige, boshafte Macht ging von ihm aus und Lilith schien daraus ihre Energie zu schöpfen. „Recht hast du, meine Kleine", nahm die körperlose Stimme den Dialog wieder auf. „Er und ich sind eins. Nur vollständig, wenn wir beisammen sind. Du spürst bereits jetzt, wie uns die Nähe zueinander stärkt, und ihr Würmer könnt nichts dagegen machen. Ihr werdet alle dafür bezahlen, uns so lange getrennt zu haben. Bin ich erst wieder mit meinem geliebten Herrn vereint, wird deine Mutter als Erste büßen. Kein Mitglied deiner Familie wird überleben!" *Meine Familie?*, fragte Lily. *Da wirst du nicht mehr viel zu tun haben, Asmodeus* (Lily versuchte, so viel Hass wie nur möglich in die gedankliche Aussprache seines Namens zu legen) *hat den Job schon lange erledigt. Meine Mutter und ich sind die einzigen Überlebenden.* „Ja, natürlich, das ist genau das, was sie von dir wollen. Das kleine Küken muss beschützt werden! Bis vor zehn Tagen wusstest du nicht einmal von meiner und der Dämonen Existenz, und jetzt bist du erstaunt, dass du nichts über den Onkel weißt? Wie naiv du doch bist!" *Onkel? Wieso konnte ich nicht bei ihm aufwachsen? Er hätte sich doch melden können?* Sie fühlte sich schlecht, die ganze Zeit hatte sie gedacht, sie wäre alleine gewesen, dabei hatte sie noch einen Onkel. Warum hatte er sie alleingelassen? „Du dumme Göre, du verstehst wirklich nichts! Glaubst du wirklich, er hätte sich in deine Geschichte einmischen wollen? Es wäre viel zu gefährlich für ihn gewesen, und es hätte ihm am Ende doch nichts gebracht." Lilith lachte, ihr hallendes Lachen füllte Lilys ganzen Kopf, sie hatte das Gefühl, er würde bald explodieren. „Nein!", schrie sie.

„Lily, Lily! Wach auf!" Lily öffnete die Augen und schaute sich um. Hatte sie wirklich geschlafen? Nur an das Gespräch mit Lilith konnte sie sich noch erinnern. Und das schauderhafte Echo ihres Lachens klang Lily noch immer im Ohr. Elizabeth war hier: „Lily, komm! Wir müssen gehen, bevor er kommt." „Mama?" „Nun komm, mein Liebling, sie sind vielleicht schon auf dem Weg hierher." „Was machst du hier? Ich dachte, wir können uns nie wiedersehen." Sie konnte immer noch nicht glauben, dass ihre Mutter vor ihr stand. „Das Blatt hat sich gewendet", antwortete Elizabeth. „Komm, wir müssen gehen, für Erklärungen werden wir später Zeit haben." Elizabeth stand schon in der Zimmertüre und sah in den finsteren Korridor hinaus. „Folge mir so leise du auch nur kannst, du weißt ja: Vampire haben ein hervorragendes Gehör." Mit diesen Worten schlich Elizabeth hinaus. Lily hatte Mühe, ihr zu folgen, es war immer noch dunkel. Lily hatte das Gefühl, ihrer Mutter wie ein Elefant hinterherzutrampeln. Sie konnte nichts hören außer ihren eigenen Atem und ihre Schritte, während Elizabeth nicht das kleinste Geräusch verursachte. Lily versuchte sich zu merken, wo sie entlanggingen, doch obwohl sie vor allem geradeaus liefen, würde sie den Weg zurück wahrscheinlich nicht mehr finden. Es gab zu viele Abzweigungen, und sie hatte sich schon keine merken können, als sie mit Lyès diesen Gängen gefolgt war. Nach kurzer Zeit bogen sie in einen Raum ein, der derselbe hätte sein können, aus welchem Lily nur kurze Zeit zuvor befreit worden war, nur die Wandteppiche waren anders als diejenigen, die sie in ihrem Zimmer gehabt hatte. Elizabeth ging direkt zur Wand rechts vom Kamin und verschwand hinter dem Wandteppich. Lily wartete ungeduldig darauf, dass etwas geschah. Sie glaubte, in der Ferne das Echo von Stimmen zu hören, als die Wand hinter dem Teppich plötzlich zu knirschen begann. „Komm", flüsterte Elizabeth ihr zu. Sie hob den Wandteppich zur Seite, sodass Lily einen Durchgang in der Wand erkennen konnte. Lily ging durch, und danach zog Elizabeth den Wandteppich wieder zurecht und betätigte einen Hebel, den Lily nicht gesehen hatte. Lily befand sich nun in absoluter Dunkelheit, es schien, als ob nicht mal das kleinste bisschen Licht bis hierhin durchdringen konnte. „Hast du die Mondsteinkette noch, die ich dir damals gegeben habe?", fragte Elizabeth ihre Tochter. „Ich habe sie nie abgelegt", antwortete Lily und suchte die Kette hervor. Lily glaubte, den Mondstein leicht schimmern zu sehen, doch Elizabeth schnappte sich die Kette aus Lilys Hand und fuhr mit der Reise im Dunkeln fort. „Der Mondstein ist ein ganz besonderer Stein für Vampire. Er reflektiert das Licht auf eine ganz besondere Art, sodass seine Farbe in einem Spektrum liegt, das nur Vampire erkennen können. Du könntest es mit einem ganz fahlen, leuchtenden Violett vergleichen, wir nennen es Violetine. Auf jeden Fall spendet es Licht, wo sogar wir sonst nichts sehen würden." Vielleicht hatte Lily den Stein doch schimmern sehen. Aber sie war doch gar kein Vampir. *Wie wird man überhaupt zu einem Vampir?*, fragte sie sich. Während sich Lily darüber den Kopf zerbrach, gingen die beiden Frauen jedes Geräusch vermeidend in der Dunkelheit weiter. Es waren bestimmt zehn oder fünfzehn Minuten vergangen, als Elizabeth ganz abrupt anhielt. Lily konnte nicht sehen weshalb. „Hier ist der Ausgang", erklärte Elizabeth sogleich. Lily hörte ein metallenes Knirschen und etwas Schweres, das gezogen wurde, und obwohl die Türe schwer zu sein schien, konnte Elizabeth sie anscheinend ohne Probleme öffnen. Plötzlich ergoss sich der helle Ton fließenden Wassers in den Korridor. Elizabeth führte ihre Tochter hindurch: „Bleib genau hier stehen, sonst fällst du noch ins Wasser. Der Birsig ist höher, als ich dachte." *Der Birsig?*, überlegte Lily und versuchte krampfhaft, sich an das zu erinnern, was sie in der Schule über den überbauten Fluss gelernt hatte. Sie mussten sich im Tal der

Stadt befinden, aber wo genau? Der Fluss strömte schließlich durch die ganze Innenstadt bis in den Rhein. Lily hörte wieder das Knirschen der Türe, die mit einem *Wompf* wieder ins Schloss fiel. Sie drehte sich gerade zum Geräusch hin um, als ein leises Knipsen ein grelles Licht auslöste. Elizabeth hatte ihre Taschenlampe dabei! Lily musste grinsen, nie hätte sie Vampire und geheime Gänge mit modernen LED-Taschenlampen verbunden! „Das Licht wäre zu hell gewesen, um es schon früher anzumachen. Wenn die anderen Vampire in den Tunnel geblickt hätten, hätten sie den Schein wohl gesehen", erklärte Elizabeth und reichte Lily ihre Kette zurück. „Bald haben wir es geschafft, ich hoffe bloß, dass niemand dein Fehlen bemerkt, bevor wir den Birsigtunnel verlassen haben. Es könnte sonst ein wenig heikel werden", fügte ihre Mutter noch hinzu und fuhr mit der Wanderung fort. Wie schon zuvor ging Elizabeth voraus und Lily versuchte, ihr so gut wie möglich zu folgen. Sie musste aufpassen, denn manchmal lagen Äste oder sonstiges Treibgut am Boden. Nach wenigen Minuten hielt Elizabeth wieder ruckartig an. Lily dachte, sie hätten das Ende der Reise schon erreicht, als sie sah, weshalb ihre Mutter so plötzlich innehielt. Im Lichtkegel der Taschenlampe war ganz eindeutig Lyès' Gesicht zu erkennen!

Entlang des Birsig

„Lyès!", schrie Lily erschrocken und klatschte sich überrascht wegen des Echos im Tunnel die Hände vor den Mund. Sie hörte ein merkwürdiges Geräusch, das sie dann als Fauchen deuten konnte. Ihre Mutter fauchte Lyès an! „Geh uns aus dem Weg, du kriegst meine Tochter nicht." Er hielt abwehrend die Hände gegen Elizabeth, als ob ihn dies schützen könnte. „Nein, halt", stammelte er, „ihr versteht nicht. Es ist eine Verwechslung." Lily schaute ihn genauer an. Ja, es stimmte. Er war Armand! Lyès konnte nicht so harmlos aussehen, und stammeln würde er bestimmt auch nicht. Bei diesen Gedanken hatte Lily einen kurzen Anflug von Reue, doch zurückgehen wäre ihr Tod, und schließlich bedeutete Lyès ihr nichts. Es war nur eine Projektion ihrer Gefühle gewesen, und außerdem hatte er sie den Löwen vorgeworfen oder zumindest beinahe. Ohne zu überlegen sprang Lily Armand um den Hals und kuschelte sich an ihn. „Wie hast du mich gefunden?" Zunächst über den plötzlichen Wechsel der Situation überrascht, legte Armand aber dann seine Arme um sie. „Nun ja, es ist eine etwas längere Geschichte, die ich mir besser für später aufhebe." „Gute Idee", sagte Elizabeth mürrisch, „kommt, wir müssen unbedingt weiter!" „Och nein", sagte eine höhnische Stimme aus der Dunkelheit, „wollt ihr euer fröhliches Wiedersehen schon beenden?" „Lyès!", spukte Armand giftig aus. „Ich wusste, dass du da irgendwie involviert bist." „Na ja, bei einem solch süßen Leckerbissen kann ich mich schwer raushalten!", erwiderte dieser spottend. *Leckerbissen?*, dachte Lily verletzt. Sie hatte es gewusst, doch es schmerzte mehr, als sie hätte glauben können, „und wohin soll's gehen?" Lyès grinste immer noch. „Ich werde euch immer finden, egal wo ihr seid. Lily und ich haben eine ganz besondere Verbindung, die mich immer zu ihr führen wird!" „Was?", schrie Elizabeth wütend. „Was hast du getan?!" Doch Armand hatte keine Worte mehr für seinen Bruder und sprang ihn mit gefletschten Zähnen an. Lily wusste nicht, ob Vampire sterben konnten und falls ja auf welche Weise, aber dieser Kampf zwischen den beiden Brüdern war das Brutalste, das sie bisher gesehen hatte. Es war falsch: Brüder sollten sich nicht bekämpfen. Lily konnte dem Kampf nur teilweise folgen. Die Schnelligkeit der Schläge und die Dunkelheit des Tunnels verhinderten dies. Doch sie sah, wie immer wieder einer der Brüder am Boden landete, weil sie versuchten, sich gegenseitig in den Hals, Nacken und Handgelenke zu beißen. Anscheinend war das Blutsaugen sogar Bestandteil der Kämpfe bei Vampiren. Einer der beiden hatte den anderen gerade am Kragen gepackt, ihn vom Boden hochgehoben und hielt ihn auf Augenhöhe schwebend. „Du warst schon immer der Schwächere von uns beiden gewesen." Obwohl die Stimme voller Hass war, konnte sich Lily nicht sicher sein, dass es sich dabei um Lyès handelte. Armand hatte vorhin so viel Verachtung in seinem Blick gehabt, dass es auch er hätte sein können. „Du warst immer zu feige, dir das zu nehmen, was du wolltest, Armand. Und nun werde ich es dir einmal mehr wegnehmen!" Lyès lachte hämisch und biss zu. Lily war vor Schreck erstarrt, und Elizabeth war viel zu schwach, um etwas gegen Lyès ausrichten zu können. In diesem Moment durchfloss Lily wieder dieses Gefühl von Macht und Hass, und sie wusste, sie konnte Lyès besiegen, wenn sie diesen Gefühlen freien Lauf ließ. Plötzlich wusste Lily genau, wie sie diese Macht nutzen konnte, und ließ sie durch ihr ganzes Wesen strömen. Sie hatte das Gefühl zu schweben. Lily sah plötzlich nicht nur das, was die Lampe beleuchtete, sondern alles: den Tunnel und die Vampire, sie sah auch die Straße über sich, die Straßenbahnen und Autos, die darauf fuhren, und die Menschen. So viele saftige Menschen! Sie sah, wie das Blut durch all diese Wesen floss, sie sah, wie Armands Lebensenergie in Lyès überging und wie die Lebenskraft von Lyès heller zu leuchten begann. In der Ferne sah sie aber die hellste Energie. „Asmodeus", flüsterte sie zärtlich und er drehte sich zu ihr um. Er flüsterte ihren Namen voller Liebe und Verlangen. „Lilith." Sie war zu lange weg gewesen.

Die Übernahme

Elizabeth war nur auf den Kampf zwischen den beiden Brüdern konzentriert gewesen, vielleicht konnte sie eingreifen und Armand helfen, doch dafür müsste sie genau erkennen, welcher der beiden Armand war. Als Lyès seinem Bruder in den Hals biss, hatte Elizabeth die Hoffnung verloren; sie war nicht mal annähernd stark genug, um Armand zu helfen. Das Einzige, was sie jetzt noch machen konnte, war, wenigstens Lily zu retten. Plötzlich wurde Elizabeth bewusst, dass sich hinter ihr, da wo Lily stand, eine riesige Kraft ansammelte. Sie drehte sich um und erschrak ob ihrer Tochter. Sie wusste, was passierte: Es war nicht mehr Lily. Lilith hatte die Kontrolle über den Körper ihrer Tochter übernommen. Lily war plötzlich kleiner, als sie sonst war, ihre Haut hatte einen leicht bräunlichen Schein angenommen, doch Elizabeth erschrak erst richtig, als Lily auf einmal ihre Augen öffnete und ganz sanft „Asmodeus" flüsterte. Die Augen ihrer Tochter waren fahl grün, fast schon weiß. Doch wie konnte das sein? Lily hatte sich noch nicht verändert, sie war ein Mensch und Lilith konnte nicht in einem Menschen wirken, es würde beide Seelen zerstören. Plötzlich drehte Lily ihren Kopf, sie hatte zuerst auf einen Punkt zu ihrer Linken geschaut, doch nun betrachtete sie gespannt den Kampf der Brüder. „Lily", flüsterte Elizabeth hoffnungsvoll.

Lily hörte ihre Mutter nur ganz leise von weit weg, es war, als ob sie kurz verschwunden wäre. „Jetzt weißt du auch, wie sich das anfühlt", sagte Lilith grimmig zu ihr. „Du wirst weniger als eine Erinnerung in deinem Körper werden. Du wirst verschwinden und ich kann zu meinem Geliebten zurück. Endlich! Weißt du, wie sich das anfühlt, Jahrtausende von deiner einzigen großen Liebe getrennt zu sein? Keine Kraft mehr zu haben, um zu entkommen. Manchmal sogar ohne Erinnerungen an das, was mal gewesen ist, bis du schon wieder in einem neuen Körper aufwachst, schon wieder in einer neuen Zeit, in der dir alles fremd ist. Die einzige Freude, die ich hatte, war, deine Ahninnen irrezumachen. Manche wussten nicht mal mehr über die Prophezeiung Bescheid. Welch ein Spaß dies war!" Lily sah die Gesichter von Frauen, sah verschiedene Epochen, sie sah, wie manche der Frauen immer ausgelaugter aussahen, und sie sah, was manche sich antaten, um dem Geist in ihren Köpfen zu entkommen. Die ganzen Erinnerungen wurden immer wieder von Bildern Asmodeus' unterbrochen. Dies waren Gefühle und Gedanken, die Lily nachvollziehen konnte, sie verstand Liliths Schmerz und Verlangen nach ihrem König, doch die Folter und Boshaftigkeit waren etwas, das Lily weder verstehen noch verzeihen würde. Sie musste die Kontrolle über ihren Körper zurückgewinnen, ohne die Macht an Lilith zurückzugeben. Sie versuchte Mauern um ihre Gedanken aufzubauen, sodass Lilith sie nicht sehen konnte. Doch Lilith war schon wieder auf ihre Macht und Wiederbelebung fixiert. „Welcher ist deine große Liebe, kleines Mädchen?", lachte Lilith sie aus. „Welchen soll ich töten? Du kannst wählen. Einen der beiden lass ich dir!" Anstatt ihr zu antworten, sammelte Lily all ihre Kraft und wartete den richtigen Moment ab. Sie hatte immer noch Zugang zu Liliths Gedanken, zudem war es für die Königin der Bosheit eine offensichtliche Wahl. Sie packte den überraschten Lyès am Nacken und hielt ihn über ihren Kopf hoch. Lily sah die Angst in Lyès' Augen ganz deutlich. Lyès schien zu glauben, dass Lily ihm das Blut aussaugen würde, doch Lilys Menschenzähne waren dafür nicht scharf genug. Durch Liliths Sicht konnte Lily eindeutig sehen, dass Lilith die Energie direkt zu sich nehmen konnte. Sie sah, wie Lyès das eben getrunkene Blut scheinbar transpirierte und sie sah, wie Lilith ihren Körper in eine Art Blutwolke hüllte und das Blut und seine Energie direkt aus der Luft durch ihre Haut diffundierte.

Nun war der Moment gekommen, in dem Lilith am schwächsten war. Lilith hatte sich ganz von der realen Welt gelöst und schien sich in einer Art Trance des Blutsaugens zu befinden. Lily schnitt ihr als Erstes die Energiezufuhr des Körpers ab, von den Beinen aufwärts zu ihrem Kopf erlangte sie die Kontrolle über ihren Körper zurück. Im Moment, als sie ihren Kopf wieder ganz für sich hatte, konnte Lily weder Lyès hochheben, noch weiterhin seine Energie in sich aufnehmen. Lilith tobte vor Wut und schwor einmal mehr, Rache an Lily und ihrer ganzen Familie zu nehmen. Lily ignorierte dies, sie kontrollierte, ob Lyès noch am Leben war, half Armand auf seine Beine und zog ihre Mutter am Arm. „Komm, schnell! Wir müssen gehen, Asmodeus weiß, wo wir sind und was passiert ist. Schnell, bring uns zum Ausgang." Elizabeth wartete nicht länger, bis sie aus diesen seltsamen Ereignissen aufwachen konnte. In wenigen Minuten waren sie auch schon am Ausgang und kletterten ermüdet durch einen Kanaldeckel bei der Postpassage hinaus. Noch waren sie aber nicht in Sicherheit. Für die anderen Vampire war es ein Leichtes zu wissen, welchen Ausgang sie genommen hatten: außer ihrer Scharfsichtigkeit und ihrem feinen Gehör hatten sie auch noch eine äußerst gute Nase. Elizabeth dachte, sie könnten sie am leichtesten verlieren, wenn sie in eine Straßenbahn steigen würden. Armand hatte sich wieder ein wenig erholt, sodass er ohne Hilfe von Lily gehen konnte. Sie joggten so gut es ging zur nächsten Haltestelle und stiegen in die wartende Bahn. Sie mussten sich überlegen, was sie als Nächstes tun konnten, da nun weder Armands noch Lilys Haus sicher waren. Elizabeth konnte nicht helfen, da sie immer nur mit dem Orden gelebt hatte, aber Armand wusste von einer kleinen Försterhütte im Jura, die sogar sein Bruder nicht kannte. Sie entschlossen sich aus einem an der Grenze liegenden Quartier ein Auto zu stehlen, und von dort aus in den Jura zu fahren. Lily war mittlerweile hundemüde und ließ ihre Mutter und Armand alles organisieren. Sie wusste nur noch, dass sie im St. Johanns Quartier ausgestiegen waren und dort nach einem schnellen, unauffälligen Auto gesucht hatten, das sie auch bald fanden. In aller Stille fuhr Armand sie über die Grenze in Richtung der kleinen Forsthütte. Lily versuchte, sich die Ereignisse des Tages durch den Kopf gehen zu lassen, doch es war im Moment zu viel für sie, sie brauchte Ruhe und Schlaf. Lily blendete den Hass aus, den Lilith seit ihrer Flucht ausströmte, und versuchte, sich lediglich auf das Brummen des Motors zu konzentrieren.

Zweites Buch

Das Erwachen der Lilie

Der Weg 79

Armands Geschichte 82

In den Marais 88

Zweisamkeit 102

Der violette Mondstein 106

Tod und Fragen 111

Über Mütter und Großmütter 118

Der Onkel 125

Zweitausendfünfhundertdreiundfünfzig Jahre 133

Der Spaziergang 144

Der Schuss 149

Ein Lächeln auf den Lippen 153

Der Weg

Sie glitten über kurvige Straßen durch eine Wald- und Wiesenlandschaft. Lily kannte diese Gegend nicht, fragte sich aber nicht, wohin sie gerade fuhren. Andere Gedanken beschäftigten sie.

Lily hatte sich in Lyès' Anwesenheit nie ganz wohl gefühlt. Immer plagten sie Zweifel, wer er war. Doch trotzdem waren Gefühle da gewesen. Lily wusste, dass die Gefühle, die sie für Lyès empfunden hatte, von anderer Natur waren, und sie hatte gewusst, dass es sich nicht um Armand handelte. Es plagten sie Gewissensbisse. Wenn sie aufmerksamer gewesen wäre, hätte sie spüren müssen, dass Lyès zu anders war. Doch wie hätte sie hinter all dem Zwillinge vermuten können? Sie hatte instinktiv gespürt, dass sie ihre Zeit mit einem anderen Armand verbrachte. Aber vielleicht wollte sie dies verdrängen. Mochte sie Armand als Lyès? Schnell versuchte Lily, diesen Gedanken wieder loszuwerden. Sie mochte dieses Gefühl überhaupt nicht. Sie wusste, dass der Kuss nicht echt gewesen war, und doch hatte es sie nicht gestört; sie hatte ihn genossen. Sie hatte nicht nur Armand betrogen, sondern auch sich selbst. Plötzlich überkam Lily Angst. Sie fühlte sich verloren in einer Kette von Ereignissen, in welcher sie nichts ausrichten konnte und doch irgendwie deren Lösung war.

Das Auto hielt an. Lily schaute auf und stellte überrascht fest, dass die Nacht schon eingebrochen war. Sie befanden sich in einer Nebenstraße eines Kaffs. Lily bemerkte, dass die Nummernschilder der Autos deutsche waren. Sie drehte sich zu Armand und Elizabeth, um zu fragen, wieso sie anhielten, als Armand die Fahrertür öffnete und ausstieg. Elizabeth schaute zu Lily auf den Rücksitz und sagte: „Komm, wir steigen aus. Wir müssen das Auto wechseln." Als Lily ausgestiegen war, sah sie auch schon, wie Armand in einem anderen

Auto saß; es war ein Offroader. Zum ersten Mal stellte sie fest, dass sie in einem unauffälligen, grauen Kombi gesessen hatten. Der Motor des Offroaders lief schon, als Lily einstieg. Kaum eingestiegen, raste Armand los. „Wohin fahren wir?", fragte Lily nach längerem Schweigen. Es war Armand, der ihr antwortete: „Das Versteck befindet sich in den Wäldern des Schweizer Jura." „Im Schweizer Jura? Aber wir sind doch in Deutschland." „Ja, um eventuelle Verfolger in die Irre zu führen, müssen wir Umwege fahren. Wir glauben zwar nicht, dass uns jemand verfolgt, aber wir sind lieber vorsichtig. Bis sie merken, dass wir weg sind, dürfte es schon ein Weilchen dauern. Du hast Lyès ja ganz schön umgehauen, mein Mäuschen!", antwortete Elizabeth. Mein Mäuschen, das hatte Lily schon lange nicht mehr gehört, aber es gefiel ihr. So, wie es ihre Mutter gesagt hatte, weckte es warme Gefühle in ihr und zum ersten Mal seit Jahren fühlte sich Lily wieder wie zu Hause. Armand unterbrach mit seiner tiefen Stimme ihre Gedanken. „Versuch ein wenig zu schlafen. Es wird noch eine Weile dauern, bis wir unser Ziel erreichen." Er schaute Lily über den Rückspiegel an und lächelte. Warme Gefühle erfüllten nun jeden Teil von Lily.

Sie legte sich auf dem Rücksitz hin, schloss die Augen, doch ihre Gedanken kreisten unruhig umher. Heute war so viel geschehen … es war ein Rätsel. Obwohl sie keinen direkten Zugang zu Liliths Kräften gefunden hatte, reichte ihre Kontrolle doch aus, um Armand und Lyès zu retten. Lyès … Schon waren ihre Gedanken wieder bei ihm. Was fühlte sie für ihn? Es konnte keine Liebe sein. Und doch … Sie hatte sich schon von Anfang an zu ihm hingezogen gefühlt. Aber es war nicht vergleichbar mit ihren Gefühlen zu Armand. Lily fühlte sich entzweigerissen.

Beunruhigt setzte sie sich wieder auf. Sie konnte nicht einschlafen. Und wenn sie es doch könnte, dann hätte sie bestimmt nur Albträume. So beschloss Lily, einfach nur still hier zu sitzen im Schweigen von Armand und ihrer Mutter, und die vom beinahe vollen Mond beleuchteten Landschaften zu genießen.

So fuhren sie in der Stille der Nacht noch einige Stunden. Regelmäßig wechselten sie das Fahrzeug und hielten schließlich in einem kleinen Dorf, das aussah, als hätte es nicht mehr als fünfzig Einwohner. Sie ließen das Auto im Dorf stehen und gingen zu Fuß weiter. Lily war so müde, dass sie ihre Beine kaum noch heben konnte. Sie liefen über Wiesen, durch Wälder und überquerten Bäche. Bald stolperte Lily so oft, dass Elizabeth sie in die Arme nahm und den Rest des Weges trug.

In der Morgendämmerung erreichten sie eine kleine Lichtung, an dessen Rand eine Hütte stand. Es musste wohl einmal eine Försterhütte gewesen sein.

Lily wurde direkt in ein Doppelbett gelegt, das sich in einem der zwei größeren Räume befand. Armand legte sich neben sie und erschöpft schliefen sie ein.

Armands Geschichte

Als Lily aufwachte, war es bereits nachmittags und sie lag alleine im Bett. Sie konnte sich kaum daran erinnern, wo sie sich befand. Langsam kamen die Erinnerungen an die letzten Tage und die gestrige Nacht zurück: wie ihre Mutter wider Erwarten vor ihr gestanden hatte, wie sie wieder mit Armand vereint wurde und wie Lyès versucht hatte, sie aufzuhalten, und, wie sie froh über Liliths Kräfte gewesen war. Lilith … erst jetzt erinnerte sie sich wieder an das Gespräch mit der Dämonin. Sie würde viel Zeit brauchen, über alles nachzudenken. Sie hatte einen Onkel! Sie musste unbedingt mit ihrer Mutter darüber sprechen, bestimmt wusste diese mehr.

Sie befand sich im Schweizer Jura. Aber wo im Jura? Sie setzte sich auf und hörte Stimmen aus dem Nebenzimmer. Sie stand auf, ging zur Tür und öffnete sie. Vor ihrem Schlafzimmer war eine kleine Küche, ein Korridor schien zur Eingangstüre zu führen und eine steile Treppe zum Dachboden hinauf; dort befand sich ein zweites Schlafzimmer. Armand und Elizabeth saßen an einem rustikalen Küchentisch, der nur aus ein paar verwurmten Brettern bestand. Als Lily den Raum betrat, schauten die beiden zu ihr auf. Lily merkte, dass sie ihretwegen das Gespräch unterbrochen hatten. Die Stimmung im Raum war seltsam. „Guten Tag, Maus. Hast du gut geschlafen?" Ihre Mutter kam auf sie zu und umarmte sie sanft. Ihr Duft umhüllte Lily wie ein alter Bekannter und hieß sie herzlich willkommen. *Endlich zu Hause,* dachte Lily. Elizabeths kühle Haut ließ Lily frösteln und verursachte ihr eine Gänsehaut. Elizabeth ließ sie los. „Bitte entschuldige, ich wollte nicht, dass du meinetwegen frieren musst. Wir haben gar nicht daran gedacht, ein Feuer zu machen. Aber wenigstens dieses Problem ist leicht zu beheben." Sie ging zum Kamin und wollte ein Feuer machen. „Oh, da ist ja gar kein Holz. Ich werde kurz nach draußen gehen, um Holz für die Nacht zu sammeln." Mit diesen Worten ließ sie Armand und Lily alleine.

Lily schaute verlegen zu Armand, und wagte ein scheues „Hallo". Er zeigte ihr sein schönstes Lächeln und bewegte sich in ihre Richtung. Immer noch geplagt von ihrem schlechten Gewissen, wagte Lily nicht, ihm in die Augen zu schauen, obwohl sie sich in diesem Moment nichts sehnlicher wünschte. Armand schien die Richtung ihrer Gedanken zu verstehen. Er stand nun vor ihr, hob mit seiner Hand ihr Kinn hoch, sodass sie gezwungen war, in seine Augen zu schauen. Sein Gesicht war wieder ernst, doch seine Augen verrieten zärtliche Gefühle. Sie kannte diesen Ausdruck mittlerweile schon ziemlich gut. „Du musst dir keine Gedanken machen. Woher solltest du denn wissen, dass ich einen Zwillingsbruder habe?" Er schaute sie zärtlich an. „Außerdem weiß ich, wie mein Bruder ist. Er hat schon immer eine gewisse Art mit Frauen gehabt. Auch schon, bevor wir unsterblich wurden." Seine Augen waren plötzlich voller Schmerz, und Lily wusste nicht, woran es lag. War es der Schmerz über den Verlust seiner Sterblichkeit? Oder aber, weil er dem Verlust seines Bruders nachtrauerte? Lily wusste nicht, wie die Brüder früher zueinandergestanden hatten. Vielleicht aber war es der Gedanke daran, dass sie, Lily, Lyès mochte oder ihn gar liebte. Wieder plagte sie das schlechte Gewissen. Vertieft in seine Augen hatte sie all ihre Probleme vergessen. In diesem kurzen Augenblick war er die einzig wichtige Person für sie gewesen. Doch sie drängte diese Probleme und Gedanken beiseite, ihre Neugier war stärker. Sie hatte Armand noch nie über seine Vergangenheit sprechen hören. Alles, was sie wusste, war, dass die Brüder aus Frankreich kamen. Armand schaute sie belustigt an: „Willst du mich etwas fragen? Es brennt dir auf der Zunge!" Es war ihr schon fast unheimlich, wie gut Armand sie zu interpretieren vermochte. „Erzählst du mir von deiner Vergangenheit? Wie du zu einem Vampir wurdest?" „Aber sicher doch, es ist an der Zeit, dass du die Geschichte hörst.

Ich lebte damals in Frankreich, in der Gegend von Lyon. Ich bin in einem kleinen Dorf, wenn man es so nennen kann, aufgewachsen, das Aignoz heißt. Meine Eltern waren Bauern. Sie hatten sich in Lyon kennengelernt, wo meine Mutter, Éléonore, die aus einer bourgeoisen Familie stammte, lebte. Sie hatte als alleinige Tochter eine, sogenannte, Ausbildung genossen und hatte lesen und schreiben gelernt. Das war damals unüblich für junge Damen, es ziemte sich nicht. Sie liebte es, Geige zu spielen und hatte ein Ohr für Musik. Mein Vater war in einer Bauernfamilie aufgewachsen und hatte meine Mutter auf dem morgendlichen Markt kennengelernt. Gustave, sonst nicht ein Mann der Gefühle, verliebte sich in die junge Éléonore und zusammen flohen sie von Lyon, da eine Heirat zwischen ihnen niemals in Frage gekommen wäre. Gustave brachte die junge Éléonore zum Ort seiner Väter, in das Departement Ain, wo sie sich eine kleine Existenz auf einem Bauernhof aufbauten. Sie hatten nicht viel, aber sie waren glücklich. Schon bald nach der Heirat folgten Kinder. Obwohl das Paar nicht hätte glücklicher sein können, denn es waren zwei kleine Jungen, wurde ihr Glück dennoch getrübt. Zwillinge wurden nicht so leicht akzeptiert, sie galten als unnatürliche Wesen und wurden als Fluch empfunden. Kurz: als Ausgeburt des Bösen. Das Dorf hatte uns noch vor unserer Taufe töten wollen, denn so war dies früher üblich. Ein nicht getauftes Kind hatte keine Seele oder anders ausgedrückt: Es stand nicht unter dem Schutze Gottes. Zwillinge wurden nicht geduldet. Doch Mutter konnte das nicht erlauben und ließ uns heimlich taufen. Durch die Taufe waren wir geschützt. Der allmächtige Schutz Gottes hatte uns das Leben gerettet. Doch von nun an wurden nicht nur wir, sondern auch unsere Eltern geschmäht und gemieden. Aber zu viert lebten wir in unserer kleinen glücklichen Welt. Lyès und ich mussten erst viel später lernen, was es hieß, von der Gesellschaft verschmäht zu werden.

Lyès und ich verbrachten fast jede Minute zusammen. Wir unternahmen nichts ohne den anderen, und sei es auch nur zum Streichespielen gewesen! Die Jahre vergingen. Im Alter von zwanzig Jahren dachten unsere Eltern, dass es für uns allmählich an der Zeit war, zu heiraten, um unsere eigenen Familien zu gründen. Doch uns gefiel der Gedanke gar nicht, zumal wir in unserem Dorf keine Frau finden würden. Wir wollten uns nie trennen! Unseren Eltern war bewusst, dass es schwierig sein würde, Frauen für uns zu finden. Unser Ruf war uns vorausgegangen, und Zwillinge mochte man auch im Nachbardorf Lavours nicht. Wir hätten in Lyon eine Frau finden müssen und ihr und ihrer Familie niemals voneinander erzählen, geschweige denn uns treffen dürfen. Auf jeden Fall hatten wir in dieser Zeit oft Probleme mit unseren Eltern, und anstatt auf dem Feld zu arbeiten, wie wir es eigentlich hätten tun sollen, erkundeten wir lieber die Marais, die Sümpfe. Die Region war ein sumpfreiches Gebiet, das von Gletschern geformt worden war. Als wir noch Kinder waren, hatten wir dort nie spielen dürfen, es war natürlich viel zu gefährlich gewesen. Aber als junge Erwachsene konnten wir tun, was wir wollten. Die Gefahr war uns immer bewusst gewesen, doch genau diese war Anreiz genug, unseren Eltern nicht zu gehorchen.

Als wir eines Tages in den Wäldern der Sümpfe umherirrten, entdeckten wir einen kleinen Pfad, der uns bis anhin nicht bekannt gewesen war, obwohl wir diesen Teil der Sümpfe eigentlich sehr gut kannten. Ohne lange zu zögern, folgten wir diesem Pfad. Erstaunlicherweise war er viel länger als vermutet, und es dämmerte schon langsam. Wir folgten dem Weg aber weiter. Nebel stieg aus dem feuchten Boden, und es wurde immer dunkler. Also beschlossen wir, umzukehren und es am nächsten Tag nochmals zu versuchen. Wir hatten ja auch keine Laterne dabei, Taschenlampen gab es damals noch nicht! Wir wollten also umkehren, als das Geheul plötzlich losging. Wir wussten, dass es Wölfe in der Gegend gab, und gelegentlich rissen sie auch Schafe, aber das war für gewöhnlich im Winter und der Herbst war noch nicht genug fortgeschritten, als dass Wölfe eine Bedrohung gewesen wären; zumindest nicht in der Nähe der Dörfer. Doch wir befanden uns mitten in sumpfigen Wäldern. Hier konnten wir nichts gegen wilde Tiere ausrichten, es war ihr Reich. Voller Angst drehte ich mich um und sah, dass Lyès im Gegensatz zu mir keine Angst hatte. Ihm schien diese Gefahr zu gefallen. Auf mein Drängen hin kehrten wir schließlich um und wollten auf dem schnellstmöglichen Weg nach Hause. Da erklang schon wieder das Geheul, es schien näher zu sein als noch vor zehn Minuten. Ich begann loszulaufen und mein Bruder folgte mir hinterher. Das Geheul erklang wieder, diesmal sehr nah. Ich lief noch schneller und Lyès blieb dicht hinter mir. Bald aber überholte er mich, als er merkte, dass ich mir meines Weges nicht mehr sicher war. Ich rannte so gut ich konnte ihm hinterher, aber er war schon immer der Schnellere von uns gewesen. Der Abstand vergrößerte sich ein wenig und wieder ertönte das Geheul der Wölfe. Diesmal schien es so nah zu sein, dass ich sie eigentlich schon hätte sehen müssen. Auf diesen Gedanken hin, es war ein Impuls, drehte ich mich um, um zu sehen, ob die Bestien schon in Sichtweite waren. Ich konnte aber nichts sehen und richtete meinen Blick wieder nach vorne, aber auch in dieser Richtung war nichts zu sehen. Und ich hatte den Kontakt zu meinem Bruder verloren. Der Nebel war dichter geworden;

Lyès hätte nur hundert Schritte von mir entfernt sein können und ich hätte ihn trotzdem nicht gesehen. Die Panik ließ mich schneller rennen, oder so erschien es mir. Da war das Geheul wieder, diesmal aber war es ohrenbetäubend. Nochmals warf ich einen Blick zurück und glaubte eine Bewegung zu erkennen. Dann stolperte ich über eine Wurzel und ..."

„Hallo! Da bin ich wieder", sagte Elizabeth freudig, als sie das riesige Holzbündel vor dem Kamin zu Boden warf. Lily war derart vertieft in Armands Geschichte gewesen, dass sie ihre Mutter nicht hatte hereinkommen hören. Sie war beinahe vom Stuhl gefallen, als Elizabeth zu sprechen begonnen hatte. „Oh! Störe ich?", fragte Elizabeth besorgt. „Nein, natürlich nicht. Ich bin gerade dabei, Lily meine Geschichte zu erzählen." Und mit einem Lächeln fügte er hinzu: „Und es scheint sie beinahe vom Stuhl zu hauen!" Mit einem Lachen antwortete Elizabeth: „Na ja, sie ist schon ziemlich gut, deine Geschichte. Du könntest sie verfilmen lassen! Aber ich will nicht länger stören, erzähle sie zu Ende und beachtet mich gar nicht." Mit diesem Satz machte sie sich ans Feuer, und Lily wartete gespannt, bis Armand die Geschichte wieder aufnahm.

In den Marais

„Ich flüchtete also vor einem Rudel Wölfe, als ich über eine Wurzel stolperte und mir den Fuß verrenkte. Ich versuchte wieder aufzustehen und spürte aber, dass ich rechts nicht mehr richtig auftreten konnte. Verzweifelt schaute ich mich nach einer möglichen Waffe um, doch da lag nichts in meiner Reichweite. Der Nebel verzog sich etwas, und um mich herum tauchten Silhouetten auf. Langsam bewegten sie sich auf mich zu, und ich wusste: Ich war verloren. Ich wollte nach Hilfe rufen, meinen Bruder zurückrufen oder wenigstens versuchen zu kämpfen. Aber ich konnte mich nicht mehr bewegen. Die Angst lähmte meinen ganzen Körper. Immerhin konnte ich die Wölfe jetzt klar erkennen. Ich war umzingelt von sechs grauen Wölfen, die ihre Zähne fletschten und mich anknurrten. Die Atmosphäre war angespannt. Warum griffen sie mich noch nicht an? Im selben Moment begann ein Wolf zu heulen und die anderen stimmten mit ein und sprangen los. Ich kann mich nicht mehr an viel erinnern. Mir schien es, als hätte ich nur noch grau und rot gesehen. Ich spürte den heißen Atem, der aus ihren Schnauzen kam. Sprangen sie zuerst meine Kehle an, oder mein Gesicht? War es gar mein Bauch gewesen? Ich weiß es nicht. Ich hatte Schmerzen am ganzen Körper, wie ich sie bis dahin noch nie gekannt hatte. Ich spürte, wie sie meine Beine auseinanderrissen, wie sie die einzelnen Muskeln von meinem Körper wegzerrten. Irgendwann wurde der Schmerz zu groß und ich fiel in Ohnmacht. Ich dachte, dass dies mein Ende war, doch ich erwachte in einem warmen Bett. Ich war mit verschiedenen Tierfellen zugedeckt worden und in einem kleinen Kamin brannte ein Feuer. Mein Körper schmerzte und ich konnte außer meinen Augen nichts bewegen.

„Du musst still liegen", sagte mir eine tiefe, ruhige Stimme. Sie kam vom Ende des Bettes her, ich konnte die Person nicht sehen. „Wo bin ich?", wollte ich fragen, aber außer einem Gurgeln konnte man nichts verstehen. „Du wurdest von Wölfen angegriffen und hast viel Blut verloren. Deine Beine und dein Hals sind völlig zerfetzt. Sie hatten zum Glück nicht die Zeit, dir deine Innereien herauszureißen. Ein Wunder, dass du bis jetzt überlebt hast. Aber du hast nicht mehr viel Zeit." Ich war von Wölfen angegriffen worden? Stimmt! Langsam kam die Erinnerung zurück, doch ich hätte sie am liebsten verdrängt. Ich würde also sterben. Ich dachte an meine Eltern und an meinen Bruder. Lyès. Er würde von nun an alleine durch die Welt gehen müssen. Würde er mir jemals verzeihen, ihn so früh schon verlassen zu haben? Die Stimme holte mich wieder aus meinen Gedanken heraus: „Es gibt eine Möglichkeit, wie du überleben kannst. Aber du würdest deine Familie und Freunde nicht wiedersehen." Überleben? Wie war das nur möglich? Und wie sollte ich leben, wenn ich mich nicht mal bewegen geschweige denn sprechen konnte? „Es ist ein hartes Leben, wenn man es denn wirklich Leben nennen will. Aber du würdest wieder ganz gesund werden. Du könntest deinen Körper wieder wie gewohnt brauchen, als ob nichts geschehen wäre, und du könntest wieder sprechen." Ich konnte immer noch nicht verstehen, wovon er redete. War es Hexerei? In unserer Gegend gab es mehr als genug Legenden. War er der Teufel, der gekommen war, mich zu holen? Langsam überkam mich die Angst. Doch er fuhr fort: „Vielleicht hast du schon mal von Vampiren gehört?" Vampire? Die Panik ergriff wieder meinen Verstand und ich konnte nicht mehr klar denken, und als ob er meine Gedanken verstehen könnte, sagte er nun: „Keine Angst, ich rede nicht von den Dämonen, die du aus Legenden und Mythen kennst. Alles was die Menschen nicht verstehen, schreiben sie dem Bösen zu, dem Teufel. Es ist zwar wahr, dass wir uns von Blut ernähren, aber wir sind nicht grundsätzlich böse. Wir haben unsere Seele keinem Teufel versprochen, zumindest wüsste ich nichts davon. Aber ich habe jetzt keine Zeit für lange Erklärungen, denn dann würdest du bestimmt sterben. Ich überlasse dir die Wahl. Du hast die Wahl zu sterben, für immer, oder du wählst meinen Weg zu sterben, um wieder aufzuerstehen, für die Ewigkeit. Wir sind unsterblich, nichts kann uns mehr etwas anhaben.

Um dich zu verwandeln, müssen wir die Bluttaufe vollbringen. Ich muss von deinem Blut trinken und du von meinem. Ich werde dir jetzt meine Adern öffnen und hinhalten. Wenn du dich für ein Dasein als Vampir entscheidest, trinke von meinem Blut. Bedenke, du kannst deine Familie nie wieder sehen oder mit ihnen sprechen und du wirst mir folgen und gehorchen. Du wirst nach meinen Regeln leben. Ich will kein Monster erschaffen. Wenn du dich nicht daran halten solltest, werde ich dich zerstören."

Während seiner Ansprache war in mir ein wohliges Gefühl aufgekommen. Mir gefiel der Gedanke, unsterblich zu sein. Tötete der Mensch nicht auch Tiere, um zu leben? Das Leben eines Menschen hatte zwar mehr Gewicht als das eines Tieres, aber waren wir nicht alle Gottes Geschöpfe? Wenn der Mensch von Gott geschaffen wurde, gehörte der Vampir nicht auch dazu? Ich verkaufte meine Seele nicht an den Teufel, ich hatte nichts unterschrieben und keinen Pakt mit ihm geschlossen. Ich hatte nicht den Eindruck, dass sich mein Wesen durch die Verwandlung ändern würde. Wahrscheinlich gab es Menschen, die dämonischer waren als dieses gütige Wesen, das mir eine Alternative zum Tod anbot. Ich war mir plötzlich sicher, dass Gnade keine Eigenschaft des Teufels oder eines Dämons sein konnte. Aber seine letzten Worte hatten mir Angst eingejagt, so wie er das Wort zerstören ausgesprochen hatte … Wenn ich daran denke, läuft es mir heute noch kalt den Rücken hinunter. Er hielt mir sein Handgelenk hin, Blut tropfte auf meinen Mund. Der Zeitpunkt der Entscheidung war gekommen. Ich öffnete meinen Mund und er presste sein Handgelenk gegen meine Lippen. Das Blut war süß und strömte warm in meine Kehle. Ich sog stärker. Mein Mund füllte sich mit diesem süßen Getränk und ich fühlte schon, wie neue Kraft meinen Körper durchströmte. Ich wollte noch mehr davon, immer mehr. Ich konnte, wollte nicht aufhören, doch er riss sein Handgelenk weg. Mein Mund fühlte sich plötzlich kalt an, all der Trost, den mir sein süßes Blut gegeben hatte, war weg. Die Welt war wieder erfüllt von Schmerz und Einsamkeit. Alles, was noch blieb, war ein bitterer Nachgeschmack von Eisen in meinem Mund.

Plötzlich fühlte ich einen stechenden Schmerz an meiner Kehle und spürte, wie das Blut aus mir gesogen wurde. Was sich anfangs wie Schmerzen anfühlte, verwandelte sich jetzt in einen der schönsten Momente, die ich je gekannt hatte. Doch dies hielt nicht lange an, mein Körper wurde von meinem und seinem Blut entleert, und ich hatte nicht mehr die Kraft, wach zu bleiben.

Als ich wieder aufwachte, war ich allein. Mein Körper fühlte sich leer an, und ich hatte einen Wahnsinnshunger. Oder war es Durst? Aber der Gedanke an Wasser schien mir nicht sehr verlockend. Ich versuchte, meinen Körper zu bewegen. Es gelang mir jedoch nicht. Ich stellte aber fest, dass der Schmerz verschwunden war. Ich wagte ein scheues „Hallo", aber es kam keine Antwort. Wenigstens konnte ich wieder sprechen. Ich lauschte, um zu hören, ob es Tag oder Nacht war. Einen Moment lang nichts und dann begann es: eine Kakofonie, so laut in meinem Kopf, wie ich es noch nie zuvor gehört hatte. Ich hörte den Wind in den Bäumen rauschen, das Wasser fließen, das uns umgab, und noch viele, mir bisher unbekannte Geräusche, die ich nicht einordnen konnte. Ich hörte Tiere aller Art in der Erde wühlen, an Blättern kauen, gackern, mit den Flügeln schlagen oder Rinde von den Bäumen abziehen. Ich hörte so viel, wie ich in meinem ganzen Leben noch nie gehört hatte. Ich versuchte, die Geräusche wieder verstummen zu lassen, was mir einigermaßen gelang. Ich hörte den Wind immer noch wehen, die Vögel noch singen und das Wasser wollte auch nicht aus meinem Kopf weichen. Der Geruch von Morast drang nun in meine Nase, und von Feuer und Asche, aber am meisten von Blut. Von altem, vertrocknetem Blut, meinem Blut. Da war aber noch eine Spur von anderem Blut. Konnte es das Blut des Vampirs sein? Und von Weitem roch ich das frische, warme Blut von Tieren.

Als ich den Geruch von Blut wahrnahm, wusste ich plötzlich, wonach mich dürstete. Ich wollte aufstehen und jagen. Ich wollte diesen Gerüchen und Geräuschen folgen, egal, wohin sie mich zu führen vermochten. Ich war besessen davon. In meinem Kopf war kein Platz mehr für andere Gedanken. Da ging plötzlich die Tür auf und mit der frischen Luft, die hereinwehte, klarten sich meine Gedanken ein wenig auf. Der Mann, der vor mir stand, schien ganz genau zu verstehen, was in mir vorging. Ich musste mich daran erinnern, dass er eigentlich gar kein Mann war, sondern ein Vampir. Es fiel mir schwer, an dieses Wort zu denken. Vampir, Vampir … Ich zwang mich dazu, es gedanklich zu wiederholen, denn ich war ja nun auch einer, dies bewies mir mein Durst nach Blut ganz deutlich.

Du musst wissen, dass damals solche Dinge noch viel komplizierter waren als jetzt. Wir wurden gottesfürchtig aufgezogen. Lernten von klein auf, alles Unnatürliche und Dämonische zu fürchten.

Der Mann, der da vor mir stand, hätte mir schon als ganz

gewöhnlichen Mann eine Höllenangst eingejagt. Er war sehr groß. Seine Haare waren strohblond und seine Augen leuchteten in einem klaren, tiefen Blau unter seiner Haarpracht hervor. Nebst, dass er groß war, war er auch sehr muskulös. Er schaute mich amüsiert an, doch sein Lächeln erreichte seine Augen nicht. „Du bist durstig, was?" Ich nickte stumm vor mich hin. Er strahlte Autorität aus. Ihm hätte ich mich niemals getraut zu widersetzen! „Dein Körper war so stark zerfetzt, dass es selbst mit Vampirblut einige Wochen brauchen wird, bis du dich wieder normal bewegen kannst. Um deinen Durst zu löschen, wirst du eine Weile mein Blut trinken müssen. Es wird dich stark machen. Es ist sowieso nicht sehr ratsam, einen frisch geborenen Vampir auf Menschen loszuschicken, du würdest anfangs erst mal einige stark und schmerzvoll zerfetzen, bis du dich beherrschen könntest." Mit diesen Worten bückte er sich zu mir und hielt mir sein Handgelenk vor den Mund. Ich schaute ihn verdutzt an. „Benutz deine Zähne! Du wirst doch nicht Angst davor haben, mich zu beißen?", sagte er belustigt, als er meinen Blick sah. So ernährte ich mich zu Beginn nur vom Blut eines Vampirs. Ich hatte noch nie in meinem Leben etwas so Gutes gekostet. Du musst wissen, das Blut eines Vampirs ist das Süßeste überhaupt, solange es freiwillig gegeben wird."

Eine eigenartige Erinnerung flackerte kurz in Lilys Kopf auf, um auch schon wieder zu verblassen.

„Also lag ich da, konnte mich nicht bewegen und ernährte mich vom Blut eines mächtigen Vampirs. Die Wochen verstrichen und ich erfuhr, dass mein Schöpfer Markus hieß und aus einer Gegend kam, die wir heutzutage Deutschland nennen. Er war ein Ritter gewesen und glaubte, im frühen vierzehnten Jahrhundert geboren worden zu sein. Er hatte in diversen Kriegen mitgekämpft und wurde, ähnlich wie ich, sterbend auf einem Schlachtfeld von einem Vampir gefunden. Doch er hatte nicht wählen können, was er wollte. Er hätte auf jeden Fall den Tod gewählt. Im Mittelalter als Kreatur der Nacht zu leben, war nicht einfach gewesen. Die Leute, an Hinrichtungen, Hexenverfolgungen und dergleichen gewohnt, sahen schnell, wenn etwas nicht in Ordnung schien. Aber zurück zu meiner Geschichte.

Nach einigen Wochen durfte ich endlich wieder alleine hinaus und konnte die Welt mit meinen Vampirsinnen von Neuem erkunden. Markus aber war sehr deutlich gewesen, wenn es um den Kontakt mit Menschen ging, ganz besonders mit denjenigen, die mich kannten. Ich durfte mich niemandem zeigen, mit niemandem sprechen oder auf irgendeine andere Weise mit den Sterblichen in Verbindung treten. Doch ich konnte meine Neugierde nicht im Zaum halten.

Meinen Bruder nicht mehr an meiner Seite zu haben, fügte mir richtige Schmerzen zu. Ich vermisste ihn und wollte ihn wieder sehen, also ging ich eines Nachts nach Aignoz zurück. Es war schon spät und die Bewohner schliefen bereits. Ich schlich zu unserem Haus und schaute durch das Fenster. Meine Eltern lagen friedlich in ihrem Bett, doch mein Bruder war nirgends zu sehen. Ich begann, mir Sorgen zu machen, als ich plötzlich ein Geräusch hörte. Es war Lyès. Er stand an der Ecke des Hauses, lässig an die Wand gelehnt. Er war gänzlich in Schwarz gehüllt, Trauerkleidung. Wieso hatte ich ihn nicht kommen hören? Wahrscheinlich war ich zu vertieft in meine Gedanken gewesen, als dass ich etwas hätte bemerken können. Ich hatte auch nicht mit ihm gerechnet. Entsetzt schaute ich ihn an. „Na, grüßt du deinen Bruder nicht mehr, Armand?" „Ich, äh … Woher …?", stotterte ich hirnlos vor mich hin. „Ich wusste, dass du nicht tot bist. Als wir in jener Nacht vor den Wölfen flohen, hatte ich bemerkt, dass du nicht mehr hinter mir warst. Ich wollte zurückgehen, um dir zu helfen, lieber mit dir sterben, als dich zu verlieren, aber ich hatte Angst. Wie sollte ich ein Pack Wölfe alleine und ohne Waffen abwehren? Um Hilfe zu holen, war es zu spät, also habe ich nach einem möglichst starken Ast gesucht und bin an den Ort zurückgegangen, wo ich dich zum letzten Mal gesehen hatte. Doch du warst nirgends. Am Fuß eines Baumes habe ich dann eine riesige Pfütze entdeckt, es war eine Blutlache, und in der Nähe lag ein toter Wolf. Du warst aber nicht da, und du hattest bestimmt viel Blut verloren ..." Lyès hielt inne und schwieg für einen kurzen Moment. „Ich dachte, du wärst tot. Doch ich fand deine Leiche nicht. Wir haben am nächsten Tag das ganze Waldstück nach dir abgesucht, aber du warst spurlos verschwunden. Alle dachten, du seist tot. Das ganze Dorf freute sich. Endlich waren sie den Fluch los. Sogar Mutter und Vater haben dich schon aufgegeben. Alle, außer mir. Ich habe weiterhin nach dir gesucht. Ich wusste, falls du tatsächlich überlebt haben solltest, dann musste es Hexerei sein. Ich habe fast jede Nacht Wache gehalten. Ich wusste, du kommst zurück."

Nachdem er seine Erzählung beendet hatte, blieben wir beide einen Moment lang stumm und starrten uns an. Ich war überglücklich, ich hatte meinen Bruder wieder. Auch er schien glücklich zu sein und doch stimmte etwas nicht. Ich kam nicht darauf, bis er sagte: „Verschwindest du jetzt einfach wieder? Werde ich dich dann nie wiedersehen?" Ich durfte ja eigentlich nicht einmal hier sein, doch wie konnte ich ihm das erklären? Wie konnte ich ihn einfach zurücklassen? Ich wusste, dass das nicht ging.

Ich versuchte, ihn zu beruhigen, und sagte ihm, dass ich die darauf folgende Nacht wiederkommen würde. Aber er müsse im Dorf bleiben, und er dürfe niemandem etwas von dieser Begegnung erzählen. Er nahm mich in seine Arme und einen Moment lang blieben wir einfach so stehen. Dann packte er meine Schultern, drückte mich von sich weg, und starrte mit seinen grünen Augen direkt in die meinen: „Ich weiß zwar nicht, was du jetzt bist, ob du lebst oder nicht, ob du ein Dämon oder ein Engel bist, aber lass mich nicht wieder alleine. Nimm mich mit dir!" Ich schaute ihn traurig an, und konnte ihm nur versprechen, in der nächsten Nacht wiederzukommen. Dann verschwand ich in der Dunkelheit. Er konnte mich mit seinen menschlichen Augen nicht mehr sehen, aber ich konnte ihn sehen. Seine Augen waren voller Trauer, doch darunter verbarg sich etwas, das ich noch nie gesehen hatte. Doch vielleicht war es auch nur eine Täuschung, denn dieser Moment war sehr kurz. Ich eilte zurück zur Hütte und wartete dort ungeduldig auf Markus.

Ruhelos ging ich in der Hütte auf und ab. Wann würde er endlich zurück sein? Ich war nervös und wusste nicht, wie ich es ihm sagen sollte. Ich hatte Angst. Als Markus endlich wieder zurückkam, reichte ihm ein Blick und er wusste, dass etwas nicht in Ordnung war. „Du hast deine Familie besucht", sagte er nüchtern. Die Kälte in seinen Augen ließ mich vor Angst erstarren. Er war wütend. „Nein, ich ... mein Bruder. Ich wollte nicht", begann ich zu stottern. „Er hat mich überrascht. Er glaubte nicht an meinen Tod und hat mich erwartet." Markus zog stumm eine Augenbraue hoch. „Ich habe ihm nichts gesagt", fügte ich noch schnell hinzu. „Du bist jetzt stark genug, um zu reisen. Wir verlassen diesen Ort heute Nacht noch." Panik. Ich wollte nicht ohne Lyès gehen. „Können wir ihn nicht mitnehmen? Ich kann ihn nicht zurücklassen. Du könntest ihn doch verwandeln. Er ..." „Nein! Er ist nicht wie du. In ihm steckt etwas, das mir nicht gefällt." Meine Welt brach zusammen. „Kann ich ihn wenigstens heute Nacht noch einmal treffen? Ein letztes Mal?" Markus seufzte: „Also gut, aber wir gehen gleich danach."

Ohne Lyès fortzugehen, war für mich das Schlimmste,

aber ich würde mich nicht gegen Markus stellen. Ich wusste, er würde das niemals verzeihen, und ich würde endgültig sterben.

Schweren Herzens ging ich jene Nacht zurück zu dem Haus, das ich nie wiedersehen, zu meiner Familie, die ich nie wieder in die Arme schließen würde ... und zu Lyès.

Als ich ankam, roch es stark nach Blut, frischem Blut. Mein Bruder saß am Boden, angelehnt an der Hauswand, in sich zusammengesunken. Ich schrie auf: „Lyès!" Er hob den Kopf mit einem Lächeln. Sein Gesicht hatte jegliche Farbe verloren und Schweißperlen zierten seine Stirn. „Was hast du getan?", fragte ich beinahe panisch. „Du verlässt mich, nicht wahr? Dein Blick gestern. Ich hatte Angst, dich nie wieder zu sehen." „Aber, was ist passiert? Was hast du getan?" Lyès hatte kaum noch die Kraft, etwas zu sagen, und murmelte Unverständliches. Ich fluchte vor mich hin. Ein Leben ohne ihn wäre schon schwer gewesen, aber die Vorstellung, dass er nicht mehr existierte, war zu schmerzhaft. Was sollte ich bloß tun? Ich fluchte wieder. Seine Hand hielt die Wunde in seinem Bauch geschlossen. Als ich mir das vor Augen führte, wurde der Geruch des Blutes plötzlich intensiver. Lyès verlor das Bewusstsein und seine Hand fiel zur Seite, das Blut floss ungehindert aus der Wunde. Ich hatte noch nicht richtig gelernt, mich zu beherrschen, und bevor ich mich versah, vergrub ich meine Zähne in seinen Nacken und trank. Lyès musste das gespürt haben, denn plötzlich hörte ich meinen Namen. „Armand ..." Ich erschrak und ließ von ihm ab. Ich hätte sonst weitergemacht, bis sein Herz zu schlagen aufgehört hätte, und dieser Augenblick war nicht weit davon entfernt.

Ohne groß nachzudenken, riss ich mir das Handgelenk auf und drückte es gegen seinen Mund. Ich spürte, wie er zu trinken begann. Zunächst nur zögerlich und dann immer stärker, bis er gesättigt war. Mein Arm fühlte sich leer an. Lyès schaute mir nochmals in die Augen und verlor wieder das Bewusstsein. Doch meine Aufgabe war noch nicht beendet, ich musste Lyès nochmals beißen, damit die Verwandlung stattfinden konnte. Mit größter Konzentration biss ich meinen Bruder, diesmal vorsichtig, in die andere Seite seines Halses; ich durfte ihm nicht zu viel Blut abnehmen, bevor das Vampirblut die Verwandlung beginnen konnte, sonst würde er sterben oder noch schlimmer: Er würde ein Dasein als seelenloses Monster führen müssen.

Da stand ich nun, alleine. Ich hatte genau das getan, was Markus mir verboten hatte. Ich wusste nicht wie weiter, also hob ich Lyès auf und trug ihn in die Hütte, wo Markus auf mich wartete.

Markus hatte mich kommen hören und öffnete die Tür. Den Blick, den er mir in diesem Moment zuwarf, werde ich wohl nie vergessen. Ich habe in meiner ganzen Existenz noch nie eine solche Angst verspürt wie in diesem Moment. Die Diskussion, die darauf folgte, in welcher ich versuchte, ihm zu erklären, weshalb ich dies getan hatte, werde ich dir jetzt ersparen.

Schließlich war Markus einverstanden, Lyès leben zu lassen und ihn unter seine Fittiche zu nehmen; doch dies erwies sich schwieriger als vermutet. Zu Beginn benahm er sich und hörte auf Markus, doch schnell entdeckte Lyès die Macht, die ein Vampir hat, besonders über Menschen, und er begann, sich von uns zu distanzieren. Bald schon hörten Markus und ich von den ersten Toten. Die Menschen erzählten von herausgerissenen Kehlen, zerfleischten Körpern und verschwundenen Kindern. Nach Einbruch der Dämmerung verließen sie nicht mehr ihre Häuser. Gerüchte von tollwütigen Wölfen, von Dämonen, besessenen Geistern und anderen Monstern verbreiteten sich schneller als Lauffeuer. Lyès wollte nichts davon hören: „Wir tragen eine riesige Macht in uns. Was können uns diese miesen Sterblichen schon anhaben? Wieso sollen wir versteckt leben, wo wir doch die Mächtigeren sind? Wir sind Götter! Wir entscheiden über Leben und Tod! Was ist schon ein Mensch?" Ich war schockiert. Dies war nicht mein Bruder, wie hatte er sich so verändern können? Ich wusste nicht weiter.

Markus dagegen hatte schon seine eigenen Pläne geschmiedet. Er wollte das Wesen, das Lyès geworden war, vernichten. Ich konnte nicht dagegen argumentieren, mein Bruder war in jener Nacht gestorben, unsere Bindung für immer zerrissen.

Markus verließ das Versteck kurz nach Lyès. Ich blieb allein in der Hütte zurück, was konnte ich schon ausrichten? Ich wollte nicht zusehen, wie Lyès getötet wurde.

Die Nacht verging und der Tag brach an. Markus war noch nicht zurück. Konnte ihm etwas zugestoßen sein? Blut machte uns stark und Lyès hatte jede Nacht mehrere Menschen gerissen. Konnte er stärker geworden sein als Markus? Ich wusste es nicht.

Schließlich entschied ich mich, ihnen zu folgen. Die Fährte war noch frisch. Sie führte zu einem weiter entfernten Dorf. Dort fanden sich Blutspuren, wobei das eine Untertreibung ist. Das Blut, eine riesige Lache, und Spritzer auf den umgebenden Bäumen wiesen auf einen Kampf hin. Einige Bäume waren gewaltsam gespalten worden. Das Blut schien überwiegend von Markus zu sein. Konnte Lyès tatsächlich so stark geworden sein? Ich versuchte der Fährte zu folgen, doch ich konnte mich nicht konzentrieren. Ich war verwirrt und allein.

Ich suchte die Gegend ab, folgte Blutspuren, und plötzlich stieß ich auf eine neue Fährte. Ich konnte jedoch nicht einordnen, wessen Spur es war. Ich landete schließlich auf einem Bauernhof, der alleine inmitten von Feldern stand. Es roch nach Tod. Ich war also Lyès' Spur gefolgt. Es war kein Leben mehr in diesem Haus. Ich verfolgte die Spur weiter und sie führte mich nach Aignoz. Plötzlich beschlich mich ein mulmiges Gefühl. Er war doch nicht … Ich rannte so schnell ich konnte zum Haus meiner Eltern. Als ich dort ankam, verließ Lyès gerade das Gebäude mit einem hämischen Grinsen. „Schau mal einer an. Ich hätte nicht gedacht, dass du mir folgen könntest." Ich zitterte vor Wut am ganzen Körper. Der Geruch von Markus drang aus jeder Pore seines Körpers. Er hatte ihn ausgesaugt, er hatte ihn getötet … Lyès war mächtiger als zuvor. Ich konnte nichts gegen ihn ausrichten. „Ich sehe, du bist vernünftig geworden. Ich bin stärker als du es dir vorstellen kannst. Also lass mich in Ruhe! Ich will dich nie wiedersehen … Versuche nicht, mir zu folgen. Adieu."

Im selben Moment, als er verschwand, stürzte ich ins Haus. Der Anblick, der sich mir bot, werde ich nie vergessen. Meine Mutter saß vor dem Kamin, schwarz gekleidet, und starrte ins Leere. Sie murmelte ununterbrochen etwas vor sich hin, das nicht mal meine Vampirohren richtig hören konnten. Auf dem Bett lag mein Vater, oder zumindest das, was noch von ihm übrig war. Seine Augen waren weit aufgerissen, die Beine hingen vom Bett herab, seine Kehle war zerfetzt, und die weißen Laken waren blutüberströmt. Ich ging zu ihm hin und schloss seine Augen, drehte mich um und ging auf meine Mutter zu. Ich kniete mich vor sie hin. „Maman, schau mich an. Maman!" Sie blinzelte kurz, senkte ihren Kopf, und schaute mir in die Augen. Ihre einst so schönen braunen Augen sahen milchig aus. „Maman, weißt du, wer ich bin?" Ihr Blick wurde zärtlich: „Armand." Ihre Stimme war voller Liebe. „Was ist passiert? Hat Lyès …" Voller Schrecken und Angst weiteten sich ihre Augen. „Lyès!"

Sie starrte wieder in die Ferne, ins Leere. Der Moment der Klarheit war vorüber. Es war das letzte Mal, dass ich meine Mutter sah.

Ich war verloren und allein; vom Bruder verraten, vom Meister verlassen. Ich konnte nicht weinen, ich rannte und schrie, rannte und schrie ... Die ganze Nacht hindurch. Als der Morgen anbrach, stellte ich fest, dass ich mich kurz vor Lyon befand. Ich beschloss also, nach Lyon zu gehen, um dort neu anzufangen.

Zweisamkeit

Es war ein langer Tag gewesen. Lily hatte nach der Flucht schlecht geschlafen. Sie hatte Albträume, geplagt von ihrem schlechten Gewissen Armand gegenüber und den Gefühlen für Lyès, die sie zu verstecken versuchte. Die Geschichte Armands hatte sie fasziniert, so sehr, dass Lily nichts anderes wahrgenommen hatte. Doch jetzt merkte sie, dass Elizabeth das Essen zubereitet hatte. Und Lilys Magen knurrte. Es war eine einfache Mahlzeit, eine Gemüsesuppe mit etwas Kartoffeln und Brot. Lily schlang sie gierig herunter und schöpfte nochmals nach. Sie bemerkte nicht, wie Elizabeth und Armand sie belustigt ansahen. Als sie fertig war, wollte Armand Elizabeths Geschichte hören. Lily hörte nur beiläufig zu und kämpfte mit der Müdigkeit. Sie bemerkte, dass Elizabeths Geschichte nicht ganz ihrer Version entsprach. Zumal ihre Mutter damals sehr schnell das Bewusstsein verloren und nicht miterlebte hatte, wie ihr Vater ausgesaugt worden war oder wie sie, Lily, von den Henkern Asmodeus' gefoltert wurde.

Als Elizabeth wieder erwachte, lag sie in einem Kerker in einem von Asmodeus vielen Verstecken. Sie hatte geglaubt, dass ihre Familie getötet worden sei, was man ihr auch willentlich bestätigte.

Lily war mittlerweile so müde geworden, dass sie ihr Gähnen nicht unterdrücken konnte und die Augen fielen ihr zu. Elizabeth schaute ihre Tochter liebend an: „Vielleicht sollte ich mit meiner Geschichte warten, bis du ausgeschlafen bist." Lily wollte zwar widersprechen, aber gähnte stattdessen, also nahm Armand sie bei der Hand und führte sie zurück ins Zimmer, aus dem sie gekommen war. Er führte sie zum Bett, legte sie hin und schlüpfte auch unter die Bettdecke. Lily war froh, dass er bei ihr blieb, und kuschelte sich an ihn. Plötzlich war sie wieder hellwach. Sie hob den Kopf zu ihm hoch und schaute ihm in die Augen. Ein unbeschreibliches Gefühl von Sicherheit und Geborgenheit machte sich in ihr breit. Seine grünen Augen waren erfüllt von Liebe. Armand hielt ihren Blick und küsste sie. Lily schloss die Augen, um sich ganz in diesem Gefühl zu verlieren. Jetzt bemerkte sie erst, dass es mit Lyès nicht dasselbe gewesen war. Nie hatte sie sich bei Lyès so zu Hause gefühlt, wie in diesem Moment bei Armand. Sie verfluchte sich umso mehr, da sie nun glaubte, dass sie Lyès hätte widerstehen können. Verärgert schob sie diesen Gedanken beiseite und konzentrierte sich wieder auf die Gegenwart, obwohl Konzentration nicht ganz das richtige Wort war. Sie hatte das Gefühl, als würden plötzlich all ihre Gedanken aus ihrem Kopf gewischt und es gab nur noch eine Wirklichkeit, nur noch eine Realität, und jeder Gedanke von Zukunft und Vergangenheit war weg. Was könnte es noch anderes geben als diesen Moment? Armands und Lilys Lippen bewegten sich sanft zueinander, der Anmut eines Tanzes gleichend. Ihr Atem beschleunigte sich, als er mit seiner Zunge ihre Lippen öffnete, um ihren Mund leidenschaftlich zu erforschen. Lily fühlte wieder dieses körperliche Verlangen, und wünschte, er würde weitermachen und keinen Fleck ihres Körpers auslassen. Sie drückte sich noch näher zu Armand heran. Als ob das noch möglich gewesen wäre! Ihre Hände rutschten unter sein T-Shirt und zogen es ihm aus. Sie fühlte seinen eiskalten, harten Körper, die perfekt geformten Muskeln unter ihren Händen. Er zog ihren Pulli aus und danach das Shirt. Noch nie war sie so erregt gewesen. Sie fühlte, wie unbekannte Emotionen die Oberhand ergriffen, und sie ließ sich mit ihnen treiben. Sie griff zu Armands Hosenbund und wollte ihn öffnen, als Armand innehielt und sie ansah, seine Augen voller Leidenschaft. „Was hast du denn genau vor?" Ein Lächeln spielte um seine Lippen. „Was denkst du denn?", antwortete Lily verwirrt. Was würde sie den schon machen wollen? Das müsste ihm doch klar sein! „Es gibt da vielleicht ein paar Sachen, die du über Vampire wissen solltest." Als Lily ihn immer noch ratlos ansah und auf eine Antwort wartete, fuhr er fort: „Wir sind eigentlich tote Wesen, das heißt auch, dass unser Körper tot ist. Es gibt keine Organe, die noch so funktionieren, wie sie es mal taten …" Sie schwieg immer noch, und als die Bedeutung dieser Worte langsam durchsickerte, formten sich ihre Lippen zu einem stummen „Oh", und ihre Augen verrieten ihre Enttäuschung. „Aber, wie macht … wie tauscht ihr dann solche Intimitäten aus? Gibt es überhaupt eine Möglichkeit, oder …" Lily verstummte wieder. Ihre Enttäuschung hinderte sie daran, etwas Weiteres zu sagen, sie sah keine Lösung, die sie befriedigen könnte. Armands Lächeln war ein wenig verblasst, als er zu sprechen begann: „Es gibt unter Vampiren schon etwas, das mit Sex vergleichbar ist. Man öffnet sich ganz dem anderen …" Armand machte eine Pause, unentschlossen, ob er ihr das wirklich sagen wollte. Doch ihr Blick war neugierig geworden und ihre honigbraunen Augen schienen ihn fast zu durchbohren. „Wir tauschen Blut aus", sagte er schließlich. Einen kurzen Moment lang sah Lily zwei Personen, die an Infusionsnadeln hingen und beide Enden führten jeweils zur anderen Person. Armand schaute sie immer noch aufmerksam an, als wartete er auf eine bestimmte Reaktion. Lilys Augen weiteten sich ein wenig. Als sie verstand, was Armand gemeint hatte, kuschelte sie sich wieder in seine Arme und blieb eine Weile ruhig so liegen. Plötzlich hob Lily wieder ihren Kopf, schaute Armand in die Augen, und sagte ganz ruhig: „Beiß mich!" Ohne groß zu überlegen schrie Armand „Nein!" Er war im Bett aufgesessen mit dem Rücken zu ihr. Sie umarmte ihn. Sie küsste seinen Nacken, streichelte seine Arme und ließ ihre Finger durch sein seidenes Haar gleiten. Langsam drehte er seinen Kopf zu ihr. Lily begann ein Ohrläppchen zu küssen und verfolgte dann zärtlich mit ihren Lippen seinen Kieferknochen bis hin zum Kinn. Ihre Hand war immer noch fest in seinen Haaren, während die andere seinen Hinterkopf streichelte und langsam in seinen Nacken hinunter glitt. Lily saß nun vor ihm, hob ihren Kopf leicht an, und schaute mit sanften Augen in seine wunderschönen Augen, die immer noch leicht vom Schock geweitet waren. Sie hielt den Blick und begann, ihn auf den Mund zu küssen. Lily war voller Leidenschaft, ihr Atem ging schneller. Armand hatte erneut seine Arme um Lily gelegt und hielt sie fest gegen seinen Körper gedrückt. Langsam gab er der Versuchung nach, seine Augen schlossen sich und er küsste sie ebenso. Sie begann erneut, seinen Kiefer mit ihren Lippen abzutasten und übersäte ihn mit Küssen. Als sie bei seinem Ohrläppchen war, biss sie leicht hinein und flüsterte nochmals: „Beiß mich!" In seiner Leidenschaft und ihrem Hals bei seinem Mund, konnte er nicht länger widerstehen. Lily fühlte seine Lippen auf ihrer Haut, Armand hielt sie noch etwas fester an ihrem Nacken und biss zu. Der Schmerz war nur sehr kurz und Lily spürte, wie ihr warmes Blut aus der Wunde lief. Sie hörte Armand leicht stöhnen, als er ihr Blut in sich aufnahm, und dann war sie wie weggetreten. Sie fühlte Armands Emotionen. Sie fühlte, wie sehr er sie liebte und mit ihr zusammen sein wollte. Sie fühlte aber auch seine Verletzung, seinen Schmerz, seine Eifersucht und Unsicherheit. Danach fiel Lily in einen tiefen Schlaf. Armand legte sie zärtlich zurück aufs Kissen und deckte sie zu. Dann legte er sich neben sie und sah ihr beim Schlafen zu, bis er sich entschloss, auch ein paar Stunden zu ruhen. Glücklich schlief Armand, Lilys Atem lauschend, ein.

Der violette Mondstein

Lily erwachte mit starken Bauchschmerzen. Sie hatte nicht mal Zeit aufzustehen, als sie sich erbrach. Armand erwachte daraufhin besorgt und versuchte herauszufinden, was ihr fehlen könnte. Lily ging es miserabel. Wenn sie sich nicht erbrach, entleerte sich ihr Darm. Den ganzen Tag lang versuchten Elizabeth und Armand ihr Tee und Gemüsebouillon zu verabreichen, doch dies schien alles nur noch schlimmer zu machen. Nach Entleerungen ließen die Bauchkrämpfe jeweils ein wenig nach, um später nur noch schlimmer zurückzukommen. Wenn sie nicht auf der Toilette war, versuchte sie zu schlafen. Doch ihr Schlaf wurde getrübt von bösen Träumen. Nichts Konkretes, eine schwarze Dunkelheit, die auf sie herabfiel, sie schwamm in Blut, Rehkitze wurden zu entstellten Monstern. Sie fiel einen endlosen Graben hinunter und erwachte plötzlich. Sie war seltsamerweise nicht in Schweiß gebadet, ihre Stirn war kühler geworden. Ihr Magen schmerzte nicht mehr, rumorte nicht einmal.

Als es Lily wieder ein bisschen besser ging, versuchte sie ein wenig Wasser zu trinken und legte sich wieder schlafen. Als sie die Augen schloss, empfand sie die Geräusche um sich herum als viel zu laut. Sie hörte einen Bach plätschern, doch der verlief gar nicht in der Nähe des Hauses. Die Vögel zwitscherten viel lauter als sonst, es war so, als ob der ganze Raum voller Vögel war. Die Bäume raschelten, als ob ein Sturm wütete. Sie hörte Tiere sich im Unterholz bewegen und dessen Laute. Lily schaffte es nicht, all diese Geräusche auszublenden. Sie hörte auch Armand und Elizabeth im Raum nebenan über sie sprechen. Sie unterhielten sich über ihre Krankheit. Sie vermuteten, dass Lily sich in einem Schockzustand befand. Irgendwann muss sie doch wieder eingeschlafen sein. Als sie erwachte, roch sie Armand neben ihr. Wie konnte sie ihn riechen? Der Duft eines erloschenen Feuers drang in das Zimmer und vermischte sich mit dem Geruch einer feuchten kalten Nacht. Lily öffnete die Augen und drehte ihren Kopf zu Armand. Sie sah, wie er sie beobachtete, und obwohl es Nacht war, sah sie alles so klar wie am Tag – nein, sie sah alles viel klarer als sonst. Sie sah Details in Armands Gesicht, die sie noch nie gesehen hatte. Seine Haut war gar nicht so glatt, wie Lily es immer geglaubt hatte, Falten zogen sich über seine Stirn und um seine Augen. Seine Augen hatten plötzlich eine Tiefe, die Lily noch nie aufgefallen war. Muster hoben sich im Grün seiner Augen hervor und Schatten darin waren plötzlich zu sehen.

Armand beobachtete Lily aufmerksam, etwas erschien ihm seltsam. Sie verhielt sich so, als würde sie alles zum ersten Mal sehen. Es schien ihm auch, als ob sie ununterbrochen am Schnüffeln war, wie ein Tier. Ein schrecklicher Gedanke kam in ihm auf, doch er verdrängte ihn. Ihr Herz schlug seinen normalen menschlichen Rhythmus. Lily setzte sich auf und drehte den Kopf zum Fenster, die Lichtung war stark erhellt. „Kommst du mit? Ich will rausgehen, den Mond sehen", fragte sie Armand. „Du solltest dich ausruhen nach diesem Schock. Schlaf doch noch ein wenig." Es stimmte, Lily fühlte sich müde, aber sie brauchte keinen Schlaf, der würde nicht helfen. „Nein, ich kann nicht mehr schlafen. Ich will raus." Plötzlich fühlte sie sich klaustrophobisch. Lily stand auf und ging raus. Sie hörte, wie Armand ihr folgte. Sie trat aus der Hütte und stand in die Mitte der kleinen Lichtung. Sie hörte das Bächlein, konnte es aber nicht sehen. Nachtaktive Tiere wühlten im Unterholz und irgendwo war eine Eule zu hören. Armand stand hinter ihr und legte seine Arme um ihre Taille. Lily blickte zum Mond, er war nicht mehr rund, sie hatte den Vollmond wohl verpasst. Der Mond blendete sie, fast so, als ob sie in die Sonne geschaut hätte. Automatisch griff sie zu der Kette, die sie immer trug. Die Kette, welche ihr die Mutter in jener schicksalhaften Nacht geschenkt hatte. Lily suchte ihre Lieblingssternbilder, doch sie sah so viele Sterne, dass sie diese nicht finden konnte. Sie senkte den Kopf und sah sich ihren tränenförmigen Mondstein an. Er leuchtete! Wie im Birsigtunnel, als sie geflohen waren! Lily war sich an jenem Tag nicht sicher gewesen, sie hatte gedacht, es wäre nur Einbildung gewesen: Doch der Stein leuchtete wirklich! In einer Farbe, die sie als violett bezeichnen würde, doch sie fand nicht die richtigen Worte, um die Farbe genauer zu beschreiben. Sie drehte sich in Armands Armen um und sah ihn erstaunt an. Armand runzelte die Stirn, schaute Lily in die Augen und dann auf den Stein. „Die Kette ... Sie leuchtet!", stammelte Lily hervor. Armand begriff, was passiert war, und seine Augen verdunkelten sich.

Als Lily das Entsetzen in Armands Gesicht sah, begriff auch sie langsam, was vorgefallen war. Das verbesserte Gehör, die unglaubliche Sicht, das Entleeren ihres Körpers: Ihr Körper verwandelte sich. „W ... wie kann das sein?", stotterte sie, „man muss doch die Bluttaufe vollziehen. Ich habe doch kein Blut von dir getrunken ..." „Ich weiß es nicht, eigentlich ist das nicht möglich. Die Verwandlung findet nur dann statt, wenn der Mensch vampirisches Blut in sich trägt, das durch den Speichel eines Vampirbisses aktiviert wird. Normalerweise entleert der Vampir den Menschen seines Blutes, da der Körper sterben muss, um sich vollständig verwandeln zu können. Sonst verwandelt sich der Mensch nur in eine Art Monster, das kein Bewusstsein über seinen Körper mehr besitzt. Daher stammen übrigens die Vampirlegenden des Ostens ... Hast du, als du bei ... Lyès warst, irgendwann mal das Blut eines Vampirs getrunken?" Lily erinnerte sich immer noch nicht gerne an ihre Gefangenschaft zurück, und ganz speziell nicht an Lyès, und schon gar nicht an den intimen Moment, den sie geteilt hatten. „Nein, das nicht. Aber ..." „Was denn?", hakte Armand nach. „Er hat Blut von mir getrunken", gab sie verschämt zu. Armand wollte es sich nicht anmerken lassen, aber sein Ausdruck verdunkelte sich sichtbar: „Es reicht nicht, dass er dich gebissen hat. Ohne vampirisches Blut wird die Verwandlung nicht aktiviert." „Er ... er hat mich nicht gebissen. Er hat mir nur eine kleine Wunde zugefügt, und das Blut daraus geschlürft", klärte sie auf. Noch während sie dies sagte, wurde eine Erinnerung wach. Sie konnte diese aber noch nicht vollständig deuten. Was war es bloß? Armand schaute sie fragend an. „Wie gesagt, das reicht nicht aus. Hast du sonst schon Kontakt mit Vampiren gehabt?" „Nur einmal, aber diese Geschichte kennst du ja." Plötzlich kam wieder jedes Detail zurück. Als sie letzte Woche die Offenbarung ihrer Vergangenheit gehabt hatte, konnte Lily sich nur auf die größeren Fakten konzentrieren, die Details hatte sie außer Acht gelassen, bis jetzt. „Als Asmodeus damals kam und meine Mutter mitgenommen hat, ist etwas passiert, woran ich nicht mehr gedacht hatte. Ich wurde gezwungen, Vampirblut zu trinken ..." Die Stille, die auf diese Aussage folgte, war total. Armands Gesicht war ausdruckslos. „Komm!" Er nahm ihre Hand und zog sie zurück zur Hütte. „Elizabeth! Wir müssen etwas besprechen." Lilys Mutter war zwar nirgends zu sehen, aber natürlich hatte sie Armand gehört. Sie setzten sich an den Tisch und Lily erzählte nochmals, was damals passiert war, so wie es Armand und Elizabeth nicht kannten. Wie sie sich im Schrank versteckt hatte, wie sie zugesehen hatte, wie ihr Vater getötet wurde und ihre Mutter zur Vampirin gemacht wurde. Wie Lily gezwungen wurde, Blut zu trinken; sie verschwieg jedoch, wessen Blut sie getrunken hatte und wie sie schließlich liegen gelassen wurde und sich aus dem brennenden Haus hatte retten müssen. Was folgte war absolute Stille und Ausdrücke des Ekels und Entsetzens waren in den Gesichtern von Armand und Elizabeth zu sehen.

Tod und Fragen

Lily war die Erste, die ihre Sprache wiedergefunden hatte: „Wie geht es denn jetzt weiter? Wenn ich Armand richtig verstanden habe, dann bin ich ja jetzt noch kein Vampir, oder? Kann man die Situation wieder in den Griff kriegen?" Es war Elizabeth, die ihr antwortete: „Es kommt darauf an, was du mit ‚die Situation wieder in den Griff kriegen' meinst. Es gibt nur zwei Lösungen. Es ist ausgeschlossen, dass du je wieder ein Mensch wirst. Technisch gesehen, bist du das zwar jetzt noch, aber du trägst nun aktives Vampirblut in dir. Das heißt, dass du entweder verwandelt werden musst, oder wir belassen es bei der jetzigen Situation und du wirst im wahrsten Sinne des Wortes ein Monster, und das will ja niemand von uns. Was uns noch bleibt, ist, die Verwandlung zu ermöglichen. Einfach gesagt heißt dies, dass wir dich töten müssen, bevor dein Körper Zeit hat von alleine zu verwesen." Lily runzelte die Stirn: „Von alleine zu verwesen … Was soll das heißen? Wie kann ein lebender Körper verwesen? Was sind die Konsequenzen?" Armand saß immer noch teilnahmslos da. „Das vampirische Blut greift lebende Zellen an, das heißt, dass alle deine menschlichen Zellen zerstört werden. Da das Blut aber die Quelle des ewigen Lebens der Vampire ist, kann dieses nicht einfach absterben und verwandelt den menschlichen Körper in einen wandelnden Leichnam. Der ist dann wirklich nichts anderes mehr als ein nach Blut lechzender Untoter, der keine Kontrolle über seinen Körper mehr hat und nur noch seinen Instinkten folgt. Deshalb durchstreift er die Gegend, auf der Suche nach menschlichem Blut. Er macht auch keinen Unterschied zwischen Erwachsenen und Kindern. Er wäre sogar fähig, ein ganzes Dorf auszurotten. Im Gegensatz zu uns ist diese Kreatur nachtaktiv und scheut die Sonne, denn die toten Zellen vertragen diese nicht. Wie du vielleicht bemerkt hast, ist das genau der Vampir, von welchem in den Legenden und Mythen der Länder Osteuropas oft die Rede ist. Solch ein Wesen findet erst den Tod durch die Hand eines Unsrigen, oder natürlich, wenn ihm der Kopf abgehauen wird. Es gibt kein Wesen, nicht mal wir, das ohne seinen Kopf leben kann." Lily ließ sich Elizabeths Worte durch den Kopf gehen, ganz bestimmt wollte sie nicht so weiter existieren, dann lieber sterben, aber das würde sie jetzt so oder so … „Die Alternative ist also, dass ihr mich tötet und ich verwandle mich dann in einen richtigen Vampir?" „Ja, so in etwa", antwortete Elizabeth. „Im Gegensatz zu lebenden Zellen greift das Vampirblut tote Zellen nicht an, zumindest nicht auf die gleiche Art und Weise. Es dringt in sie ein und verwandelt sie. Das Blut eines Vampirs hat die Eigenschaft, dass es in tote Zellen eindringen und sie wieder beleben kann. Es übernimmt die vorhandenen genetischen Informationen, verstärkt und verbessert sie. Aus diesem Grunde können wir besser hören, riechen und sehen. Gewöhnliche Bewegungen können wir im Bruchteil der Zeit, die ein Mensch dafür braucht, ausführen. Die genetische Vorlage war bereits da, sie wurde nur verstärkt. Dies bedeutet natürlich auch, dass wir uns nicht in Tiere verwandeln können. Fliegen ist, leider, auch etwas, das Vampire nicht plötzlich können. Was das Blut aber durchaus verändern kann, sind Gebrechen, die genetisch gesehen nicht vorhanden sind. Eine geschwächte Sehkraft kann sich wieder verbessern, oder Taubheit und Krankheiten werden geheilt. Leider gibt es auch hier Einschränkungen: Eine Lähmung würde zwar durch die Verwandlung geheilt, wenn aber eine Extremität fehlt, so kann diese natürlich nicht nachwachsen.

Genau diese Verwandlungen und Anpassungen können nur dann stattfinden, wenn die Zellen tot sind. Vampirisches Blut kann keinen Leichnam wieder beleben. Der betroffene

Mensch muss das Blut bereits in sich tragen, wenn er stirbt. Der Vampir aktiviert es dann durch seinen Biss, aber auch dies muss noch vor dem Ableben des Menschen geschehen, sonst ist dieser verloren.

Was für dich wichtig ist, ist das Wissen, dass wir für dich da sind und deine Entscheidung akzeptieren werden. Wenn du kein Leben als Vampir willst, werden wir das aktive Vampirblut wüten lassen und dich nach deinem Ableben töten. Vielleicht kannst du dir dein Leben aber auch als Vampir vorstellen. Wichtig ist, dass du bedenkst, dass nichts was deiner menschlichen Welt angehört mitgenommen werden kann. Freunde und Bekannte wirst du hinter dir lassen müssen. Du musst dir deshalb ganz sicher sein, denn ein Leben als Vampir ist im Grunde endlos."

Lily war von Elizabeths Ansprache fasziniert. Wer hätte sich vorstellen können, dass das Werden zu einem Vampir derart kompliziert ist? Eines war Lily auf jeden Fall klar: sie wollte kein Vampirzombie sein. Und einfach nur sterben? Nein, wieso auch? Sie hatte endlich ihren Platz in dieser Welt wieder gefunden, und der war an der Seite ihrer Mutter und von Armand. Es gab nichts, was sie an das menschliche Leben band. Und vermutlich lag es an dem aktiven Vampirblut, denn der Gedanke menschliches Blut zu trinken graute ihr kein bisschen. Im Gegenteil, bei dem Gedanken lief ihr der Speichel im Mund zusammen. Aber würde sie das können? Einfach einen Menschen töten, um sich von ihm zu ernähren? Da erinnerte sie sich an Armands Geschichte: Tötet der Mensch nicht auch Tiere, um zu leben? Gut, das war vielleicht ein wenig krass formuliert, aber so war es doch. Könnte man als Vampir nicht auch Menschen helfen? Es gab genug Kriminelle, Obdachlose, und solche, die sich wünschten, zu sterben. Bestimmt konnte Lily ein plausibles Argument finden, um ihr zukünftiges Dasein als Vampir zu rechtfertigen. Aber ... „Ist der Tod schmerzhaft?", fragte sie weiter nach, und fühlte sich dabei wie ein kleines Kind. „Natürlich kommt es auf die Todesart an, aber wir können es bestimmt so einrichten, dass du keine Schmerzen fühlst", antwortete Elizabeth lächelnd. „Hast du dich denn so schnell entscheiden können?" „Es ist nicht wirklich eine Entscheidung, es gibt für mich keine andere Möglichkeit. Alle, die ich liebe, sind Vampire. Außerdem werde ich von Vampiren bedroht und gejagt. Es ist fast so, als hätte ich diesem Schicksal nie entweichen kö..." Lily hielt plötzlich inne. Besorgt schaute Armand auf: „Lily? Ist alles in Ordnung?" Lilys Gedanken liefen auf Hochtouren, Armand und Elizabeth schauten sie besorgt an. „Bis der Tag kommt, an dem Ihr seid wie ich", flüsterte Lily in die Stille. Armand erkannte sofort: „Dies ist ein Vers aus der Legende, die ich dir vorgelesen habe." „Ja. Dieser Satz wollte einfach nicht aus meinem Kopf. Hängt das alles damit zusammen? Ist es mehr als nur eine Legende?" „Ich weiß es nicht. Ich habe nicht mehr ge..." „Haltet mal!", unterbrach Elizabeth den Dialog, „Wovon sprecht ihr denn?" Armand ging zurück ins Schlafzimmer, brachte Elizabeth das kleine halbverbrannte Büchlein, das Lily bereits kannte, und schlug es auf der Seite der Legende auf. Elizabeth las es kurz durch und sagte: „Das ist die Prophezeiung der Lilie, aber sie ist nicht vollständig." „Ja, das weiß ich bereits", sagte Armand verzweifelt, „aber ich habe nirgends die vollständige Fassung gefunden. Lily und ich vermuten, dass Asmodeus auch eine besitzt, da er dich sonst vor Jahren nicht entführt hätte. Obwohl, wir haben keine Ahnung, wie er auf eure Familie gekommen ist ... Das Ganze ist uns noch schleierhaft. Lily und ich wollten versuchen, so viel wie möglich herauszufinden, um sie vor Asmodeus zu beschützen." Lilith war wieder aufgewacht. Lily hatte sie zwar nicht mehr so bewusst wahrgenommen seit ihrer Flucht aus den

Katakomben, aber sie wusste, dass Lilith auf der Lauer war. Elizabeth schüttelte den Kopf ob Armands Erklärungen. „Im Moment spielen diese Fragen keine Rolle. Was ihr wissen müsst, ist, dass diese Legende, keine Legende ist. Es ist eine Prophezeiung, die von Asmodeus' und Liliths Aufstieg zur Macht erzählt und von Liliths Fluch berichtet." „Du hast das alles aus diesem kleinen Abschnitt lesen können?", fragte Lily ihre Mutter beeindruckt. „Nein, natürlich nicht. Ich kenne die volle Version!" „Wo hast du die denn gefunden? Hast du sie noch?", fragte Armand interessiert. „Nein, ich habe sie nicht." In Armands und Lilys Gesichtern zeichnete sich ganz deutlich ihre Enttäuschung ab, „aber ich kann sie euch vortragen, und es handelt sich dabei um die Originalversion. Sie geht so:

Im Mittelpunkt der Welt,
in der Stadt, in welcher Marduk regierte,
ward geboren ein machtsüchtiger Mann.

Asmodeus hieß er,
der durch dunkle Kräfte erlangte das ewige Leben.
Durch Blut ward er geschaffen
und durch Blut ward er genährt.

Nach jahrzehntelanger Herrschaft des Todes und des Blutes,
der Dämonenkönig seine Königin fand.
Der Königin Rachsucht übertraf bei Weitem die seine,
sie befahl ihren Dämonenausgeburten, die Lande zu überfallen.

Eines Tages trat eine Zauberin vor die Königin heran, und
sagte:

„Dein Untergang werd' ich sein, und Deiner auch, mein König.
Ohne Opfer ist's nicht möglich,
doch aus dieser Welt werd ich Dich verbann'."

Die Königin nahm den Kampf höhnisch an und verlor ihn grimmig.
Doch einen Fluch warf sie vor ihrem Tod:

„Meine Seel' in Dir und Deinen Töchtern folgend,
bis der Tag kommt, an dem Ihr seid wie ich.
Zu neuer Macht ich dann erwach'
und die Welt erneut zu meinen Füßen liegen wird."

Tot ist die Königin und Asmodeus' Herz zerrissen
die Zauberin nun ihre letzten Worte äußert:
„Ausgeschlossen seid Ihr aus Yenne Velt, mein König,
auf ewig allein auf Erden wandelnd,
auf der Suche nach dem was Euch ward entrissen."

Nach diesem zweifelhaften Siege die Zauberin nach Hause geht.
Ihre Tochter vorgewarnt, sie der Tod jetzt findet.

Bis zum heut'gen Tage Asmodeus allein in der Welt 'rumirrt,
zu dem Tage an dem der König selbst nach Hause find't."

Armand und Lily waren nicht die Einzigen, die der Prophezeiung horchten. Liliths Hass durchfloss Lily wieder, und sie spürte genau, dass sie richtig gelegen hatte. Sie musste zum Vampir werden, damit Lilith ihre Macht wieder erlangen könnte. Lily wusste, dass dies unter keinen Umständen passieren durfte. Sie konnte nicht zum Vampir werden, ohne dass Lilith wieder zur Macht käme. Aber wie war sie zu besiegen? Der einzige Weg wie Lily stark genug werden könnte, war, ein Vampir zu werden. Vielleicht würde Liliths Seele sterben, wenn Lilys Körper starb.

Über Mütter und Großmütter

Lily unterbrach die Stille als Erste, und sagte bitter: „Tolle Prophezeiung! Sie sagt nicht mehr aus, als dass Lilith eines Tages zurückkehren wird, und die Folge ist, dass ich nicht zum Vampir werden kann ... Die einzige Lösung, die ich im Moment sehe, ist, dass ich sterben muss, um zu hoffen, dass Liliths Seele auch mit mir untergehen wird." Lilith war ganz ruhig und sprach nicht zu ihr. Sie freute sich über Lilys Enttäuschung und Verzweiflung. Nicht die kleinste Reaktion gab sie Preis. „Du hast recht", sagte Elizabeth, „aber es gibt jemanden, der uns weiterhelfen kann." „Mein Onkel!", rief Lily zu Elizabeths Erstaunen aus. „Ja. Woher weißt du über ihn Bescheid?" „Ähm, Lilith hat ihn erwähnt ..." „Du sprichst mit Lilith?", empörte sich ihre Mutter. „Das kann nicht gut sein. Wie lange geht das denn schon?" „Als Armand den Namen Asmodeus zum ersten Mal erwähnt hat, ist sie aufgewacht. Meistens ist sie nicht bei Bewusstsein, aber sobald sie seinen Namen hört erwacht sie und ich weiß, was sie fühlt und denkt. Bei unserer Flucht war sie es, die Armand und Lyès töten wollte, ich konnte sie gerade noch davon abhalten. Wir können auch nicht in Asmodeus' Nähe sein, denn da gewinnt sie unheimlich an Kraft. Ich weiß nicht, ob ich sie dann nochmals aufhalten kann." „Ja, darüber wollte ich dich noch ausfragen", sagte Elizabeth nachdenklich. „Ich habe nicht ganz verstanden, was genau vorgefallen war. Aber mit deiner Verwandlung ist das Ganze etwas untergegangen ..." „Das spielt im Moment keine Rolle", unterbrach Armand das Gespräch, „wir müssen zu diesem Onkel gehen, er scheint der Einzige zu sein, der uns weiterhelfen kann. Wo kann man ihn denn finden?" „Eigentlich ist er nicht Lilys Onkel, er ist nicht mal meiner. Alle nennen ihn so, da niemand weiß, wie er heißt. Er will nicht, dass man seinen

Namen kennt. Er wohnt in der Nähe eines kleinen Dorfes im Val Bedretto." „Wo?", fragte Lily erstaunt. „Wohnt er nicht auch hier in Basel?" „Nein, mein Schatz", antwortete Elizabeth belustigt, „es wäre doch zu einfach, wenn sich alles hier abspielen würde! Das Dorf liegt im Tessin und ist schon ziemlich abgelegen, aber der Onkel wohnt in einem großen Anwesen, welches sich unweit eines Dorfes befindet. Ursprünglich war es ein befestigter Bauernhof, und dann vom Onkel zu einer befestigten Bibliothek umgestaltet, und alles noch immer von Wald umgeben." Armand nickte stumm, „Wir sollten uns gleich auf den Weg machen. Je schneller wir dort sind, umso besser."

Sie hatten sehr schnell gepackt, denn bis auf Armand hatte ja schließlich weder Elizabeth noch Lily Kleider zur Verfügung. Sie nahmen noch ein paar Flaschen Wasser mit, die Lily brauchen würde, da sie ja sonst nichts mehr zu sich nehmen konnte. Als alle vor zwei Nächten hierhergekommen waren, hatten sie das gestohlene Auto in einem Dorf stehen lassen und waren die paar Kilometer zu Fuß gegangen. Armand und Elizabeth beschlossen aber, nicht wieder das Auto, das sie in St. Ursanne abgestellt hatten, zu holen, sondern diesmal nach Frankreich über die Grenze zu gehen und ein anderes Auto zu stehlen. Es wäre unvorsichtig gewesen, ein Auto in St. Ursanne oder Umgebung zu stehlen, da sie nicht wussten, ob das gestohlene Vehikel schon gefunden worden war. Ein Diebstahl in Frankreich würde vielleicht nicht so schnell mit dem Auffinden des letzten Autos in Verbindung gebracht. Ein weiteres Argument war, dass sie möglichst wenig Zeit vergeuden wollten und St. Ursanne nun mal fünf Kilometer weiter entfernt war, als das nahe gelegene Brémoncourt. Da Lily diesmal wach war, ging die Wanderung nicht ganz so schnell, wie es sich Armand gewünscht hätte, doch sie weigerte sich, getragen zu werden. Das vampirische

Blut hatte ihre Fähigkeiten zwar schon ein wenig gesteigert, doch konnte sie unmöglich mit den älteren Vampiren Schritt halten. Lily störte sich aber nicht daran, sie erfreute sich über die neu gefundene Sehkraft. Ihre Augen waren so gut geworden, dass sie beinahe sehen konnte wie bei Tage. Alles war in ein leicht blaues Licht getaucht und hie und da erkannte sie die neu entdeckte Farbe, die nur Vampire sehen können. Sie hatte auch immer geglaubt, der Wald sei ruhig in der Nacht, dass er schlafe, doch die Vielfalt an Geräuschen zeugte vom Gegenteil. Erst als das vampirische Violett langsam aus dem Farbbild durch einen warmen gelblichen Ton ersetzt wurde, realisierte sie, dass sie sich Feldern und Landstraßen näherten. Von da an war es nur noch ein kurzer Marsch nach Brémoncourt. Lily staunte dann nicht schlecht, wie ihre Mutter mit Leichtigkeit ein Auto stahl.

Die Fahrt würde einige Stunden dauern. Lily wusste, dass der Weg ins Tessin weit war, und zu ihrer Überraschung und gleichzeitig auch zu ihrem Schrecken beschleunigte Elizabeth das Fahrzeug, sobald sie das Dorf verlassen hatten, auf über hundert Kilometer pro Stunde. *Vielleicht dauert die Fahrt ja doch nicht ganz so lange,* dachte sich Lily. Sie schaute aus dem Fenster und schnell zogen die Felder an ihr vorbei, doch jetzt konnte sie, mit ihrer verbesserten Sicht, mehr Details erkennen. Manchmal sah sie sogar Tiere auf den Feldern oder in den Bäumen beim Waldrand. Sie war in ihre Betrachtungen versunken, als Armand die Frage stellte, worauf Lily auch gerne eine Antwort gehabt hätte: „Wer ist denn dieser Onkel und wieso kann er uns weiterhelfen?" „Das ist eine längere Geschichte", antwortete Elizabeth, „aber, wir haben ja genügend Zeit. Ich erzähle euch alles was ich weiß – doch keiner weiß wirklich alles über den Onkel. Meine Großmutter hat mich, als ich noch sehr jung war, ihm vorgestellt. Alle Frauen unserer Familie treffen den Onkel früher oder später: Wenn es an der Zeit ist, die Prophezeiung der Tochter zu offenbaren, nimmt die Mutter ihr Kind mit auf diese Reise. Über die Jahrtausende wurde eine Art Pilgerreise für unsere Frauen daraus. Wenn Lily ein paar Jahre älter gewesen wäre, hätte ich sie dann auch auf diese Reise genommen, aber wie ihr wisst, kam es nie dazu.

Als ich etwa zwölf Jahre alt war, kam meine Großmutter in mein Zimmer und sagte zu mir: ‚Wir müssen reden. Es ist an der Zeit, dass du das Geheimnis unserer Familie kennenlernst. Wir werden nächste Woche eine kleine Reise unternehmen und den Onkel besuchen.' Ich war natürlich ganz schön erstaunt darüber. Ich hatte nie von einem Onkel gehört, mein Vater war ein Einzelkind gewesen und meine Mutter hatte nie über ihre Familie gesprochen. Sie war gestorben, als ich fünf Jahre alt war. Im Nachhinein hatte ich dann verstanden, dass sie nicht mit dieser Bürde hatte leben können. Sie hatte sich das Leben genommen. Aus diesem Grund wuchs ich mit meinem Vater bei meinen Großeltern auf. Wir fuhren damals auch mit dem Auto zum Onkel, aber es war als mehrtätige Reise geplant, schließlich war sie nicht mehr die Jüngste. Sie hatte Angst, nicht mehr lange genug zu leben, um mir von der Prophezeiung zu erzählen.

Wie du vielleicht gar nicht weißt, Lily, bin ich nicht in Basel aufgewachsen. Basel war die Stadt deines Vaters. Ich wuchs in der Nähe von Bern auf, auf einem alten Bauernhof. Ich war ein richtiges Landei! Die Fahrt dauerte nur etwas mehr als zwei Stunden. Zwei Stunden, in welchen sich mein ganzes Leben änderte. Um das Gespräch zu beginnen, rezitierte meine Großmutter die Prophezeiung, die Vollständige, diejenige, die ich euch vor ein paar Stunden vorgetragen habe. Ich dachte zuerst, sie wolle mir wieder Märchen vortragen, denn die Prophezeiung war einer jener Texte, die sie mir immer wieder vorlas! Ich kannte sie bereits fast auswendig und sprach so gut ich es konnte ihr nach. Üblicherweise würde sie mir nach dem Rezitieren ein warmes Lächeln schenken, doch dieses Mal war dem nicht so. Stattdessen musste ich feststellen, dass es sich nicht um ein Märchen handelte, sondern um einen Fluch, einen Fluch, den ich nun tragen musste. Sie erzählte mir alles, was sie wusste, alles, was ich euch bereits erklärt habe. ‚Deswegen', beendete Großmutter ihre Erzählung, ‚heißen wir beide Elizabeth. Um den Fluch Liliths nicht zu vergessen, müssen unsere Töchter eine Form ihres Namens tragen, ob die Verwandtschaft etymologischen Ursprungs ist, in der Bedeutung liegt oder eine sonstige Abänderung von Lilith ist, spielt keine Rolle. So werden wir aber stets an den Fluch erinnert. Wir dürfen auf keinen Fall vergessen, dass sie eines Tages zurückkehren wird. In dieser Zeit wird es von enormer Wichtigkeit sein, dass die betroffene Lilith-Trägerin den Onkel aufsucht. Der Onkel wird uns helfen und beschützen, und eines Tages, wenn du eine Tochter hast, und glaub mir, du wirst eine Tochter haben, wirst du ebenfalls mit ihr diese Reise unternehmen und den Onkel besuchen.' ‚Wie heißt der Onkel?', hatte ich sie gefragt. Doch zu diesem Zeitpunkt fuhren wir in Bedretto ein, und sie wollte mir nichts Weiteres mehr erzählen, bis wir ruhig in unserem Zimmer wären. Sie wollte die Nacht im Dorf verbringen, da der Onkel, wie erwähnt, abseits wohnt und man mit keinem Fahrzeug hinkommt. Es ist ein langer Fußmarsch für eine Großmutter mit einem zwölfjährigen Mädchen im Schlepptau! Ich kann mich nicht mehr genau an unseren Dialog erinnern, aber ich weiß noch genau, was dessen Inhalt war. Großmutter erzählte mir Folgendes über den Onkel:

Wie schon erwähnt, hat der Onkel keinen Namen, das heißt, er hat einen Namen, aber niemand kennt ihn. Der Grund ist Magie. Magie beherrschen heute nur noch einige Individuen, und der Onkel ist der Grund dafür. Wie ihr merken werdet, ist die Geschichte ein wenig mit Asmodeus' Anfängen verwoben. Ich kenne keine Details, über die wird uns der Onkel aufklären, aber Asmodeus war nicht immer ein Vampir, er war ein Mensch, wie wir es alle waren. Asmodeus war der erste Vampir! Ich weiß nur, dass er sich dank Magie in einen Vampir verwandelt hat. Der Onkel war, soviel ich weiß, zu dieser Zeit noch nicht dabei, aber er hat später dafür gesorgt, dass niemand mehr einfach Magie anwenden konnte. Er wollte verhindern, dass noch mehr machthungrige Menschen Unsterblichkeit, oder andere uns unbekannte Gelüste, durch Magie zur Wirklichkeit machen würden. Er hat alle Bücher, die er kannte oder von welchen er hörte gesammelt und sie zwar nicht vernichtet, aber unzugänglich gemacht. Er war auf einem Rachefeldzug. Nie wieder sollte jemand ein solches Schicksal erleiden, wie seine Mutter und Schwester. Der Onkel ist unser Vorfahre. Er ist der Sohn der weisen Frau, die Lilith verbannt hat, und der Bruder ihrer Tochter. Er hatte sich zwei Dinge geschworen. Einerseits, dass niemand mehr diese Mächte ausnützen könnte, und anderseits, dass er stets den Kindern seiner Schwester und deren Nachfahren im Kampf gegen Lilith und Asmodeus zur Seite stehen würde. Um diesen Schwur zu erfüllen, musste er zu dem werden, wovor er seine Familie zu schützen suchte. Der Onkel war der Letzte, der denselben Zauber wie Asmodeus verwendete: Er wurde zum Vampir. Er hat seine Schwüre stets eingehalten, über Tausende von Jahren ist er den Nachfahren seiner Schwester nachgereist und hat sie beschützt und ihnen geholfen."

Wow!, dachte Lily und fragte: „Hat er denn schon mal gegen eine erwachte Lilith kämpfen müssen? Vielleicht hat er eine Idee, was wir ausrichten können?" Ihr Ton war hoffnungsvoll. „Ich weiß es nicht", antwortete Elizabeth, „deswegen müssen wir ihn unbedingt aufsuchen."

Lilys Gedanken kreisten um den alten Eremiten und was er wohl schon alles gesehen hatte. Sie sah vor ihrem inneren Auge die Gesichter von Tausenden von Frauen, eine der anderen gleichend. Alle zogen sie an ihr vorbei, der Hintergrund stets wechselnd, von warmen Wüstengegenden, prunkvollen Städten zu immer grüner werdenden Horizonten, und Schnee und Bergen. Die Gesichter unterschieden sich nicht groß, die Haut wurde heller, die Haare auch, aber die Züge veränderten sich nicht, es war immer das gleiche Gesicht und immer eine andere Frau. Sie hatten geschlossene Augen. Wie bei einem Daumenkino zogen sie an ihr vorbei, immer schneller wurden sie. Langsam öffneten sie ihre Augen, eine nach der anderen. Und was für Augen das waren! Das Grün der Iris war so fahl, dass es schon fast weiß zu sein schien. Der Blick der Frauen wurde kälter und böser, und das Gesicht wurde wieder dunkler. Die Haare woben sich wie von alleine in Zöpfe, große und kleine, und noch immer zogen sie an ihr vorbei. Doch nun war es nur noch ein einziges Gesicht, eine einzige Frau, welche ihren Mund zu einem höhnischen Grinsen verzog. In Lilys Kopf hallte das Lachen der Frau: „Du bist nichts, ich bin alle! Sie alle wurden nur geboren, um mich zu tragen. Sie sind bedeutungslos. Allesamt! Und du wirst die Letzte sein, Lily! Die Letze, Lily! Die letzte Lily!" „Lily, Lily, Lily!" Lily riss ihre Augen auf, Armand war über sie gebeugt, sie war eingeschlafen. „Ein schlechter Traum …", murmelte sie vor sich hin, doch Armand war von ihr zurückgewichen, seine Augen waren weit aufgerissen: „Die … deine Augen, sie …", stotterte er. *Was?*, dachte Lily irritiert. Elizabeth war hinter Armand getreten, ihr Blick war getrübt, doch ihre Stimme blieb ruhig: „Deine Augen sind fast weiß …", beantwortete sie Lilys stumme Frage.

Der Onkel

Es war sicher schon eine Stunde her, seit sie in Bedretto angekommen waren und den Marsch zum Onkel angetreten hatten. Lily konnte immer noch Liliths Lachen in ihrem Kopf hören: die Letzte ... Die Letzte was? Sie hatte Armand und Elizabeth keine Erklärung gegeben, sie musste es auch nicht. Lily war sich sicher, dass beide genau Bescheid wussten. Es schien ihr, als ob sie sich über sie unterhielten. Lily war seit ihrem Aufbruch aus Bedretto nur noch mürrisch und irritiert, ja sogar paranoid, und doch war ihr klar, dass das nur unter Liliths Einfluss so schien. Sie hatte große Mühe, ihre Gedanken von jenen Liliths zu trennen, geschweige denn loszureißen. Lily hatte das Gefühl, als hätte sie nur noch kurze Zeit zu leben, als würde sie am Ende dieses Marsches nicht Antworten, sondern den Tod finden. Bei diesen Gedanken hallte nicht nur die Erinnerung an Liliths höhnischem Lachen durch ihren Kopf, nein, diesmal war wirklich sie es. Lily versuchte wieder innere Wände aufzubauen, wie sie es das letzte Mal getan hatte, doch sie schien die Kraft dafür nicht zu finden. Nahm Lilith immer noch an Macht zu? Dies würde Lilys Vermutung unterstützten, dass Lilith ihre volle Macht wieder erlangen würde, wenn Lily zum Vampir würde. Lily wurde zum ersten Mal richtig bewusst, welche Gefahr sie für die anderen darstellte, falls Lilith ihr Ziel erreichen sollte. Sie würde ihre Mutter und Armand verdammen, nicht zum Tode, nein – der Tod der beiden würde Lilith nicht mal annähernd befriedigen, sie würde unvorstellbare Sachen mit ihnen anstellen, sie würde ihren Tod so lange wie nur möglich hinauszögern. Sie würde ... Plötzlich sah Lily Hunderte gefolterter Menschen. Sie sah Männer an Pfähle gefesselt, deren Haut vom Rücken abgezogen wurde. Sie sah schwangere Frauen, deren Bäuche wie die eines gejagten

Rehs aufgeschlitzt worden waren. Sie sah Menschen, denen Füße, Lippen, Nasen oder Hände abgehackt worden waren. All die Bilder waren aber noch nichts im Vergleich zum letzten, das sie sah: Lily sah sich selbst, wie sie einem Kind den Brustkorb aufriss und ihm bei lebendigem Leibe das Herz aus der Brust nahm, wie sie es sich zum Munde führte und voller Genuss hineinbiss. Lilith brüllte vor Lachen.

Lily beschloss, dass sie weder Armand noch Elizabeth etwas sagen würde; es half niemanden, wenn sie sich zu viele Sorgen machten. Für Lily war eines nun glasklar, sie musste sich von Armand und Elizabeth trennen, sobald sie alles erfahren hatte, was der Onkel ihr erzählen konnte. Sie war überzeugt, dass nur sie etwas gegen Lilith ausrichten konnte und sich Armand und Elizabeth vergeblich in Gefahr begeben würden. Sie durfte sich nur nichts anmerken lassen, auch nicht, wie stark Lilith geworden war, oder was sie wegen ihr alles erdulden musste. Lily konnte nur hoffen, dass sie nicht wieder grünlich-weiße Augen oder eine dunklere Haut hatte.

Sie hielt zur Sicherheit immer einen Abstand zu ihren Begleitern, die bedeutend langsamer gingen, als wenn sie alleine unterwegs gewesen wären, doch auch so dauerte der Aufstieg nicht mehr als zwei Stunden. Plötzlich sah Lily zwischen den Bäumen ein Gebäude aus Stein, doch durch das Dickicht noch etwas unscharf. Nach wenigen Minuten standen sie auch schon vor einem massiven Holztor, welches der einzige Eingang zum Haus zu sein schien. Das Haus selbst sah groß aus für ein einsames Waldhaus, doch möglicherweise täuschte es, denn die Mauern waren alle aus großen Steinbrocken gebaut worden. Die äußere Mauer war wahrscheinlich um die sechs Meter hoch und versteckte das Hauptgebäude fast komplett. Elizabeth ging zum Tor und begann eine komplexe Kombination zu klopfen und kratzen. Lily schaute sie fragend an. „Jedes Mitglied der Familie bekommt ihren eigenen

Code. Der Onkel öffnet niemandem, der nicht eine von ihm gegebene Kombination verwendet. Ich vermute, die Leute aus der Gegend denken, dies sei ein verlassenes Haus."

Lily hörte schnelle Schritte hinter den Mauern. Dann wurden mehrere Riegel zurückgeschoben und Schlösser geöffnet, bis schließlich das Tor aufgezogen wurde. Dann stand der Onkel vor ihnen. Lily hatte ihn sich ganz anders vorgestellt, wahrscheinlich hatte sie dabei eher an Merlin oder sonst einen alten, weisen Zauberer gedacht. Sie lachte kurz vor sich hin. Der Onkel schaute grinsend zu ihr: „Nicht was du dir vorgestellt hast?" Lily grinste zurück: „Nein, nicht ganz!" Er nickte: „Du bist nicht die Erste und wirst auch nicht die Letzte sein. Tretet ein und folgt mir." Lily war immer noch nicht ganz aus dem Staunen heraus. Der Onkel sah eher wie ein Jüngling von fünfzehn oder sechzehn Jahren aus! Er hatte kurz geschorenes, braunes, Haar und freundliche, braune Augen, die vor Lebensfreude strahlten. So hatte sich ihn Lily wirklich nicht vorgestellt!

Sie folgten ihm über den kleinen Innenhof ins Gebäude. Wie Lily bereits vermutet hatte, war das Haus nicht so groß, wie es schien. Die Mauern mussten einen Durchmesser von sechzig Zentimetern haben! Die Innenräume waren spartanisch eingerichtet. Der Onkel schien zu ahnen, weshalb sie hier waren, und führte sie daher direkt in die Bibliothek. Solch eine Bibliothek hatte Lily noch nie gesehen! Der ganze Raum besaß kein einziges Fenster, er wurde nur durch ein paar Kerzen beleuchtet. Im ganzen Zimmer befanden sich unterschiedlich große Regale, Büchergestelle, Sekretäre und Vitrinen, in welchen Lily jegliche Form von Schriftstücken sehen konnte. Die neuesten Exemplare schienen ledergebunden zu sein. Auf einem Lesepodest war ein Buch aufgeschlagen, das nicht gebunden war, sondern aus losen Papierbögen bestand, welche durch einen Holzumschlag zusammengebunden werden konnten. In einem Regal, das aus kleinen quadratischen Fächern bestand, konnte sie aufgehäufte Papierrollen sehen; vielleicht waren es Papyrusrollen. Lily wunderte sich, aus wie vielen Jahrhunderten und Epochen sich Schriften hier sammelten.

Der Onkel war mittlerweile kurz aus dem Raum verschwunden, kehrte aber nach einer Minute mit zwei Stühlen zurück. Er stellte sie um das Pult, das mit Papier, Büchern und Schreibgeräten übersät war. Alle wurden aufgefordert, sich zu setzen. Schweigend saßen sie nun da und der Onkel ergriff das Wort: „Nun gut, ich vermute, Elizabeth, du bist gekommen, um deine Tochter zu initiieren, aber ich sehe, dass es hier um mehr geht. Willst du mir nicht euren Begleiter vorstellen? Es ist ja sehr unüblich, dass du einen Fremden mit in diese Zuflucht bringst." „Ja", antwortete sie, „bitte entschuldige mir diesen Fauxpas, aber es ist von höchster Wichtigkeit, dass er dabei ist. Lyès müsstest du bereits kennen. Ich stelle dir nun Armand vor, seinen Zwillingsbruder." Nachdenklich schaute der Onkel zu Armand, nickte ihm kurz zu und wandte seinen Blick wieder zu Elizabeth. „Höchst unorthodox", antwortete er unzufrieden, „aber nun zu dir, Elizabeth. Ich vermute du hast mir sehr viel zu erzählen. Wieso bist du ein Vampir? Und deine Tochter erst noch? Wieso befindet sie sich in der Verwandlung? Ich hatte dich vor Jahren erwartet, nachdem ich von deiner Hochzeit unterrichtet wurde. Vor vier Jahren habe ich begonnen, mich ein wenig umzuhören, aber du weißt ja, wie wenige Informationen ihren Weg zu mir finden. Hast du vergessen, wie gefährlich es für unsere Familie ist, sich in die Angelegenheit von Vampiren einzumischen?" „Ich habe nichts vergessen, aber es sind Umstände hinzugekommen, die wir nicht vorhergesehen haben. Asmodeus ist wieder aktiv geworden." Als der Name Asmodeus erwähnt wurde, schnappte der Onkel

kurz nach Luft und Lily versuchte, die vorfreudige Lilith in ihr zurückzudrängen. Elizabeth fuhr fort: „Ich wusste ja, als ich Lily gebar, dass Liliths Seele in sie übergegangen war und dass es die Möglichkeit gab, dass Asmodeus uns eines Tages finden würde. Nur war ich nicht darauf vorbereitet, als es geschah. Aber am besten erzählt dir Lily nun von der schicksalhaften Nacht, da ich mich nur an wenig erinnern kann."
Der Onkel richtete seinen Blick nun erwartungsvoll auf Lily, und sie begann ihre Geschichte zu erzählen: wie sie sich all die Jahre an nichts erinnern konnte, wie sie Armand kennengelernt hatte (der Onkel schaute ihn kurz misstrauisch an), wie sie dann ihre totgeglaubte Mutter plötzlich mitten in der Stadt sah und wie ihre Erinnerung zurückkam. Sie erzählte dem Onkel alles, ließ kein Detail aus, auch nicht den Namen der Person, die sie dazu gezwungen hatte, vampirisches Blut zu trinken. An dieser Stelle hörte sie Armand wütend „Nein!" sagen, Lily beachtete ihn aber nicht. Sie wollte in diesem Moment nicht an ihre Gefühle für die Brüder und an ihr schlechtes Gewissen erinnert werden. Dann fuhr sie zu berichten fort: wie sie plötzlich eine Gefangene wurde und wie sie schließlich mit Elizabeths und Armands Hilfe fliehen konnte. Als sie dem Onkel erzählte, wie Lilith die Macht ergriffen, und beinahe Armand, Lyès und sie selbst besiegt hatte, verdunkelte sich das Gesicht des Onkels zunehmend. Sie beendete ihren Bericht mit der Entdeckung, dass sie sich in einen Vampir verwandle, und musste noch kurz erläutern, weshalb es dazu gekommen war. Die Intimität mit Armand hatte Lily vergessen zu erzählen.

„Nun, diese Erzählung wirft mehr Fragen auf, als dass sie erklärt. In der ganzen Zeit, seit ich unsere Familie beschütze und begleite, hat Lilith noch nie so viel an Kraft gewonnen wie jetzt. Elizabeth, du hast anscheinend einige Jahre mit Asmodeus verbracht. Kannst du uns sagen, wie er euch gefunden hat, oder weshalb er nicht wusste, welche von euch Lilith ist?" „Nein, leider nicht. Er hat ja sofort gemerkt, dass ich nicht Lilith sein konnte. Von diesem Augenblick war ich für lange Zeit eine Gefangene. Sie haben mich nie aus den Augen gelassen und mich auch nie in ihre Absichten eingeweiht. Anfangs hatten sie noch versucht herauszufinden, wie viel mehr ich wusste als sie, aber sie sind von alleine zum Schluss gekommen, dass Liliths Seele in Lily gewesen sein musste. Asmodeus glaubte, Lilith diesmal wirklich verloren zu haben, da sie das Haus niederbrannten und deshalb dachten, Lily wäre darin verbrannt – und das dachte ich bis vor Kurzem auch. Vor einem halben Jahr aber hat ein junger Vampir, der den Orden der Lilie bewunderte und ihm angehören wollte ..." „Der Orden der Lilie?", unterbrach Lily ihre Mutter fragend. „Ja, der inoffizielle Name der Asmodeus-Anhänger. Wie die Kriege der Lilie wird der Name aber auch nicht von Asmodeus selbst gebraucht. Jeder wird bestraft, der den Namen Lilith oder ihm verwandte Namen vor Asmodeus ausspricht.

Der junge Vampir also, ich glaube sein Name ist Alain, las alles, was er über den Orden der Lilie und dessen Machenschaften finden konnte. Was uns nun zum Verhängnis wurde, ist, dass er sich auch mit meinem Beitritt in den Orden befasste. Schließlich ist die Auferstehung von Lilith für den Orden mit dem zweiten Kommen Jesus für die Christen vergleichbar. Er stieß dabei also auf alte Zeitungsartikel, die meldeten, dass ein Kind das Feuer überstanden habe, sich jedoch an nichts erinnern konnte. Alain sah nun eine Chance, wie er dem Orden beitreten konnte, und nahm Kontakt mit Asmodeus auf. Asmodeus beschloss sogleich, wieder nach Basel zu ziehen. Wir hielten uns zu diesem Zeitpunkt in Lissabon auf, um möglichst nahe bei seiner Lilith und meiner Lily zu sein. Um so wenig Zeit wie möglich zu verlieren, sandte er Lyès voraus, sodass er sich über Lily erkundigen und vielleicht sogar mit ihr anfreunden konnte. Als Lyès aber Lily fand, war plötzlich sein Bruder Armand im Spiel, und es schien nicht mehr ganz so einfach zu sein, an Lily heranzukommen. Aber als Armand kurz für ein paar Tage wegging, konnte Lyès endlich eingreifen. Den Rest der Geschichte kennt ihr ja ..."

„Ich sehe schon", nahm der Onkel das Wort nach einer kurzen Pause wieder auf, „es gibt viel mehr zu besprechen, als ich dachte. Wir haben noch eine sehr lange Nacht vor uns, vielleicht braucht der einzige Nicht-Vampir hier eine kurze Pause und Erfrischung oder sonst dergleichen?", fragte er Lily lächelnd. Sie hatte bereits bemerkt, dass die Effekte des Vampirblutes ein wenig nachgelassen hatten, aber sie hatte nicht das Gefühl, etwas zu brauchen. Sie waren endlich an einem Punkt angelangt, an welchem der Onkel die Geschichten erzählen würde, und Lilys Neugier war zu groß, als dass sie dies auf später verschieben wollte. Daher schüttelte sie kurz den Kopf: „Nein, danke, ich brauche nichts." „Gut, dann können wir fortfahren. Ich weiß nicht, wie viel Zeit uns noch bleibt, aber ich muss euch die ganze Geschichte erzählen, es könnte für Lily und für uns alle von höchster Wichtigkeit sein. Ich weiß nicht, wie viel ihr über mich wisst, aber ich werde euch die Geschichte ohnehin von Anfang an erzählen müssen. Es war niemand dabei, als Em Lilith bannte, aber meine Schwester war ein paar Jahre älter als ich und hat mir alles genau erzählt, genauso wie Em es ihr erzählt hatte. Wir befinden uns also im alten Babylonien, kurz vor seinem Un..."
„Warte mal", unterbrach ihn Lily. Elizabeth hatte ihr zwar schon erzählt, dass er sich wie Asmodeus verwandelt hatte, aber sie hatte nicht ganz begriffen, was das hieß. „Du warst dabei?", fragte sie den Onkel ungläubig. Er nickte nur. „Das würde ja heißen, dass du über ...", sie musste kurz nachden-

ken. „Ich bin zweitausendfünfhundertunddreiundfünfzig Jahre alt, plus/minus." Lily starrte ihn fassungslos an. „Soll ich weiterfahren?", fragte der Onkel. Lily nickte stumm.

Zweitausendfünfhundertdreiundfünfzig Jahre

„Wie ich schon sagte", fuhr der Onkel fort, „habe ich die damaligen Geschehnisse von meiner Schwester Ruth gehört. Em, meine Mutter, war gerade von uns gegangen. Die Zeitrechnung war damals noch nicht so genau wie heute, zumindest nicht unter Leuten unseresgleichen. Es trug sich ungefähr um das Jahr fünfhundertdreißig vor Christus zu, und ich musste um die zehn oder elf Jahre alt gewesen sein. Es war die Zeit des großen Chaos. Babylon war kurz nach meiner Geburt gefallen, die Historiker erzählen uns ja, dass der Perserkönig Kyros die Stadt besiegt habe, aber in Wirklichkeit kam er erst später in die Stadt, als Em sie vor Lilith und Asmodeus befreit hatte. Dazu kommen wir noch. Ich wurde in einer turbulenten Zeit geboren. Tod und Dämonen gehörten zum alltäglichen Leben, besonders wenn man in Babylon selbst wohnte. Unsere Familie hatte sich aber eine Tagesreise südlich vom Nabel der Welt niedergelassen, wir waren Nachkommen der Juden, die Nebukadnezar fünfzig Jahre zuvor ins Exil getrieben hatte. Ab, mein Vater, war ein paar Jahre zuvor von Dämonen zerstört worden, und wahrscheinlich war es diese Begebenheit, die Em dazu getrieben hatte, sich an Lilith zu rächen.

Ich kann mich immer noch an den Morgen erinnern, als uns Em verließ. Meine Schwester Ruth und ich standen in der Tür. Im Gegensatz zu Ruth war mir damals nicht ganz bewusst gewesen, was das Vorhaben meiner Mutter war, aber es beschlich mich trotzdem ein ungutes Gefühl. Wir zählten die Tage mit Ungeduld, bis Em wieder zurückkehren würde. Am Abend des dritten Tages nach ihrem Aufbruch hellte der Himmel plötzlich auf und wir wussten, dass etwas Wichtiges geschehen war. Ihr müsst wissen, dass in jenen Tagen der Himmel beinahe immer rot war. Ganz Babylonien war eine

Hölle. Die Dämonenscharen zogen über die Lande, so wie es in der Prophezeiung steht, und vergrößerten stets das teuflische Reich Liliths. Die Zeit verging. Es waren drei weitere Tage verstrichen und Em war immer noch nicht zurückgekehrt. Wir beschlossen, noch einige Tage zu warten, und falls sie bis dann nicht zurück wäre, würden wir zu Ruths zukünftiger Schwiegerfamilie ziehen. Am Morgen des siebten Tages sahen wir eine Gestalt sich ganz langsam unserem Hof nähern. Em war zurück! Doch sie schien völlig erschöpft zu sein und war dem Tode nahe. Den Grund, weshalb sie den langen Rückweg auf sich genommen hatte, sollte mir Ruth später erklären. Woran ich mich an diesem Tag noch erinnern kann, ist, dass mich die zwei Frauen aus dem Haus verjagten. Nach Stunden unruhigen Wartens kehrte ich dann wieder zurück, doch Em war schon von uns gegangen, sie hatte nicht einmal mehr die Kraft gehabt, sich von mir zu verabschieden. Ruth sendete mich zu befreundeten Familien, um die traurige Nachricht zu überbringen, während sie Em für das Begräbnis vorbereitete. Sie wurde am nächsten Tag beigesetzt und Ruth und ich packten unsere Sachen, um mit der Familie von Ruths Verlobtem zu leben.

Es dauerte jedoch nicht lange, bis meine Neugierde zu stark wurde, um mich zurückzuhalten, und ich fragte meine Schwester nach den Gründen von Ems Tod. Ich wusste damals nicht viel über Asmodeus und Lilith, nur, dass sie die Herrscher über Babylon und einem immer größer werdenden Reich waren. Ruth erzählte mir die Geschichte, die Em ihr berichtet hatte.

Em stammte aus einer alten Familie und hatte von ihrer Mutter die Geheimnisse der Yenne Velt, der Magie und des Beschwörens gelernt. Als Ab starb, hatte sich Em geschworen, Rache zu nehmen, aber es war nicht nur die Rache, die sie dazu trieb, sich Lilith entgegenzustellen, nein, ihr war bewusst, dass sie bestimmt eine der letzten Beschwörerinnen war, die noch die Macht hatten, etwas gegen die Dämonenkönigin zu unternehmen. Doch auch Em hatte Zeit gebraucht, sich darauf vorzubereiten.

So brach sie also nach Babylon auf, wo sich damals das Haupttor zur Yenne Velt befand.

Ich sehe, Lily, dass du nicht weißt, was Yenne Velt ist. Nun, es handelt sich hierbei um eine von vielen Parallel-Welten. Die Yenne Velt ist die Welt der Dämonen, die Asmodeus und Lilith geschaffen haben.

Als Erstes musste Em dieses Tor finden, und von da konnte sie ihre Macht ausüben. Sie rief alle Dämonen zurück und verbannte sie nach Yenne Velt. Dafür hatte sie einen ganzen Tag gebraucht und war nun erschöpfter, als sie vermutet hatte. Em hatte die Massen an Dämonen und die Ausdehnung des Reiches unterschätzt und brauchte mehr als eine lange Nacht, um sich zu erholen und ihre Kräfte wieder zu sammeln. Glücklicherweise kannte sie Babylon gut und konnte sich die Nacht hindurch und den größten Teil des nächsten Tages dort versteckt halten, während Lilith vor Wut schäumte. Em hatte noch nicht ihre ganze Kraft sammeln können, als sie sich entschloss, Lilith trotzdem schon herauszufordern. Sie befürchtete, dass, wenn sie länger warten würde, die Königin ihre Dämonen wieder befreien könnte. So stand sie nun bei Einfall der Dunkelheit vor dem Dämonenkönig und seiner Königin und drohte ihnen, sie zu verbannen. Asmodeus war amüsiert und Lilith traute ihren Augen nicht. Dieses mickrige Wesen sollte ihre Scharen verbannt haben? Sie stellte sich voller Zuversicht meiner Mutter, als diese anfing, zu beschwören. Ich kann euch nicht sagen, wie Em dies tat und welchen Zauber sie dazu anwendete. Das Vermächtnis der Beschwörerinnen wurde mündlich weitergegeben, ich habe kein einziges schriftliches Zeugnis darüber gefunden, nicht einmal mündliche Überlieferungen. Auf jeden Fall hatte Lilith Em unterschätzt, sie war nicht mächtig genug, ihr lange zu widerstehen. Asmodeus seinerseits begriff erst viel zu spät, dass seine Gemahlin am Verlieren war. Mit letzter Kraft konnte Lilith jedoch noch einen Fluch aussprechen, ich kenne den genauen Wortlaut nicht, aber sinngemäß entspricht er der Prophezeiung. Um zu überleben, projizierte Lilith ihre Seele auf Em und verfluchte unsere Familie dazu, nur Töchter zu gebären, sodass ihre Seele von Mutter zu Tochter übertragen werden konnte. Bis zu einer zukünftigen Tochter, welche ihr gleich sein würde und durch welche Lilith wieder zu ihrer ursprünglichen Macht kommen könnte.

Mit dem Verschwinden von Liliths Seele in einen menschlichen Körper verschloss sich das Tor zur Yenne Velt von alleine. Da es von der Macht des Königs und der Königin geschaffen wurde, konnte es auch nur durch die Macht der beiden Dämonen offen gehalten werden. Es war in jenem Moment, da sich das Tor schloss, als Asmodeus merkte, dass seine geliebte Königin nicht mehr war. Er rannte zu ihrem leeren Körper und brach über ihm zusammen. In diesem Zustand ließ Em den Dämon zurück, es war nicht nötig, ihn zu zerstören. Yenne Velt war nun versiegelt und Lilith konnte ihre Macht nicht mehr ausüben. Sie war die Gefährliche gewesen, nicht er. Asmodeus würde von diesem Zeitpunkt an die Welt alleine und ziellos durchwandern müssen. Er hatte an diesem Tag seine Blutrünstigkeit verloren. Zumindest für die nächsten eineinhalbtausend Jahre.

Die Verbannung Liliths hatte Em ihrer Kraft beraubt. Die Seele der Dämonenkönigin war noch wach und voller Bosheit und Gift in Ems Seele und verwundete sie zutiefst. Em konnte sich nur mit Mühe nach Hause schleppen, und erzählte Ruth mit letzter Kraft, was vorgefallen war. Sie drängte ihre Tochter dazu, die Prophezeiung schriftlich festzuhalten, und sagte noch, dass dieses Wissen auch als mündliche Überlieferung auf keinen Fall verloren gehen dürfe. Die Mütter sollten ihren Töchtern so früh wie möglich über den Fluch berichten, damit diese vorbereitet waren, sollte der Tag kommen, an welchem Lilith ihre Macht zurück erlangen könnte. Es war auch Em, die vorschlug, den neugeborenen Töchter Namen zu geben, die an Lilith erinnern würden, sodass der Fluch nie in Vergessenheit gerate.

Ruth war über den Fluch sichtlich aufgebracht. Da Em tot war, musste Liliths Seele bereits auf sie übergegangen sein, und sie fürchtete die Konsequenzen. Wie erwähnt, war ich damals erst etwa zehn Jahre alt, aber ich entschloss mich dazu, Ruth durch diese schwierige Zeit zu helfen. Ich wollte alles über Asmodeus, Lilith und diese Dämonen herausfinden. An jenem Tag, vor über zweieinhalbtausend Jahren, habe ich meine Berufung gefunden."

Der Onkel legte eine kurze Pause ein, und für einen weiteren Moment sagte niemand etwas. Lily war fasziniert von der Erzählung, doch sie hatte nicht viel mehr Neues erfahren, als bereits in der Prophezeiung stand. Sie hatte gehofft, dass der Onkel die Beschwörung kennen würde, und jetzt wusste sie immer noch nicht, wie sie Lilith zerstören könnte. „Und du wirst es auch nie wissen", flüsterte eine kalte Stimme in ihrem Kopf, „die Beschwörung hat damals auch nicht funktioniert, und jetzt, da ich keinen Körper besitze, hätte sie erst recht nichts genützt." Lily seufzte und stellte dem Onkel die Frage, die sie dringend interessierte: „Deine Erzählung war ja ganz spannend, aber sie nützt uns nichts. Weißt du denn nicht, wie Asmodeus und Lilith zu Vampiren wurden? Vielleicht ist dies ihr Schwachpunkt, oder vielleicht gibt es einen noch älteren Vampir, den wir zerstören müssen, um Asmodeus und Lilith zu töten, oder wir ..." „Welche Ungeduld!", unterbrach sie der Onkel. „Ich hatte versprochen, euch alles zu erzählen was ich weiß, und dies werde ich auch tun. Ich habe einfach bei meinem Anfang begonnen und nicht bei dem von Asmodeus. Und zu deinem letzten Vorschlag: Es gibt keine älteren Vampire. Asmodeus, Lilith und ich sind die ältesten Überlebenden. Es sei denn, man zählt die Vampire, die in Yenne Velt gefangen sind auch mit, dann gibt es einige mehr." „Die Vampire aus Yenne Velt? Ich dachte, du sagtest, es wären Dämonen gewesen …", erwiderte Lily verdutzt. „Dämonen, Vampire, wo liegt der Unterschied? Das Wort Vampir ist ein vergleichsweise sehr modernes Wort. In der deutschen Sprache taucht es erstmals Anfang des achtzehnten Jahrhunderts auf, und vermutlich ist es auf eine slawische Sprache zurückzuführen, in der es frühestens im elften Jahrhundert zum ersten Mal erwähnt wird. Das Wort Vampir ist zudem auch nur in den Sprachen Europas und deren verwandten zu finden. In anderen Ländern und Kontinenten werden Blutsauger anders bezeichnet: Wrukolakas, Aswang, Giang Shi oder Penanggalan, um nur einige Beispiele zu nennen. In den altertümlichen Kulturen aber gab es keine Vampire. Es gab Monster, Wiederkehrer, Geister, Hexen, Dämonen und andere Kreaturen. Ein Blutsauger wurde daher oft als Dämon, Dämonengott und manchmal sogar als Gott bezeichnet. Aber Wörter und deren Etymologien sind nicht wichtig. Wenn es dich interessiert, können wir uns dem gern ein anderes Mal widmen, wenn die Zukunft ein bisschen heller scheint. Nun aber zurück zu Asmodeus und Lilith.

Alles, was ich euch jetzt erzählen werde, habe ich erst nach den bereits geschilderten Ereignissen herausgefunden. Da waren wir also, meine Schwester, ihre Angst um ihre Zukunft, und ich, der geschworen hatte, mich der ganzen Angelegenheit anzunehmen. Natürlich wusste ich nicht wo anfangen, meine Großmutter war schon lange tot, und Ruth wusste nichts über die Beschwörerinnen. Ich beschloss also nach Babylon zu gehen, und meine Nachforschungen dort zu beginnen. Zunächst war es natürlich schwer, an irgendwelche Informationen zu gelangen, aber wenigstens hatte mich Em in der Schrift unterrichtet und ich konnte sowohl akkadisch, aramäisch, als auch hebräisch lesen. Den ersten Hinweis auf Asmodeus' Herkunft und Verwandlung fand ich in der alten babylonischen Erzählung des Adapa. Es handelt sich hierbei um die Geschichte eines Sterblichen, der nach gewissen, für uns unwichtigen Ereignissen, von den Göttern Speis und Trank angeboten bekommt, die ihn unsterblich machen würden. Adapa wird jedoch von seinem Vater gewarnt, dass diese ihm anstatt Unsterblichkeit den Tod bringen könnten. Die Legende berichtet, dass Adapa auf seinen Vater hört und die Nahrung der Götter ablehnt. Dadurch erzürnt er diese, da es sich tatsächlich um das Geheimnis der Unsterblichkeit handelt, die sie so den Menschen zugänglich gemacht hatten.

Natürlich war diese Erzählung um einige Tausend Jahre älter als Asmodeus, aber ich wusste dies damals noch nicht und sah darin einen Hinweis, eine Spur, die der Dämonenkönig vielleicht schon vor mir verfolgt hatte. Nach ein paar Jahren des Forschens und des Verfolgens von kleinen Spuren, fand ich dann tatsächlich das Geheimnis zur Unsterblichkeit. Ich werde euch nur ein paar Schritte des Vorgehens erzählen, der Rest muss für immer geheim bleiben. Das Ritual ist dasselbe, das ich vollzogen habe, um mich zu verwandeln, obwohl ich dabei nicht derart monströs vorgegangen bin wie Asmodeus.

Das Ritual wies tatsächlich Gemeinsamkeiten mit der Adapa-Erzählung auf, obwohl es in der Erzählung doch ziemlich schön geredet wird. Der physische Teil, wenn man ihn so nennen mag, bestand daraus, sich in das Blut jungfräulicher Menschen zu tränken und sich währenddessen seine eigenen Adern aufzuschneiden, sodass ein Austausch stattfinden konnte. Wie schon erwähnt, ist das natürlich nicht alles, aber ich will euch beim besten Willen nicht verraten, wie der mentale Teil dieses Rituals aussieht. Asmodeus hat den Blutteil natürlich sehr wörtlich genommen und dafür Hunderte von Menschen getötet, dabei hätte es ausgereicht, Hunderten ein wenig Blut abzunehmen, um das Ritual zu vollziehen. Soviel zu seiner Verwandlung. Wir haben aber noch immer keine Anhaltspunkte, wie man dem Dämonenpaar Einhalt gebieten könnte.

Lasst mich also noch ein wenig in der Zeit zurückgehen und euch Asmodeus' Geschichte von Anfang bis Ende erzählen. Ich konnte nicht viel über Asmodeus herausfinden, die Blutspur lässt sich nur bis zu seiner Verwandlung zurückverfolgen.

Asmodeus muss etwa im Jahre siebenhunderteinundsiebzig vor Christus geboren worden sein. Er war auf jeden Fall von nobler babylonischer Herkunft und musste großen Einfluss gehabt haben. Schon sehr früh hatte er seine Vorliebe für das Grausame entdeckt, und war nicht nur macht-, sondern auch herrschsüchtig. Er musste schon früh in seinem Leben nach einer Lösung gesucht haben, wie er den Tod besiegen könnte, und muss sie schließlich gefunden haben, als er sich auf sein vierzigstes Lebensjahr zubewegte. Er hat das Ritual so schnell wie nur möglich durchgeführt, schließlich war man damals mit vierzig Jahren schon alt. In den Jahrzehnten nach der Verwandlung hat er sich ruhig verhalten. Ich nehme an, dass er seine neuen Fähigkeiten und Gaben ausprobierte. Asmodeus stellte aber schnell fest, dass es in dieser polytheistischen Gesellschaft, die ihren Göttern regelmäßig Opfer brachten, auch für ihn einen Platz geben könnte, um als Gott angebetet zu werden. So baute er langsam einen Kult um sich auf, dessen Anhänger ihn als Totengott verehrten. Im Verlauf des nächsten Jahrhunderts wurde Babylon mehrmals zerstört und wieder aufgebaut. Historiker schreiben dies natürlich Kämpfen und Kriegen mit Assyrern und anderen Feinden zu, doch ich weiß, dass Asmodeus viel dazu beitrug. Wir erreichen nun die Mitte des sechsten Jahrhunderts vor Christus, genauer gesagt befinden wir uns etwa im Jahr meiner Geburt. Es muss um fünfhunderteinundvierzig vor Christus gewesen sein. In Babylon und Umgebung wohnten mittlerweile viele Juden, die vom König Nebukadnezar ins Exil gezwungen worden waren. Sie, also wir, lebten in relativer Ruhe. Wir durften weiterhin unseren Berufen und Religion nachgehen, ja sogar Sklaven durften wir halten!

Liliths Familie gehörte zu diesen Exiljuden. Sie aber gehörten nicht zu den oberen Schichten, sondern zu den niedrigsten. Sie waren eine arme Bauernfamilie, die durch Liliths Schönheit auf bessere Zeiten hoffte. Nun war es tatsächlich so gekommen, dass ein Babylonier aus gutem Hause Interesse an Lilith bekundete und ihren Vater um ihre Hand bat. Lilith war aber eine eigenwillige Frau, die um keinen Preis einen Fremden heiraten wollte. Sie ließ sich durch nichts dazu bewegen, dem Wunsch ihres Vaters nachzugeben, und beleidigte den Anwärter auf unverzeihbare Art. Ihr Vater und ihre Brüder konnten ihr weder die Beleidigung noch die Verweigerung der Hochzeit, die ihnen das Leben um einiges erleichtert hätte, verzeihen und brachten sie Asmodeus als Menschenopfer dar. Als Asmodeus die junge Frau sah, verliebte er sich in sie. Er nahm sie zu sich und verwandelte sie in einen blutsaugenden Dämon. In der darauffolgenden Nacht ist Lilith wahrscheinlich zu ihrer Familie zurückgekehrt. Ich kann euch nicht genau sagen, was in jener Nacht geschah, aber die zerfetzten und zerstückelten Leichen ihrer Familie wurden am nächsten Tag von den Nachbarn gefunden. Der Mann, der um ihre Hand angehalten hatte, befand sich auch darunter, wahrscheinlich hatte er mit der Familie Liliths Opfer gefeiert. Was erstaunlich war, ist, dass Lilith von Asmodeus' Gefolgschaft sofort als seine Gemahlin akzeptiert wurde. Doch ihr reichte dieser mickrige Kult nicht aus, sie wollte über die Welt herrschen. Es wird gesagt, dass sie Dämonenscharen gebar. Doch wir wissen sehr gut, dass Vampire keine Kinder zeugen können. Ich nehme daher an, dass Lilith und Asmodeus Dämonen aus Yenne Velt beschworen und Menschen in Vampire oder wandelnde Leichen verwandelt hatten. Während der nächsten paar Jahre vergrößerten sich ihre Scharen stetig. Sie verwüsteten das Land und brachten Angst und Schrecken über die Bewohner. Der Untergang Babylons, der von den Historikern auf das Jahr fünfhundertneununddreißig vor Christus datiert wird, und König Kyros dem Perser zugeschrieben wird, wurde von Asmodeus, Lilith und ihren Ausgeburten verursacht. Erst, nachdem Em Lilith und ihre Scharen verbannt hatte, kam Kyros ins Land und konnte die Stadt problemlos übernehmen.

Als ich entdeckte, welche Zerstörung Lilith verursacht hatte, fasste ich den Entschluss, mich auch in einen Dämon zu verwandeln. Ich konnte nicht riskieren, dass sie wieder an die Macht gelangen würde, und beschloss daher, als Unsterblicher meine Familie und ihre Töchter durch die Jahrhunderte, wenn nötig Jahrtausende, zu begleiten und ihnen zur Seite zu stehen. Ich war etwa vierzehn Jahre alt, als ich die Verwandlung durchführte. Als Erstes ging ich zu Ruth zurück, die mittlerweile verheiratet war, und ein gesundes Töchterchen zur Welt gebracht hatte, das auf den Namen Leali hörte. Sie hatte Ems Wunsch nicht vergessen, die Kinder in Erinnerung an Lilith zu benennen, aber sie ertrug es nicht, dass ihre Tochter Lilith heißen sollte. Ems Name war Lea gewesen, also hatte sich Ruth für eine Kreuzung der beiden Namen entschieden. Als ich plötzlich eines Morgens bei ihr auftauchte, war sie sichtlich erleichtert, mich zu sehen. Ich erzählte ihr nicht alles, was ich herausgefunden hatte, und erwähnte auch nicht, dass ich nun selbst ein Dämon war. Es war unausweichlich, dass sie dies Jahre später schließlich doch noch herausfinden sollte. Ich blieb aber nicht lange bei Ruth und Leali, ich wollte wissen, wo Asmodeus war und was er trieb.

Ich brauchte über zehn Jahre, um auf seine Spur zu stoßen. Anscheinend hatte er sich ganz aus der Gegenwart der Menschen zurückgezogen. Es war ersichtlich, dass er liebeskrank war. Diesen Anblick, so hart es euch scheinen mag, erfreute mich zutiefst, denn es bedeutete, dass er nicht wusste, dass Lilith nicht wirklich tot war. Ich konnte beruhigt zu Ruth und Leali zurückkehren. Sie waren in Sicherheit.

Meine Aufgabe war aber noch nicht ganz erledigt, ich musste dafür sorgen, dass machtsüchtige Menschen nicht wieder das Gleiche wie Asmodeus bewirken konnten. Ich sammelte alle Hinweise auf ähnliche Rituale, um eine Wiederholung verhindern zu können. Von da an bereiste ich die ganze Welt, auf der Suche nach Hinweisen und bewahrte die Dokumente an sicheren Orten auf. Ich versuchte, auch Asmodeus regelmäßig aufzusuchen, um sicherzugehen, dass er meiner Familie nichts antun würde.

Den Schwur, meine Familie und Ems Töchter zu beschützen, hatte ich natürlich nicht vergessen. Ich kehrte deshalb regelmäßig in ihre Nähe zurück, unterrichtete sie und initiierte die neugeborenen Töchter, sobald sie alt genug für das Wissen waren."

Der Spaziergang

„Aber wie hat Asmodeus entdeckt, dass Lilith nicht tot war, wenn es ein derart streng behütetes Geheimnis war?", fragte Lily. „Zu Beginn war es kein streng behütetes Geheimnis", antwortete der Onkel, „es war eher eine Erzählung. Als Ruth die Geschehnisse Leali erzählte, war es eine Art Überlieferung ihrer Großmutter und ihres Landes. Sie war real, und es gab keinen Grund, sie zu verschweigen. Leali hatte die Prophezeiung aufgeschrieben, welche die Zeit überdauerte. Sie verschwieg sie niemandem. So ist es möglich, dass andere Personen sie weiter erzählten, auch in schriftlicher Form, ja sogar noch mit eigener Fantasie ausschmückten. Es war also nur eine Frage der Zeit gewesen, bis Asmodeus auf solche Textfragmente oder Erzählungen stoßen würde. Als es soweit war, und er herausfand, dass Lilith nicht tot war, waren vermutlich Hunderte Jahre verstrichen. Es ist auch anzunehmen, dass er weder die Details der Prophezeiung wusste, noch zu jener Zeit nachvollziehen konnte, wer die Nachfahren waren, die Liliths Seele in sich trugen. Auf jeden Fall hat es deswegen einige Kriege gegeben, welche die Historiker natürlich auch nicht richtig verstanden haben, und politischen Ereignissen der jeweiligen Zeit und Epoche zuschrieben. Ich weiß nicht, ob du schon davon gehört hast, von den Kriegen der Lilie." „Doch", antwortete Lily, „Armand hat sie kurz erwähnt, als wir die Prophezeiung zum ersten Mal besprochen haben. Aber wieso hat er sich damals nicht gerächt? Es wäre für ihn doch kein Problem gewesen." „Dahinter vermute ich mehrere Gründe. Einerseits hat er wohl Ems Kraft überschätzt. Lilith war in der kurzen Zeit mindestens genauso mächtig wie Asmodeus geworden, und so dachte er, wenn sie Lilith besiegt hatte, würde sie ihn auch ohne Weiteres besiegen können." „Wieso hat sie ihn dann nicht sofort zerstört?"

„Dies hängt mit dem zweiten Grund zusammen. Wie gesagt hatte Asmodeus Em überschätzt, aber sie hätte ihn wohl noch besiegen können, auch wenn es knapp geworden wäre. Der zweite Grund war, dass er mit Lilith alles verloren hatte. Einerseits seine Kraft, denn vieles davon steckte in ihr, und andererseits seinen Willen. Ich vermute, dass mit Liliths Tod damals seine Welt in sich zusammenbrach. Er hatte Liebe erfahren, wie wahrscheinlich noch nie zuvor, und aus diesem Grunde konnte er sich für eine ganz lange Zeit nicht mehr aufraffen. Er war auch ein Teil von ihr, da er sie geschaffen hatte. Eigentlich kann man sagen, dass sein Herzblut in ihr war!" Lily konnte sich die Antwort denken, aber sie wollte trotzdem noch hören, was der Onkel zu ihrer nächsten, und wohl dringendsten Frage, zu sagen hatte: „In der Prophezeiung der Lilie heißt es: bis der Tag kommt, an dem Ihr seid wie ich. Was heißt das genau? Ab wann sind wir oder ich wie Lilith?" Armand und Elizabeth hatten das Gespräch bis zu diesem Zeitpunkt still mitverfolgt, doch jetzt konnte man deutlich merken, wie die Spannung im Raum anstieg. „Nun ja", begann der Onkel, „ich denke, dass es nicht viele Interpretationen gibt. Ich vermute es bedeutet, dass man auch ein Dämon oder ein Vampir sein muss." In Lily regte sich Liliths Seele, als der Onkel diese Worte aussprach, und sie wusste, dass sie von Anfang an richtig gelegen hatte. Ein unmutiges Gefühl kam in ihr auf. Was war dann die Lösung? Wenn sie sich dazu entschied, abzuwarten, könnte es sehr bald schon zu spät sein, und sie würde sich in einen willenlosen Vampir verwandeln, der nur noch nach Blut suchte und tötete. Würde Lilith in diesem Fall auch wieder zu ihrer vollen Macht erwachen? Zweifel erfüllten Lily, und diesmal waren es nicht nur die eigenen, denn auch Lilith schien nicht zu wissen, was das Resultat einer solchen Entwicklung mit sich bringen würde. Die zweite Variante war, dass Lily sich in einen

Vampir verwandeln ließe, und sich Lilith definitiv zu voller Macht entfalten könnte. In beiden Fällen wartete auf Lily der Tod, es wäre die einzige Lösung für die anderen und für sie selbst. Es blieb aber trotzdem die Frage offen, ob sie Lilith töten konnten, wenn Lily zum Vampir würde. Schließlich würde die Dämonenkönigin ihre vollständige Macht wieder erlangen. Vielleicht wäre es tatsächlich die beste Lösung, ihren Körper einfach dem vampirischen Blut zu überlassen. Lilith selbst wusste ja nicht einmal, wie sie Lilys Körper dann besitzen könnte und Armand und Elizabeths Chancen sie zu töten würden steigen.

Der Onkel, ihre Mutter und Armand hatten das Gespräch weitergeführt, als Lily ihren Gedanken laut aussprach: „Ich werde mich nicht verwandeln lassen, soll doch das Vampirblut meinen Körper zerstören." Was auf diese Aussage folgte, war verwirrte Stille. Der Onkel war der Erste, der verstand, wovon Lily sprach. „Vielleicht ist das im Moment wirklich die beste Lösung", sagte er mit sanftem Ton. „Du wärst dann im wahrsten Sinne des Wortes ein Wesen zwischen Leben und Tod." „Aber es muss doch eine andere Lösung geben!", rief Armand aus. Er schien mehr Mühe zu haben, Lilys Schicksal zu akzeptieren, als ihre Mutter. „Es ist die beste Idee, die wir im Moment haben", antwortete diese jedoch. Diesmal fühlte sich Lily nicht verletzt, sie verstand die Motive, die ihre Mutter dazu gebracht hatten, dies zu sagen. Es schien wirklich die einzige Lösung zu sein. Der Onkel versicherte ihnen, dass er alles in seiner Macht stehende tun würde, um eine Lösung zu finden, aber er schien nicht sehr hoffnungsvoll: „Ich habe hier Tausende Werke und Bücher, die uns weiter helfen könnten. Ich denke, wir sollten noch genug Zeit haben, die wichtigsten zu studieren, bevor dein Körper aufgibt. Armand und Elizabeth können mir dabei helfen. Es müsste eine Lösung geben, in all den Schriften …"

Sie beschlossen, ihr Treffen für den Moment aufzulösen. Konkret hieß das, dass die Zeit des Diskutierens vorbei war, und sie sich den Dokumenten widmen wollten. Es stellte sich schnell heraus, dass Lily keine große Hilfe war. Die meisten Schriften waren in alten Sprachen verfasst, die sie entweder nicht lesen konnte, oder nicht verstand. Sie beschlossen daher, dass sie sich ausruhen sollte, während der Onkel, Armand und ihre Mutter, die verfügbaren Dokumente studierten. Armand und Elizabeth rackerten sich durch alle modernen Werke durch, keines jünger als das achtzehnte Jahrhundert. Der Onkel aber holte als Erstes diverse Steine hervor. Er erklärte Lily, dass es sich hierbei um alte Tontafeln handle, auf welchen mit Keilschrift zum Teil in verschollenen oder unbekannten Sprachen geschrieben worden war. Lily war fasziniert von der Vielfalt der Bibliothek, aber konnte beim besten Willen nichts zur Recherche beitragen. So entschied sie, sich zurückzuziehen. Der Onkel offerierte ihr ein Gästezimmer im ersten Stock, doch als sie die Bibliothek verließ, merkte sie, dass sie gar nicht müde war. Sie konnte sich nicht hinlegen, dafür war sie zu aufgewühlt, und entschied sich, spazieren zu gehen.

Tief in Gedanken versunken ging Lily vor sich hin. Sie wälzte nochmals die ganze Erzählung ihres Onkels durch. Die Entstehung Asmodeus' und Liliths, ihre Vorfahrinnen Lea, Ruth und Leali. Wie das Leben damals wohl gewesen sein mag? Nichts entsprach ihrer Vorstellung. Dämonen hatten Babylon zerstört. Was, das man ihr beigebracht hatte, war wohl sonst noch falsch? Wie könnte man die Verwandlung Asmodeus' und Liliths rückgängig machen? Wahrscheinlich ging dies nicht, sonst hätte es der Onkel schon längst getan. Oder war er doch geblendet von der Macht der Unsterblichkeit, sodass er diese nicht verlieren wollte?

Mit tausend Fragen im Kopf merkte sie nicht, wie sie

schon lange auf der Höhe Bedrettos angekommen war und sich auf dem Weg nach Airolo befand.

Die Frage, die sie am meisten beschäftigte, war natürlich, wie sie Lilith besiegen könnte. Da diese nur als Seele existierte, war sie an Lilys Körper gebunden. Lily könnte ihren Körper zerstören, aber würde Lilith dann nicht wieder auf Elizabeth zurückgehen? Sie legte eine kurze gedankliche Pause ein, doch Lilith regte sich nicht. Auch sie, wie Lily, hatte versucht, gedankliche Mauern aufzubauen, um ihre Gefühle und Gedanken nicht offen zu legen.

Es war spät am Nachmittag, als Lily am Bahnhof von Airolo ankam. Erstaunt tauchte sie aus ihren Gedanken auf. *Wieso bin ich hier?*, fragte sie sich. Es schien klar zu sein, dass ihr Körper sie hierher gesteuert hatte. Wieso war sie hier? Sie wollte doch nur einen Spaziergang machen. Plötzlich leuchtete die Antwort klar in ihren Gedanken: Sie wollte und durfte weder Armand noch Elizabeth weiter in die Geschichte hineinziehen. Zu lange schon hatte sie sich im Schatten mächtiger Vampire versteckt. Am Ende war sie die Einzige, die Lilith wirklich besiegen konnte. Die Offenbarung war, dass Lilith nicht physisch besiegt werden konnte. Der mentale Weg war der einzige. Lily erschrak ein wenig über sich selbst. Sie brauchte mehr Informationen, doch wenn der Onkel nicht wirklich mehr darüber wusste, wer konnte ihr dann noch weiter helfen? Der Gedanke war plötzlich ganz klar in ihrem Kopf: Lyès!

Der Schuss

Obwohl Lily die Entscheidung, Lyès aufzusuchen, nicht hinterfragte, fiel es ihr schwer, Armand und ihre Mutter zurückzulassen. Doch war ihr klar geworden, dass sie weder Armand noch ihre Mutter einer Gefahr aussetzen wollte. Einen kurzen Moment lang zögerte sie, auch Lyès in die ganze Geschichte mit hineinzuziehen, doch er war Teil des Ordens der Lilie, er war schon mittendrin.

Schweren Herzens stieg sie in den Zug, der sie wieder nach Basel bringen würde. Sie war sich der Gefahr bewusst, dass, wenn sie zu Lyès ging, sie wahrscheinlich direkt in Asmodeus' Arme hineinlief, doch sie wusste nicht, wie sie sonst Kontakt zu Lyès hätte aufnehmen können.

Während der langen Zugfahrt gingen ihre Gedanken zwischen Lilith, Asmodeus und Lyès hin und her, und was ihr besonders seltsam erschien, war, dass bei beiden, Lyès und Asmodeus, ihr Herz einen kleinen Sprung machte. In der Gegenwart von Armand hatte Lily versucht, ihre Gefühle für Lyès zu unterdrücken und zu verbergen. Noch immer wollte sie sich nicht mit ihnen auseinandersetzen, doch jetzt, da Armand nicht mehr in der Nähe war, konnte sie sich nicht mehr entziehen. Ihr wurde nun bewusst, was sie eigentlich schon lange gewusst hatte: Sie liebte nicht nur Armand …

Was Asmodeus betraf, wurde das Ganze ein bisschen komplizierter. Sie wusste, dass dies definitiv nicht ihre eigenen Gefühle waren, doch die Liebe ist ein physisches Phänomen, und es gelang Lily nicht, Physis von Psyche zu unterscheiden. Sie merkte, wie das Verlangen wieder mit Asmodeus vereint zu werden zwar nicht ihr eigenes war, doch konnte sie ihm nicht widerstehen und es wurde langsam zu ihrem eigenen Verlangen. Als ihr dies bewusst wurde, war Lily nicht die Einzige, die sich dagegen sträubte. Lilith war voller Rage:

sie wollte ihren Asmodeus mit niemandem teilen, Asmodeus gehörte ihr, und nur ihr allein! Es entstand plötzlich eine ganz neue Feindschaft zwischen Lilith und Lily, der Kampf um Asmodeus. Lily wehrte sich dagegen, doch ihr Körper und ihre Hormone wollten es anders. Sie wollte Asmodeus und war neidisch auf Lilith, dass er ihr gehörte.

Langsam vertrug Lily die ganze Anspannung nicht mehr, ihr wurde das Ganze zu kompliziert. Sie hatte ihre eigenen Probleme, ihre Gefühle Armand und Lyès betreffend, und nun kamen auch noch Liliths Gefühle für Asmodeus stärker denn je hinzu. Darüber hinaus musste sie auch noch die Lilith-Problematik lösen. Für eine kurze Zeit verlor Lily all ihre Kräfte und Hoffnungen und wünschte sich, wie so oft in letzter Zeit, wieder in einer normalen Welt leben zu können, in welcher sie das Glück in den Farben der Blätter der Bäume finden konnte. Sie schloss die Augen und versuchte trotz ihrer stürmischen Gedanken zu schlafen.

Als sie in Basel ankam, hatte sich Lilith wieder in sich zurückgezogen. Die Zugfahrt war zwar anstrengend genug gewesen mit Lilith, die immer präsent war, doch nun musste Lily sie wieder aufwecken. Lily wusste nicht genau, wo sich der Orden der Lilie verbarg, sie kannte nur einen Ausgang. Ihr war sehr bewusst, dass wenn sie in seine Nähe kam, Asmodeus sie wahrscheinlich sofort spüren würde. Lily hatte zwar große Angst davor, doch hoffte sie auch stark auf diesen Effekt, denn er alleine vermochte sie früh genug von Asmodeus' Anwesenheit zu unterrichten. Lily nahm die Straßenbahn in die Innenstadt und stieg am Barfüßerplatz aus. Alles schien verändert, doch sie wusste, dass dies wegen des Vampirblutes nur so schien. Vorsichtig, fast paranoid, steuerte sie auf das Gebäude der Hauptpost zu und lief beinahe schleichend die Falknerstraße hinunter. Sie bog kurz vor der Gerbergasse rechts ab, um sich dem Kanaldeckel von der Freien Straße her zu nähern. Es schienen keine weiteren Vampire unterwegs zu sein, zumindest glaubte sie, keine zu sehen. Im Schutz der Dunkelheit betrat sie den Durchgang der Post, suchte und fand den Eingang. Lily versuchte, die Kraft Liliths zu nutzen, um Asmodeus zu entdecken. Diese war zwar immer noch zurückgezogen, jedoch reichte sie Lily völlig aus. Sie war überzeugt, dass, wenn Asmodeus in der Nähe wäre, Lilith sich zu erkennen geben würde. Die Frage, welche aber offenblieb, war, ob Lyès noch hier war, oder ob er Asmodeus auf seinem Ausflug begleitete. Lily konnte nur hoffen.

Sie stieg vorsichtig die Leiter hinunter und befand sich wieder im Tunnel des Birsig. Sie konnte sich noch daran erinnern, aus welcher Richtung sie gekommen waren. Doch es stellte sich heraus, dass ihr Orientierungssinn in diesem Falle nicht nötig war, sie konnte eine Fährte riechen ... Die vampirischen Eigenschaften waren also nicht verloren, im Gegenteil, sie waren stärker geworden. Lily verfolgte die Fährten und konzentrierte sich auf jene von Lyès, die anderen zwei konnte sie jetzt nicht mehr gebrauchen. Sie gelangte zu der Türe, die in den geheimen Korridor des Raumes führte, durch welchen ihre Mutter und sie das Versteck verlassen hatten. Lily ging nun wieder genauso langsam und vorsichtig hinauf wie damals, als sie mit Elizabeth unterwegs gewesen war. Am Ende des Korridors betätigte sie den Hebel, die Tür öffnete sich, und sie trat in einen der schönen Räume ein. Weiter Lyès' Fährte folgend, befand sie sich plötzlich in einer großen Halle. Lily schaute sich in Ruhe um, als sie plötzlich eine Person entdeckte. Es war zu spät, um sich noch zu verstecken. Die hübsche Vampirin nahm plötzlich eine kämpferische Pose an und sprach Lily an: „Wer bist du? Wie bist du hierhergekommen?" So weit hatte sich Lily keine Gedanken gemacht, sie hatte nur an Lyès und Asmodeus gedacht. „Ich will Lyès besuchen", sagte sie unsicher, „er hat mir den Eingang des Verstecks gezeigt und sagte, ich solle jederzeit vorbeikommen." Es vergingen einige Momente, die Vampirin fauchte plötzlich: „Du lügst!" Lily sah alles in Zeitlupe, wie in einem Film. Die Vampirin zog ihre Pistole. Lyès betrat den Raum und sah Lily. Die Fremde zog den Abzug. Lyès stürzte sich auf sie. Es knallte laut. Lily wurde durch einen plötzlichen, mächtigen Schlag in ihre Brust durch die Halle geschleudert.

Ein Lächeln auf den Lippen

Lily musste für einen kurzen Moment ihr Bewusstsein verloren haben, denn als sie die Augen wieder öffnete, war Lyès über sie gebeugt, und von der Vampirin war nichts mehr zu sehen. Lily spürte, wie sie sich in einer Lache befand, und den Ereignissen zufolge, musste sie in ihrem eigenen Blut liegen. Sie schaute zu Lyès hoch, in seine smaragdgrünen Augen, in die Tiefen des Waldes. Lily spürte keine Schmerzen, ganz im Gegenteil, sie hatte das Gefühl, der glücklichste Mensch auf Erden zu sein!

Lyès aber schien all seine Masken abgelegt zu haben. Wenn Vampire weinen könnten, hätte er dies bestimmt getan. Sie hörte, wie er „Nein! Nicht Lily!" geschrien hatte. Er schluchzte nur noch vor sich hin. Lily hob mit letzter Kraft ihre Hand und streichelte seine Wange. Sie wollte ihm sagen, dass sie glücklich sei, sodass er wisse, dass es ihr gut ging. Doch Lyès schien ihre Versuche nicht wahrzunehmen. Er murmelte stets *Nein* und *Lily* vor sich hin und nahm nichts mehr von seiner Umwelt wahr. Plötzlich unterbrach Lyès sein Gemurmel, es schien als hätte er plötzlich eine Eingebung gehabt. Er hob sein Handgelenk zu seinem Mund und biss hinein. Sein Blut floss so stark, dass sein Hemd in kürzester Zeit davon durchtränkt war. Er hielt sein blutendes Gelenk Lily hin: „Trink!", befahl er, doch ihre Lippen blieben lächelnd verschlossen. „Trink!", wiederholte Lyès mit mehr Nachdruck, „Ich kann dich nicht verlieren …" Er schluchzte wieder.

Lily schloss ihre Augen, sie hatte die Kraft nicht mehr, sie offen zu halten. Sie dachte noch kurz an Lilith, was würde aus ihr werden? Lilith blieb stumm.

„Geh nicht", hörte sie noch Lyès verzweifelt murmeln, „ich liebe dich."

Lily lächelte und stieß ihren letzten Atemzug aus.

# DRITTES BUCH

Das Erbe der Lilie

Violetine offenbart 157

Monster 161

Nachspiel 167

Weißes Leinen und goldene Perlen 170

Alte Erinnerungen und neue Ereignisse 185

Die Zeit der Rache 193

Dreigeteilt 208

Das Tor zur Seele 211

Das Treffen 216

Abschiede 221

Die Macht der Lilith 224

Letzte Worte 227

Violetine offenbart

Dunkelheit. Unendliche Dunkelheit.

Plötzlich ein kleines Licht. *Nein, kein Licht,* beschloss Lily, *eine Empfindung.* Vielleicht war es eine Farbe, oder gar ein Geräusch? Wie konnte sie ein Geräusch sehen? *Nein, das ist es auch nicht.* „Es ist ein Geruch", intervenierte Lilith. *Ein Geruch? Unmöglich, Gerüche kann man nicht sehen,* dachte Lily verdutzt. *Lilith? Du bist noch da? Kann ich dich nicht mal im Tode loswerden?* „Du Dummerchen! Du bist nicht tot", antwortete diese schadenfreudig, „zumindest nicht im konventionellen Sinn. Hast du etwa schon wieder alles vergessen, was dir die anderen Hohlköpfe erzählt haben?" *Nicht tot? Das Vampirblut!* „Bravo!", ertönte Liliths Stimme sarkastisch in Lilys Kopf. „Dämonen besitzen zwar dieselben Sinne wie gewöhnliche Menschen, doch sie sind intensiver, besser, wenn du willst. Vampirische Sinne arbeiten anders zusammen als die eines Menschen. Du nimmst zum Beispiel den Geruch nicht nur mit deiner Nase wahr. Sie hängen alle zusammen: die Fähigkeit zu sehen, zu hören, zu schmecken, zu riechen und zu tasten. Die Empfindungen eines Dämons aber sind viel intensiver als alles, was du bisher erlebt hast. Glaub mir! Es gibt nichts Langweiligeres, als im Körper eines dumpfen Menschen gefangen zu sein", zischte der Unhold in ihr. „Vielleicht funktioniert dein Gehirn jetzt auch ein bisschen besser!", fügte Lilith bösartig hinzu.

Lily lag auf einem Bett, in dem sie zu versinken schien. Sie konzentrierte sich nun auf die Geräusche. Es gab nicht viele in diesem Raum. Sie hörte ein leichtes, helles Flackern: eine Kerze. Nur eine. In der Ferne hörte sie ein Donnern und Rumpeln, sie kannte das Geräusch, doch sie hatte es nie zuvor in all seinen Höhen und Tiefen wahrgenommen. Es waren die Straßenbahnen, die oben in der Stadt verkehrten.

Es war noch nicht nach acht Uhr, dafür waren die zeitlichen Abstände zwischen den Bahnen zu klein.

Sie widmete sich jetzt ganz ihrem Geruchs- und Geschmacksinn. Sie atmete tief ein und stellte fest, dass die Sinneseindrücke nicht mehr jene Befriedigung brachten, die Lily gewohnt war. Beim Atmen strömten zwar Hunderte von Gerüchen, altbekannte und neue, in ihre Nasenflügel, aber sie war nicht mehr darauf angewiesen. Belustigt hielt sie die Luft an. Sie wollte kontrollieren, wie lange sie das schaffen konnte. Lilith schüttelte dazu nur metaphorisch ihren Kopf. Lily aber hatte ihren Spaß dabei. Sie wusste nicht, wie viel Zeit verging, doch ihr war klar, dass sie noch nie so lange die Luft angehalten hatte. Das Einzige, was unangenehm wurde, war, dass sie nichts mehr riechen konnte. Dieser Sinn schien bei den Vampiren sehr stark ausgeprägt. Sie ließ die modrige Kellerluft wieder durch ihre Lungen strömen. All diese Gerüche! Lily versuchte einige zu identifizieren, doch ohne das Bild, das sich die Augen davon machten, war es ihr fast unmöglich. Sie roch kalte Asche, Früchte, die nicht mehr im Raum waren, und sogar Wasser und dessen Kalkgehalt! Modernde Stoffe waren in verschiedenen Nuancen da und das Holz, welches sie umgab, hatte auch seinen eigenen Geruch.

Langsam öffnete sie ihre Augen. Für einen kurzen Moment sah sie nichts außer weißem Licht, das sich aber rasch verdunkelte. Sie lag in einem Himmelbett, dasselbe, oder ein ähnliches, wie sie es bei ihrem ersten Aufenthalt in den Katakomben des Ordens der Lilie gesehen hatte. Die Farbe der Überzüge war in Hunderten von Grüntönen gewoben. Sie drehte ihren Kopf, Lily hatte eine langsame Bewegung beabsichtigt, doch kaum hatte sie den Gedanken gehabt, war ihr Kopf auch schon in der von ihr gewünschten Position. Sie dachte nun nicht mehr an ihre neu gefundene Sicht, sondern an Bewegungen. Sie versuchte sich langsam aufzusetzen, und stand dann plötzlich neben dem Bett. Sie hatte sich bei dieser Bewegung in die Vorhänge des Bettes verfangen, und diese in ihrer zu raschen, kraftvollen Bewegung vom Bett gerissen. In dieser kurzen Verwirrung sah sie, dass sie nicht alleine im Raum gewesen war.

Lyès saß ruhig, frech lächelnd, auf einem der Sessel vor dem Kamin und beobachtete sie aufmerksam. Lily entwirrte sich aus den Stofffetzen und bewegte sich auf Lyès zu. Ganz vorsichtig ging sie einen Schritt nach dem anderen und setzte sich sachte in den zweiten Sessel. Es kam ihr so vor, als ob sie sich in Zeitlupe bewegt hätte, und doch wusste sie genau, dass keine Minute vergangen war.

Lily sah nun, dass der Raum nur von einer einzelnen Kerze beleuchtet wurde, und doch schien er nicht dunkler als damals, als er von einem Feuer und geschätzten hundert Kerzen beleuchtet wurde. Ganz ruhig schaute sie sich um. Es sah alles noch genau gleich aus, nur dass Lily jetzt jedes kleine Detail, jede Unebenheit, sehen konnte. Sie wendete sich Lyès erst zu, als sie den Rest des Raumes in Ruhe betrachtet hatte.

Es war unglaublich! Sie hatte diese violett leuchtende Farbe, die nur Vampire sahen, schon ein klein wenig in den anderen Farben des Raumes wieder erkannt, als sie aber Lyès ansah, konnte sie die Farbe erst richtig sehen. „Es liegt an der weißen Haut. Violetine sieht man am besten auf weißen und hellen Oberflächen. Es gibt auch Steine und Gegenstände, die Violetine in sich tragen: der Mondstein, den du immer trägst, zum Beispiel, oder der Mond selbst. Man gewöhnt sich schnell daran. Auch unsere, den Menschen überlegene Nachtsicht beruht auf der Wahrnehmung von Violetine." Lily war erstaunt, sie hatte nicht realisiert, in welchem Ausmaß Violetine eine Rolle spielte. Sie hob ihre Hände vor ihr Gesicht, und tatsächlich reflektierte sich Violetine auch auf ihrer Haut, schimmerte jedoch nicht. Sie nahm ihren

Mondsteinanhänger und betrachtete nun diesen. Wie ein Glühwürmchen leuchtete er hell in dieser Farbe auf. Sie verglich ihn mit ihrer Haut. Im Schein des Mondsteines konnte sie Violetine nicht mehr auf ihrer Haut sehen, und war erleichtert. Lily ließ den Anhänger fallen, und beobachtete nun aufmerksam ihre Haut. Sie war nicht weiß, wie bei sehr blassen Menschen, diesen Typ Haut hatte sie selbst besessen, nein, es war ein transluzentes Alabasterweiß. Es schien Lily, als ob ihre Haut ihren Körper nun nicht mehr zu schützen vermochte, sie war nun so hell, dass man den Verlauf feinster Kapilärchen verfolgen konnte. Fasziniert schaute sie sich nun Lyès an und suchte die Adern unter seiner Haut, sie konnte einige erkennen, doch waren sie nicht so gut zu sehen wie bei ihr. Lily vermutete, es lag daran, dass sie von Anfang an eine blassere Haut gehabt hatte als er. Beim Betrachten verharrte Lilys Blick an seinem Hals, wo die Hauptschlagader ihn ihrem übernatürlich langsamen Rhythmus pulsierte. Lyès holte sie dann ganz plötzlich aus ihren Beobachtungen: „Vielleicht solltest du nun jagen gehen, sonst stürzt du dich noch auf mich." Lily wusste, dass er recht hatte. „Obwohl mich dies nicht wirklich stören würde!", fügte er noch mit einem verschmitzten Lächeln hinzu.

Monster

Der Moment, den Lily wahrhaftig gefürchtet hatte, war nun gekommen. Sie hatte sich noch gar nicht richtig mit dem Thema Blutsaugen auseinandergesetzt, wenigstens nicht auf sich selbst bezogen. Es hatte sie nicht gestört zu wissen, dass ihre Mutter und Armand Menschen töteten, um sich am Leben zu erhalten, es war auch kein sehr bewusster Faktor gewesen, bis jetzt. Nun blieb ihr keine andere Wahl, als sich in dieses Erlebnis hineinzustürzen. Lily konnte sich noch sehr gut daran erinnern, wie es sich angefühlt hatte, als Armand von ihr getrunken hatte. Sie fühlte in jenem Moment all seine Emotionen, und sie wusste, dass es für den Menschen, den sie töten musste, nicht anders sein konnte. Wie sollte sie bloß einen aus der Menge auswählen? Einen Einzigen zum Tode zu verurteilen, zu verdammen? Sie merkte plötzlich, wie ihr der Hunger vergangen war, und wünschte, es gäbe eine Alternative.

Lyès führte Lily durch die dunklen Gänge. Sie stellte fest, dass sie diesmal überhaupt kein Problem hatte, sich den Weg zu merken oder die Gänge klar zu sehen. Ihre Schritte wurden immer langsamer, bis sich Lyès umdrehte und sie kurz studierte. „Zweifel?", fragte er nur. Lily nickte, sie war überrascht, dass er dies so schnell erkannt hatte, schließlich zeigte seine Geschichte, dass Lyès das Problem anscheinend nie hatte. „Keine Angst, es gibt Wege, wie du dich von ihnen ernähren kannst, ohne wirklich jemandem zu schaden." Er ging weiter, als er sah, dass Lily zugleich erleichtert und neugierig war. „Du kommst nicht umhin, jemanden zu töten, das gehört zu unserer Natur. Wenn du glaubst, dich von Tierblut oder Ähnlichem ernähren zu können, liegst du falsch. Es gibt keine Alternativen, nur Menschenblut erhält uns am Leben. Es ist die einzige Energiequelle, die wir noch verarbeiten können. Die Lösung für dich ist, dir deine Opfer gezielt auszusuchen. Es gibt genug Menschen, auf welche die Gesellschaft gut verzichten kann und die nicht vermisst werden." Lily runzelte die Stirn: „Sprichst du von Obdachlosen?" „Nicht nur", antwortete Lyès, „es gibt genug kriminelle oder auch einsame Menschen. Es liegt an dir, dich zu entscheiden." „Aber, auch wenn sie niemand vermisst, so stößt sicher die Polizei auf diese Mordopfer und stellt fest, dass kein Blut mehr in ihnen ist. Und was ist mit den Bisswunden? Es gibt so viele Filme über Vampire und darüber, wie deren Biss aussieht, sie können doch so etwas unmöglich ignorieren?" Lyès lachte kurz auf. „Du hast ein zu starkes Bild von fiktiven Vampiren, auch wenn einige Sachen manchmal tatsächlich stimmen! Doch es ist beinahe unmöglich, einen Menschen seines ganzen Blutes zu entleeren, besonders nicht als frisch geborener Vampir. Dein Magen ist noch nicht angepasst und fasst viel weniger, als ein Mensch Blut in seinem Körper trägt. Dies ist unter anderem auch ein Grund, wieso ältere Vampire weniger oft Blut trinken müssen. Bei jungen Vampiren diffundiert das Blut auch schneller, da sich euer Körper über die nächsten Jahre noch anpasst. Das heißt, ihr trinkt öfter als wir. Du wirst dich auch schnell daran gewöhnen." „Kann man dann nicht einfach einen Menschen töten und aufbewahren, wenn ich ihn sowieso nicht in einem Mal von seinem Blut entleeren kann? Ich könnte doch warten, bis ich wieder hungrig bin." „Blutreserve?", lachte er wieder. „Nein, das geht nicht. Die Menge Blut, die du ihm abnimmst, ist ein zu großer Verlust, den er ohne ärztliche Betreuung nicht überlebt, und von totem Blut kannst du dich nicht ernähren. Es ist zwar nicht wirklich schädlich, aber du würdest es gleich wieder ausspeien. Als Frischgeborene musst du dich schon von zwei oder drei Menschen pro Nacht ernähren, sonst leidest du nur. Und glaub mir,

der Durst nach Blut ist nicht mit dem Hungerleiden eines Menschen vergleichbar." „Was ist denn nun mit der Polizei? Wenn du sagst, dass ich drei Menschen pro Nacht töten muss, löst dies bestimmt Fragen aus." „Nicht wirklich. Manchmal geschieht dies jedoch tatsächlich. Es ist alles eine Frage der Durchführung. Die Bisswunden dürfen nicht immer gleich aussehen. Wenn man genug getrunken hat, kann man sie auch noch ein bisschen aufreißen, damit ist sichergestellt, dass der Angegriffene nicht überlebt und auf der Stelle verblutet. Bei Verblutung kann man ja schließlich bei der Obduktion nicht feststellen, dass ein paar Liter mehr fehlen. Es gibt weitere Möglichkeiten: Den Sterbenden ins Wasser werfen. Wasserleichen sind nie einfach zu untersuchen. Oder sie im Wald und an ähnlich einsamen Orten zurücklassen, sodass sie erst viel später gefunden werden. Im Optimalfall ist die Verwesung schon ein wenig fortgeschritten. Wichtig ist natürlich, dass die Wunden der Unfallart angepasst werden. Handgelenke sind immer praktisch für Verblutungen, man kann die Wunden natürlich auch zerreißen, sodass auf ein Tier geschlossen werden kann, wichtig dafür ist, dass …"
„Das reicht!", unterbrach Lily Lyès laut. Sie hatte genug gehört. Der Gedanke, jemanden zu töten war schon schlimm genug, aber musste sie denn all diese Details hören? „Es ist wichtig, dass du dies weißt", beantwortete Lyès ihre stille Frage. „Es dient zu deinem Schutz und zum Schutz unser aller." „Du meinst zum Schutz vor Dämonen wie Asmodeus", sagte sie rau. Lyès' Ausdruck wurde hart, er antwortete nicht.

Sie gingen still nebeneinander her. Die Nacht war da und die Stadt war ruhig an diesem kalten Herbstabend. Lily folgte Lyès still, sie achtete nicht wirklich darauf, wohin er sie führte. Ihre Gedanken waren immer noch dem Akt des Tötens gewidmet. Sie konnte eine solche Tat einfach nicht akzeptieren. Es hatte sich für Lily noch nicht viel geändert, nicht wirklich. Sie fühlte sich immer noch als Mensch, auch wenn ihr ungewohnt langsam schlagendes Herz Zeuge ihrer Verwandlung war. Sie sah das Töten als monströs an. Sie wollte nicht zur Mörderin werden.

Plötzlich fielen ihr wieder ihre Mutter und besonders Armand ein. Ihre Mutter war immer noch dieselbe liebenswerte, fürsorgliche Person, an die Lily noch ein paar wenige Kindheitserinnerungen hatte. Menschen töten Tiere, um sich zu ernähren, hatte Armand gesagt. Doch dies war kein wirklicher Vergleich, oder? Unterscheiden sich Vampire so stark vom Menschen, dass sie diese als Vieh sahen? „Schau mal her", unterbrach Lyès ihre Gedanken. „Siehst du den jungen Mann dort? Nimm ihn!" „Was?", erwiderte Lily entsetzt. „Aber der ist doch nicht mal fünfundzwanzig, der hat noch sein ganzes Leben vor sich." „Wofür denn?", sagte Lyès niederträchtig. „Ein Leben, in dem er Dutzende von Frauen und junge Mädchen vergewaltigt, dann zerstückelt und in seinem Garten vergräbt? Oder, wenn er gefasst wird, ein Leben im Gefängnis zu vergeuden?" Lily war empört über Lyès' Aussage: „Woher willst du das schon wissen? Du erzählst mir doch irgendeine Geschichte, damit ich kein schlechtes Gewissen haben muss." Sie war wütend. Wie konnte er sie so kaltblütig anlügen? „Du glaubst mir nicht? Sieh ihn dir doch nochmals genau an. Riech ihn, beobachte ihn, schau, wie er sich verhält, schau, wie er dich anglotzt ..." Lily versuchte, ihre Wut und Empörung beiseitezuschieben und konzentrierte sich auf den jungen Mann. Sie schloss die Augen und atmete tief ein. Sein Geruch wehte zu ihr herüber. Zu behaupten, dass er stank, wäre eine Untertreibung gewesen. Der Gestank des Todes und von altem Blut umgab ihn; seine Haare, seine Haut und seine Kleidung waren getränkt davon. Von seinen Händen und Füßen ging ein ganz leichter, kaum merklicher Mief der Verwesung aus. Leichte Untertöne von grausigen körperlichen Ausdünstungen mischten sich in die Spuren von Frauenparfüm. Angewidert öffnete Lily ihre Augen wieder, und Liliths Aufmerksamkeit war auf ihn gerichtet, Lilith fühlte sich von ihm angelockt, sie wollte seine Verderbtheit in sich aufnehmen, jedes letzte Tröpfchen davon. Lily merkte, wie die Dämonenkönigin wieder an Stärke gewann, und versuchte Lily zu steuern, sie zu überreden, den Mann Tropfen für Tropfen seines Blutes zu entleeren. Lily konnte ihren Blick nicht mehr von ihm abwenden. Er glotzte sie immer noch lüstern an, fragte sich wahrscheinlich, wie er an sie rankommen könnte, wie er sie zu sich mitnehmen könnte. Lily wurde vom ganzen Spektakel übel. Nicht nur, dass Lilith immer stärker drängte, Lily bemerkte nun auch, dass der Mann von einer schrecklichen Aura umgeben war. Es war ihr nicht aufgefallen, dass Menschen von Auren umgeben waren, vielleicht ergab sich dies auch nur in speziellen Umständen. Lily hatte sich ihm unbewusst genähert, und befand sich plötzlich nur noch zwei Meter von ihm entfernt. Der Mann hatte jeden ihrer Schritte verfolgt, und schien langsam eine Erektion von seinen grausigen Fantasien mit ihr zu bekommen. Lily konnte sich nicht länger zurückhalten, jede Art von Abscheu und Zweifel gegenüber dem Töten war aus ihr gewichen. Sie sah nicht ein, wieso sie solch ein Monster verschonen sollte. In Sekundenbruchstücken stürzte sie sich auf ihn und bohrte ihre Fangzähne in seinen Hals. Es war ein Moment absoluter Ekstase, als das Blut ihren Mund füllte. Sie sah nichts mehr von ihrer Umgebung, hörte nichts mehr. Es befanden sich nur noch dieser Abschaum und sie selbst in ihrem Bewusstsein. Sie stellte mit Erstaunen fest, dass sie nicht nur seine Emotionen fühlte, sondern auch seine Erinnerungen sah: wie er zum ersten Mal eine Frau vergewaltigt hatte, wie er zum ersten Mal einen Mord begangen hatte. Sie fühlte seine Erregung, als er sich über ein Opfer bückte und dieses nahm, immer und immer wieder. Sie fühlte seine unbeschreibliche Freude, als er der Geschädigten langsam und gemächlich, voller Genuss, die Adern aufschnitt, langsam, eine nach der anderen, zuerst die einer Hand, dann der anderen, nur ein klein wenig, aber doch genug. Sie erlebte seinen Höhepunkt, als er dem Opfer schließlich die Halsschlagader öffnete und ihm beim Verbluten zusah. *Wie zynisch,* dachte sie. All das sah sie und vieles mehr. Doch ruckartig wurde ihre Trance unterbrochen: „Das reicht!", zischte Lyès und versuchte, sie von dem Mann zurückzuziehen. Verärgert schaute sie zu ihm auf, wie konnte er es nur wagen, sie zu unterbrechen? Doch als Lyès vor ihr zurückschrak, beruhigte sie sich wieder. Sie ließ den Mann schwer zu Boden fallen und bemerkte, wie sein Herz nicht mehr schlug. Sie schaute zur Leiche runter und wich vor ihrem Opfer zurück. Der Mann sah schrecklich zugerichtet aus, als ob ein Raubtier versucht hätte, ihm den Kopf abzunagen. Sein ganzer Hals war zerrissen, die Luftröhre war halb zerkaut und der Knochen des Schlüsselbeins trat hervor. Sie hatte sich regelrecht durchgekaut. Lilys fahlgrüne Augen waren vor Entsetzen weit aufgerissen, und zum ersten Mal seit Millennien war Lilith glücklich.

Nachspiel

Lyès hatte kein Wort mehr zu Lily gesagt, seit sie die Leiche in den Rhein geworfen hatten. Lily selbst war von den Geschehnissen immer noch fassungslos und komplett aufgewühlt. Sie war Lyès wortlos bis zum Versteck zurück gefolgt, wo er sie in ihr Zimmer geführt und den Raum sogleich wieder verlassen hatte. Er hatte sie nicht einmal angesehen.

Lily versuchte, den Mord in aller Ruhe zu betrachten. Sie konnte sich an jedes Detail erinnern, sogar wie sie sich durch mehrere Haut- und Knorpelschichten durchgekaut und -gesaugt hatte, um an das letzte Tröpfchen Blut zu gelangen. Anfangs war sie davon überzeugt gewesen, dass Lilith sie zu dieser Tat gedrängt hatte, doch dann wäre ihre Schadenfreude größer gewesen, Lily hätte es sofort gewusst. Beunruhigende Gedanken nahmen ihren Platz ein und Lily musste sich fragen, ob sie vielleicht auf der falschen Seite kämpfte. Vielleicht gehörte sie zu Asmodeus' Anhängern. „Ja!", hatte Lilith diesen Gedanken beantwortet, voller Hoffnung. „Wieso solltest du dich zurückhalten müssen, wenn es dir offensichtlich viel mehr Spaß macht, deine Beute restlos in dich zu nehmen?" Lily konnte Liliths starkes Verlangen nach ihrem geliebten Asmodeus deutlich spüren, und ertappte sich dabei, wie sie sich selbst in seine Nähe wünschte. Als Lily dies realisierte, schüttelte sie verwirrt den Kopf. Verschwammen die Grenzen zwischen ihr und Lilith? Würde sie, wenn sie nicht bald handelte, selbst zu einer furchtbaren Königin, die Liliths Platz einnehmen würde? Zu Lilys Bedauern erfüllte sie diese Vorstellung nicht mit Abscheu, sondern mit Verlangen. Sie wollte diese Macht wieder verspüren, die Lilith ihr gezeigt hatte. Sie wollte die Fesseln, die ihr auferlegt worden waren, ablegen und sich in totaler Freiheit bewegen. Lily wusste, dies würde nur gehen, wenn sie jegliche Art von

Regeln und Gesetzen missachten würde. Wo lag der Unterschied, ob sie die Macht ergriff, oder schließlich Lilith siegen und herrschen würde? Bestimmt hatte sie, dank Lilith, genug Macht, um selbst über die Vampire zu herrschen, und Asmodeus würde das tun, was sie wollte. Sie würde über ihn verfügen können, und über Lyès und Armand.

Diese Namen schienen ihren Kopf wieder klar zu machen: Armand und Lyès. Was hatte sie sich nur gedacht? Woher kamen diese Gedanken? „Pff", ertönte Liliths Stimme, „ist doch egal. Du hättest es sowieso zu nichts gebracht." Doch Lilith war verunsichert und … neidisch? „Träum weiter!", sagte sie kalt. „Du wüsstest nicht, wie du meine Macht nutzen kannst …" Doch statt Lily zu verspotten, zog sich die Dämonin wieder zurück. Besaß sie jetzt tatsächlich die Macht zu herrschen? Liliths Reaktion schien darauf hinzudeuten.

Lily wusste nicht mehr, was sie denken sollte. Sie hielt die Zerstörung Liliths zwar für den richtigen Weg, aber was würde danach geschehen? Wieso sollte sie nicht versuchen, mehr aus sich zu machen? Die Macht war ein Werkzeug, das sie nur richtig gebrauchen musste. Nun, da sie die Möglichkeiten eines Vampirs verstand – die scheinbare grenzenlose Freiheit, die ein Vampir genießen konnte –, wieso sich dann wieder irgendwelchen Regeln untergeben? Sie konnte alles tun, was sie wollte, sie hatte nun alle Zeit der Welt.

Plötzlich regte sich Lilith in ihren Gedanken, sie schien fest zu etwas entschlossen zu sein. „Es wird Zeit, dass du die ganze Geschichte kennst", wendete sie sich an Lily. „Die wichtigsten Ereignisse kennst du bereits, die hat dir der Onkel erzählt, doch du weißt nicht, wie es mir damals ergangen ist. Du hast keine Informationen über mich. Vielleicht verstehst du mich ein bisschen besser danach, und wir könnten uns zusammentun, wenn du wirklich nach deinen eigenen Regeln leben willst." *Wieso jetzt? Eben hast du noch gesagt, dass ich zu so einer Tat unfähig wäre.* „Ich habe wohl ein wenig übereifrig reagiert. Ohne meine Macht kommst du nicht weit, auch wenn du überraschend viel davon besitzt für eine Neugeborene. Aber wenn wir uns zusammenschließen, dann können wir alles haben, was wir wollen. Niemand wäre stark genug, um uns aufzuhalten. – Nicht einmal Asmodeus", fügte Lilith noch hinzu. *Du würdest gegen Asmodeus kämpfen?*, erwiderte Lily erstaunt. „Ist das so ungewöhnlich? Du hast gerade eben auch von Aktionen gesprochen, die weder deine Mutter noch Armand unterstützen würden. Es ist natürlich wahrscheinlich, dass Lyès an deiner Seite bliebe. Männer aber halten uns am Ende doch nur wieder auf, sie würden es nicht ertragen, Frauen die alleinige Macht zu überlassen, nicht für lange." Lily war von der Idee fasziniert. Welch ein Team sie und Lilith doch bilden würden! Lilith nickte metaphorisch und begann mit ihrer Erzählung.

Weißes Leinen und goldene Perlen

„Du wirst sehen, dass der Onkel nicht ganz alle Details kannte, besonders was mich anbelangt. Aber da er nur die Aussagen von Männern gesammelt hat, konnte er keine andere Variante kennen, und diejenige, welche er dir erzählt hat, passt auf jeden Fall gut in sein Bild von mir. Nun denn, am besten legst du dich ins Bett und schließt die Augen. Ich muss es dir nicht erzählen, ich kann es dir zeigen."

Lily befolgte ein wenig zögernd, aber zu neugierig um abzulehnen, Liliths Anweisungen, und legte sich hin und schloss die Augen.

Gerne würde ich noch ein bisschen im Haus verweilen. Sobald ich nach draußen gehe, wird es viel zu heiß sein. Es ist zwar noch früh, aber im Sommer ist die Hitze nur morgens und abends erträglich. Ich muss an Ab denken. Hoffentlich ist er schon gegangen. Wenn er sieht, dass ich erst jetzt aufstehe, schlägt er mich bestimmt wieder. Mein Magen knurrt. Viel gab es gestern Abend nicht zu essen, vielleicht sind noch ein paar Reste vorhanden. Die Rationen der Stadt müssten eigentlich jeden Tag eintreffen. Ich stehe aus meinem Strohbett auf. Das Stroh sollte auch wieder ausgewechselt werden.

Im Wohnraum ist niemand mehr. Zum Glück! Meine Brüder hätten mich auch nicht viel besser behandelt. Sie haben aber die Reste gegessen. Ich nehme mir ein paar getrocknete Datteln, aber nicht zu viele. Ab würde das sofort bemerken. Ich trete in den schon zu heißen Morgen hinaus.

Die Gegend ist wirklich schön. Noch sind die Felder grün, das Schilf hoch entlang des Euphrat, doch sein Wasserstand ist schon gesunken. Bald wird er noch tiefer sein. Die Männer müssen die Wasserkanäle kontrollieren und wenn nötig verbessern, sonst bleibt das Wasser ganz aus. Ich gehe den Weg zur Straße hoch und trete den kurzen Marsch in die

Stadt an. Die anderen Frauen warten bestimmt schon auf mich, hoffentlich sagen sie meinem Vater nicht, dass ich schon wieder zu spät komme. Die blauen Flecken vom letzten Mal sind immer noch sichtbar.

Im kleinen Stadttor steht wie immer eine Wache gemütlich im schattigen Teil des Durchganges angelehnt. Ich biege in eine der größeren Durchfahrtsstraßen ein und genieße den Schatten der Zypressen, welche die Straße säumen. Ihr warmer Geruch dringt in meine Nase. An einem kleinen Marktplatz in einem der äußeren Stadtviertel bewundere ich wie immer die schönen Gegenstände und Waren. Der Goldschmied ist heute wieder hier. In der Morgensonne leuchten die filigranen Schmuckstücke golden, die Edelsteine glänzen in ihren Regenbogenfarben. Der Schmied bevorzugt den Türkis, den Lapislazuli und andere blaue Schmucksteine, die wie die blauen Ziegel, welche die Stadt schmücken, seine kleinen Kunstwerke zieren. Ich gehe vorbei am Gerber, der hitzig einen Handel abzuschließen versucht. Der Fleischer räumt seinen Stand schon wieder ab, es wird zu heiß. Um Fleisch zu kaufen, muss man früher aufstehen! Der Höhepunkt des Marktes ist eindeutig der Gewürzstand. Ich setze mich auf eine Steinbank in seiner Nähe unter Schatten spendende Bäume und atme tief ein. Der Duft von verschiedensten Gewürzen dringt in meine Nase: Kardamom, trockener Koriander und der warme Duft von Zimt. Gemütlich esse ich die wenigen Datteln, die ich von zu Hause mitgebracht habe. Am liebsten würde ich beim Früchtehändler einige Granatäpfel kaufen, und die saftig frischen Früchte Kern für Kern essen, doch leider haben wir nicht genug Geld für solche Luxuswaren.

Nun wird es wirklich Zeit, ich kann es nicht länger herausschieben. Also stehe ich auf und gehe durch kleinere Gässlein in die jüdischen Viertel der Stadt. Obwohl sich unser Volk gefürchtet hatte, als uns der König damals ins Exil zwang, wurden wir nicht ungerecht behandelt. Mittlerweile hat sich unser Volk gemütlich in Babylon eingerichtet und einige, im Gegensatz zu meiner Familie, haben hier sogar Reichtum gefunden.

Die kleinen Gassen öffnen sich wieder und ich befinde mich auf einem weiteren Marktplatz, dem der Juden. Hier werden nur koschere Waren verkauft. Ich habe diese Tradition nie wirklich verstanden. Mein Vater isst, was er finden kann. Meine Brüder haben mir erzählt, dass er mal anders gewesen war, bevor Em starb. Doch jetzt …

Ich steuere durch die Warenhändler und Marktgänger auf ein kleines Haus zu, kreise drum herum und betrete es durch den Hintereingang. Es gehört dem Schneider. Seine Frau ist mit dem Herstellen der Stoffe beauftragt und stellt, wenn es wieder Schurzeit ist, Mädchen und Frauen an, die ihr beim Spinnen der Wolle helfen sollen.

Vater mag es nicht, wenn ich arbeite, er behält mich lieber zu Hause. Aber es blieb uns wieder einmal keine Wahl. Mit meinem Verdienst essen wir wenigstens ein bisschen besser. Entmutigt betrete ich das Haus. Natürlich bekomme ich wieder eine Schelte, da ich viel zu spät gekommen bin. Ich setze mich wortlos auf meinen Platz und beginne mit der scheinbar endlosen Arbeit, wenigstens wird es in dem Haus nicht zu heiß.

Nach ein paar Stunden, früher als gewöhnlich, höre ich meinen ältesten Bruder meinen Namen schreien „Lilith, komm raus!" Was ist denn jetzt schon wieder los? Ich schreite in die heiße Nachmittagsluft hinaus. Mein Bruder wartete vor dem Schneiderhaus auf mich. „Komm!", sagte er nur. „Ab will dich sehen." Wie ungewöhnlich, er hat mich noch nie zu sich gerufen, schon gar nicht dann, wenn ich arbeitete. Ich folge meinem Bruder schweigend, zu meiner Überraschung verlassen wir die Stadt und schlagen den Nachhauseweg ein. Meine Verwirrung steigt.

Als wir zu Hause ankommen, mustert mich Ab von unten bis oben und sagt zu meinem Bruder. „Geh nun! Ich muss mit Lilith alleine sprechen." Ich runzle die Stirn und mein Bruder verlässt mürrisch die Hütte.

„Lilith, ich habe es nicht wahrhaben wollen, aber du bist zu einer jungen Frau aufgewachsen. Deiner Mutter gleichst du, Gott sei Dank, nicht. Du bist eine schöne junge Frau geworden, und als solche bist du nun alt genug, um zu heiraten." „Heiraten?", frage ich nach. Mein Herz bleibt stehen. Wieso sollte ich heiraten? Ich will das nicht. „Ja, heiraten", erwidert mein Vater, sichtlich über meine Frage verärgert. „Um genau zu sein, sollst du den jungen Veysi heiraten. Er ist aus gutem babylonischem Hause. Ein sehr gut erzogener junger Mann. Er hat mich heute um deine Hand gebeten, und ich sehe keinen Grund, wieso du ihn nicht heiraten solltest." „Veysi?", frage ich ihn nachdenklich. „Ich kenne keinen Veysi." „Macht nichts. Er hat gesagt, er habe dich des Öfteren auf dem äußeren Marktplatz gesehen." „Aber ich will keinen Babylonier heiraten!", schreie ich. „Ich will keinen Fremden heiraten." Ab wird wütend und schreit zurück: „Du wirst machen, was ich von dir verlange. Du heiratest Veysi, und wir ziehen in sein Anwesen in die Stadt, dann kannst du von mir aus jeden Tag auf dem Markt herumlungern, du undankbare Göre." Dass Ab mich noch nicht geschlagen hat, zeugt von seiner guten Laune. Also versuche ich noch einen letzten Weg, der mir trotz allem wichtig ist: „Ist er wenigstens Jude?" „Ha!", lacht Ab spöttisch. „Ein Babylonier soll ein Jude sein? Das wäre mir neu. Diese Teufel sind schuld, dass wir hier sind." „Aber ich kann doch keinen Ungläubigen heiraten …", stottere ich weiter. „Wieso denn nicht? Sei still, und lass mich in Ruhe, der Entschluss ist gefasst! Du wirst Veysi nach dem nächsten Sabbat heiraten. Und jetzt will ich keine Widerworte mehr hören." Ab verlässt die Hütte mit einem Krug fermentierten Gerstensaftes. Ich stehe wie versteinert immer noch am gleichen Ort im Wohnraum. Ich weiß nicht, was ich denken soll. Ich kann keinen Babylonier heiraten. Ich kann keinen Fremden heiraten. Dies sind die einzigen Gedanken, die noch in meinem Kopf vorhanden sind. Weinend renne ich aus dem Haus. Ich renne und renne, sehe nicht wohin. Die Tränen laufen meine Wangen hinunter und scheinen nicht aufhören zu wollen. Plötzlich trete ich in etwas Nasses. Ich bin am Ufer des Euphrat, eine Schilfwand steigt vor mir hoch. Ich gehe langsam vorwärts, will mich verstecken und alles hinter mir lassen. Das Schilf wird immer enger, und ich komme nicht mehr voran. Ich will mich hinknien, ich will zu Gott beten, will ihn um Hilfe bitten, doch ich bin wie gefangen zwischen den hohen Schilfstängeln. Die Kraft schwindet aus meinen Beinen, mein Körper bleibt eingeklemmt hängen. Immer noch weinend schaue ich zum Himmel hinauf und bete vehement: „Bitte, bitte, gnädiger Gott, binde mich los vom zerstörenden Schwur meines Vaters. Bitte, bitte, befreie mich." Immer und immer wieder murmle ich diese Sätze, es vergeht keine Zeit. Ich weine immer noch, doch meine Augen haben keine Tränen mehr zu vergießen. Immer und immer wieder „Bitte, bitte, gnädiger Gott …".

Die Dunkelheit bricht ein. „Bitte, bitte, gnädiger Gott. Bitte, bitte, gnädiger Gott …" In der Ferne höre ich Schreie. Ich höre meinen Namen. Sie suchen nach mir. „Bitte, bitte, gnädiger Gott …" „Lilith!" „Bitte, bitte, gnädiger Gott …" „Lilith!" Mit ihren Fackeln können sie nicht ins Schilf, und doch finden sie mich: „Kommt her! Ich habe sie gefunden. Sie ist im Schilf." Die eingeknickten Schilfstängel zeigen den Weg zu mir, führen meine Henker zu mir. „Bitte, bitte, gnädiger Gott ..." Jemand reißt mich aus dem Schilf raus. Einer meiner Brüder. Er zerrt mich hinter sich her, beschimpft mich, verflucht mich. „Bitte, bitte, gnädiger Gott ..." Ich weiß nicht, wie ich noch gehen kann. Weiß nicht, wie ich schlafen kann. Weiß nicht, was man mir sagt. „Bitte, bitte, gnädiger Gott ..." Mit einem letzten hoffnungslosen Gebet auf den Lippen schlafe ich ein: „Bitte, bitte, gnädiger Gott ..."

Ich wache auf und sofort muss ich an die Heirat denken, an Ab und seine Vereinbarung mit Veysi. Ich stehe auf und trete in den Wohnraum ein. Ab sitzt mit meinen Brüdern und Veysi am Tisch. Als er mich sieht, schnauzt er mich sofort wieder an: „Begrüß deinen Verlobten mit gebührendem Respekt!" Die Heirat wurde nicht abgesagt, Gott hat meine Gebete nicht erhört. Ich bleibe stumm und starr vor den Männern stehen. Ich habe nicht die Absicht, den Mann, der Schuld an meinem Schicksal hat, mit Respekt zu behandeln. Noch den zu würdigen, der mich ohne Bedenken verkauft hat. Ab wird wütend, steht auf, und schlägt mich ins Gesicht. Es brennt, doch der Schmerz hält nicht lange an. Wie kann so etwas noch schmerzen, wenn ich kein Gefühl mehr habe? Ich bin noch immer wie zu Stein erstarrt. Ich behalte meinen Kopf hoch und verlasse ganz langsam die Hütte, alle Augen sind stillschweigend auf mich gerichtet. Draußen renne ich wieder los, was bleibt mir noch übrig? „Bitte, bitte, gnädiger Gott ...", vielleicht bleibt noch Zeit, vielleicht hilft er mir doch noch. Ich renne und renne, bis meine Brust brennt, bis ich meine Beine nicht mehr spüre. Ich renne die Straße entlang, will weg von hier, möglichst weit weg. Ich kann nicht mehr, setze mich hin. Ich bin verloren. Wo bin ich? Was wird aus mir? Gedrängt von der Zeit, von den Männern, die über mein Leben bestimmen, als wäre es nichts wert, gehe ich weiter. Ich kann nicht mehr rennen, aber Schritt für Schritt gehe ich weiter. Die Hitze brennt. Die heiße Luft scheint meine Brust zu zerreißen, meinen Mund mit Sand zu füllen. Plötzlich höre ich Hufe im Galopp. Ein Pferd? Die sind selten, importiert, teuer. Ich bekomme es mit der Angst zu tun und renne wieder los. Meine Beine können mich nicht mehr tragen, und ich stolpere. Der Reiter hält neben mir an und schaut zu mir runter. Es ist Veysi! Er steigt ab, packt mich und wirft mich über den Rücken des hohen Tieres, bringt mich zurück zu meiner Familie. Die Flucht ist misslungen. Es gibt keine Lösung! Gott ist nicht mit mir und ich werde bald vermählt.

Als ich zu Hause von meinem Zukünftigen abgeliefert werde, schlägt Ab mich wieder. Veysi schaut zu: „Aber nicht zu hart", witzelt er. „Sie muss in zwei Tagen noch was hergeben!" Die Zukunft schaut immer düsterer aus. Ich gehe zu Bett. Meinen Körper spüre ich nicht mehr, zwischen den Schlägen meines Vaters und meinem Wettlauf gegen eine scheinbar in Stein niedergemeißelte Zukunft bleibt kein Teil von mir unbeschädigt. Schließlich schlafe ich doch noch ein.

Ich werde früh geweckt. Eine fein geschmückte, frisch gebadete Frau steht im Zimmer, neben ihr eine einfach gekleidete, unbemerkliche ältere Frau. Sie führen mich aus dem Haus zu einer Trage. Sie erklären mir, dass ich heute schon in das Haus Veysis gebracht werden soll, um für den folgenden Tag gebührend vorbereitet zu werden. Ich sehe noch, dass Ab und meine Brüder am Packen sind. Sie werden nach unserer Hochzeit auch in Veysis Haus ziehen.

Im Anwesen Veysis sehe ich nur Diener. Die beiden Frauen führen mich in ein oberes Stockwerk, in einen Waschraum. Dort kümmern sie sich liebevoll während vieler Stunden um mich. Zuerst waschen sie meinen Körper mit frischem Wasser aus dem Euphrat, das mit wohlriechenden Blättern und Zitronen parfümiert wurde. Als Nächstes schrubben sie mich von Kopf bis Fuß mit rauen Stoffen ab und beenden diese Behandlung mit in warmes Wasser getauchten, weichen Ledertüchern. Jetzt fängt die Alte an, mir alle Körperhaare mit einer Zuckermasse zu entfernen. Während sie meinen Körper schmerzhaft mit dieser Masse behandelt, kümmert sich die jüngere Frau um mein Gesicht. Nachdem sie dies beendet haben, waschen sie mich nochmals mit dem kühlen Zitronenwasser ab, cremen mich mit einer wohlriechenden Mandelpaste ein, wickeln mich in ein Seidentuch und bitten mich, mich hinzulegen. Die Liege ist ungemütlich, mein Nacken wird durch ein hartes Holzkissen gestützt, sodass sie sich nun um meine Haare kümmern können. Sie spülen diese auch mit dem Zitronenwasser und massieren eine nach Orangenblüten duftende Substanz in meine Haare ein. Plötzlich stehen beide auf, mahnen mich, so liegen zu bleiben, und verlassen den Raum. Ich weiß nicht, wie lange ich da liege, als sie wieder zurückkommen. Wieder wird mein Haar mit Zitronenwasser gespült, leicht angetrocknet und schließlich mit Mandelöl eingerieben. Sie formen mein Haar zu einem Knoten an meinen Hinterkopf und bitten mich, ihnen zu folgen. Wir gehen einen dunklen fensterlosen Korridor entlang, zum Innenhof des Hauses. Vom oberen Stock sehe ich in den kleinen Garten, der zur Blütezeit voller Blumen sein muss. Die beiden Frauen führen mich in einen anderen, fensterlosen Gang hinein, in einen überdimensionalen Raum. Er ist wunderschön geschmückt. Sie bitten mich, Platz zu nehmen, und holen diverse Kämme, Schmuckstücke, Phiolen und Pinsel hervor. Dann beginnen sie, mich zu frisieren. Sie flechten meine langen schwarzen Haare in kleine und größere Zöpfe, die am Ende ein faszinierend verworrenes Muster ergeben. Anschließend betupfen sie mein Haar und meine Haut mit verschiedenen Duftölen und bemalen meine Augen und Lippen. Das Gewicht der

Schminke ist ungewohnt und ungemütlich. Als Abschluss der ganzen Vorbereitungen kleiden sie mich ein. Die Alte geht zu einer mit Schnitzereien verzierten Holztruhe und holt eine grüne Stoffbande und einen roten Gürtel heraus. Ich habe bisher nur meine einfache weiße Wolltunika getragen und weiß nicht, wie ich mich einkleiden muss, aber das stellt kein Problem dar. Während die Alte mich gekonnt in den Stoff einwickelt, fixiert die Junge den Stoff mit dem roten Gürtel. Als Letztes holt sie noch ein kleineres rotes Stück Stoff aus der Truhe, und befestigt es in meinen Haaren, sodass sie ganz verdeckt werden. Die Dienerin reicht mir einen Teller aus Gold. Ich weiß nicht, was ich damit tun soll. Wird das Nachtmahl jetzt serviert? „Schau rein", sagt sie. Ich hebe den goldenen Teller ein wenig hoch, und sehe ein Gesicht darin. „Es ist ein Spiegel", erklärt die alte Frau, „du kannst dich darin betrachten." Es ist das erste Mal, dass ich mich selbst sehe. Ich ringe nach Luft. Das soll ich sein? Ich bin schön! Das rote Tuch in meinen Haaren umrahmt mein ovales Gesicht. Im Kontrast zwischen diesem Rot und dem Grün des Kleides stechen meine blassgrünen Augen hervor. Die schwarze Kajallinie, welche mir aufgezeichnet worden ist, betont ihre Mandelform. Meine vollen Lippen wurden im selben Rot angemalt, wie das Tuch in meinen Haaren. Ich habe mich noch nie in meinem Leben so schön, oder so sauber gefühlt. Doch dieses Gefühl des Wunders wird sehr schnell von einem schlechteren verdrängt. Die junge Frau hat den Raum wieder verlassen und die Alte scheint etwas zu erwarten. Ich weiß nicht, was jetzt kommt, ich habe Angst. Die Alte scheint es zu merken, und beantwortet meine stille Frage: „Du musst keine Angst haben, mein Kleines. Heute passiert noch nichts. Die Nacht der ersten Vereinigung werden wir dir morgen erklären. Jetzt musst du das erste Mahl mit deiner neuen Familie einnehmen." Ich reagiere nicht auf ihre Aussage. Es scheint mir, als ob mein Geist sich von meinem Körper losgelöst hat, abgetrennt ist. Wie sonst kann ich dies alles erdulden? Ich empfinde nichts mehr, mein Herz hat sich völlig verschlossen. Meine Sinne sind die einzigen Verbliebenen, die noch zur Wahrnehmung fähig sind. Mein Gott hat mich verlassen, alleine gelassen. Er kann mir jetzt keinen Trost mehr spenden.

Die junge Frau kommt zurück. Wir folgen ihr in den Essraum, wo zwei Tische stehen. Ich werde an das Ende des einen Tisches geführt und mit dem Rücken zum anderen hingesetzt. Die Alte erklärt mir, dass dies symbolisch sei. Mein Zukünftiger werde sich mit dem Rücken zu mir an den anderen Tisch setzen. Es symbolisiere die erste Zusammenkunft und die baldige Vereinigung unter demselben Dach. Nach kurzer Zeit höre ich hinter mir ein Rascheln von Kleidung und spüre, wie sich jemand hinter mir gesetzt hat. Jetzt füllt sich der Raum plötzlich mit Leuten, die ich nicht kenne. Frauen setzen sich an meinen Tisch, Männer an den Tisch hinter mir. Ich höre die Stimme von Ab und meinen Brüdern. Das Nachtmahl wird serviert. Ich habe noch nie so viel Essen auf einem Tisch vor mir gesehen und schon gar nicht in solcher Vielfalt. Es werden Früchte und Fleisch serviert, Spezialitäten aus dem Westen und aus dem Norden, Gemüse, das mir völlig fremd ist, und auch welches, das ich gut kenne. Es wird Wein serviert und frisches aromatisiertes Wasser. Man beginnt zu essen, und obwohl ich hungrig bin, vergeht mir der Appetit schnell. Ich kann nicht essen. Ich will nicht hier sein.

Stunden später ist das Mahl endlich beendet. Ich will schlafen, doch zuerst muss die gleiche Prozedur befolgt werden wie beim Betreten des Esszimmers. Zuerst verlassen die Fremden den Raum, dann folgt Veysi und zu guter Letzt darf auch endlich ich gehen. Die zwei Frauen begleiten mich wieder. Sie ziehen mich aus, entfernen die Schminke aus meinem Gesicht und reiben mich nochmals mit der Mandelsalbe ein. Plötzlich stößt die Alte einen kleinen Schrei aus. Sie spricht von meinen Ohren. Ich verstehe nicht, was das Ganze soll, ich habe doch Löcher in meinen Ohren. Die Junge zischt aus dem Raum und kommt mit suspekt aussehendem Werkzeug und einem kleinen Holzstück zurück. Ich soll mich wieder auf die ungemütliche Liege legen. Plötzlich verspüre ich einen stechenden Schmerz am linken Ohr. Sie haben mein Ohr durchbohrt! Sie wollen mir für die morgige Hochzeit Ohrschmuck durch diese Löcher ziehen. Ich habe dies schon oft gesehen, aber mir nicht weiter Gedanken darüber gemacht. Es hat mich nie interessiert. Nach einem zweiten kurzen Stechen am rechten Ohr ist die Prozedur vorüber. Sie schieben noch kleine Holzstäbchen in die neuen Löcher, damit diese über Nacht nicht zuwachsen. Endlich erlauben sie mir, mich schlafen zu legen. Obwohl ich schreckliche Angst vor dem nächsten Tag habe, schlafe ich sofort ein.

Ich werde wieder früh geweckt. Die Alte steht über mir und lächelt. Die junge Frau ist nicht im Zimmer. Die ganze Prozedur vom Tag davor geht wieder von vorne los: Ich werde gewaschen, geschrubbt und eingesalbt. Meine Haare wäscht sie aber nicht noch mal. Sie entflechtet alle Zöpfchen, die sie am Vortag gemacht haben, ölt mein Haar nochmals ein und beginnt meine Haare, Strähne für Strähne, um kleine Schilfstäbchen zu wickeln. Es dauert Stunden. Sie holt aus der kleinen Schminktruhe eine Schachtel hervor, in welcher sich rote Paste befindet. Diese tupft sie nun an diverse Stellen meines Körpers; drei kleine Tupfer hinter jedem Ohr, fünf kleine Tupfer meinen Nacken hinunter. Sie umkreist meine Brustwarzen und meinen Bauchnabel damit und tupft in einer geraden Linie, ausgehend von einem Punkt zwischen meinen Brüsten, bis hin zum Bauchnabel, und beendet diese

Tupferlinie mit einem letzten Punkt über meiner Klitoris. Wir warten einen Moment, bis die Paste ganz trocken ist. Die Alte holt nun wieder diverse Stoffe aus der Holztruhe. Als Erstes zieht sie mir ein weißes, leicht durchsichtiges Leinenkleid über, das mit zwei Trägern auf meinen Schultern ruht. Die Träger reichen bis unter die Brüste, wo der Stoff anfängt. Ich denke schon, dass ich mit entblößten Brüsten mit Veysi vereint werde, als die Alte ein langes rotes Leinentuch hervorholt. Sie befestigt es unter meinem linken Arm und wickelt es einmal um mich, um den Reststoff über meine rechte Schulter zu legen, sodass er vorne über meine rechte Körperseite hängt. Als Nächstes holt sie einen Strang langer grüner, gezottelter Wollfäden hervor, die sie mir direkt unter die Brüste wickelt, um den roten Stoff zu befestigen. Es scheint, als sei sie mit dem Ankleiden fertig, denn sie wendet sich nun wieder meinen Haaren zu. Stück für Stück holt sie die Schilfstäbchen heraus und legt die nun gekrausten Strähnen vorsichtig auf meinen Rücken. Nach einiger Zeit ist die Alte auch damit fertig und beginnt, einzelne Strähnen hochzustecken. Dann holt sie eine goldene Tiara. Sie ist mit kleinen Madonnenlilien verziert, in dessen Blütenblätter Lapislazuli eingebettet sind. Sie frisiert meine Haare, jede Strähne einzeln, um dieses Diadem herum. Als sie fertig ist, holt sie ein rotes Netz hervor, welches sie in das Kunstwerk einbaut, sodass man die Frisur noch sehen kann, die Haare aber dennoch ganz verdeckt sind. Es scheint, als sei meine Transformation dem Ende nahe. Die Alte zieht nun große Ohrringe aus massivem Gold durch meine frisch gestochenen Ohrlöcher. Sie legt mir goldene Reifen fest um die Oberarme, und lose um meine Hand- und Fußgelenke. Zu guter Letzt holt sie einen langen Perlenstrang hervor. Die Perlen sind farbig, dazwischen ist immer wieder mal eine längere Goldperle aufgezogen. Diesen Strang wickelt sie mir mehrmals um den Hals. Wieder reicht sie mir den goldenen Teller. Die Verwandlung ist erstaunlich. Wäre es für mich nicht ein derart trauriger Anlass gewesen, wäre ich wohl vor Freude im Haus umhergerannt!

Die Hochzeit selbst ist langweilig und zieht sich in die Länge. Das Festmahl ist unerträglich öde, es erscheint mir, als würden sich alle nur betrinken und vollfressen. Ich freue mich schon, als sich die Alte mir nähert, und mich tatsächlich aus dem Geschehen befreit. Doch leider will sie mich auf die Mondnacht vorbereiten. Sie entfernt meinen Schmuck und wickelt mich wieder aus dem roten Gewand aus, einzig das weiße Leinenkleid lässt sie mir. Nun holt sie ein unglaubliches Schmuckstück aus einem anderen Raum. Es sieht aus wie eine riesige Kette. Es wird mir um den Hals gelegt, und ich kann das Gewicht kaum tragen. Die Kette besteht nur aus Perlen und Golddraht. Ein Reif wird um den Hals befestigt, von diesem führen duzende kleine Perlenstränge, die meine freigelegten Brüste verdecken. Die Alte entwirrt mein Haar wieder, und entfernt das Liliendiadem. Sie lässt meine Haare frei den Rücken hinunterfallen. Durch das weiße Leinenkleid sieht man nun die roten Tupfer und Kreise, welche sie mir vor Stunden aufgemalt hat. Die Stunde der Wahrheit ist gekommen. Ich weiß nur, dass der Mann etwas mit seiner Frau macht, aber ich weiß nicht, was es ist. Die Alte erklärt es mir, und ich merke, dass es nicht das erste Mal ist, dass ihr diese Aufgabe zusteht.

Sie führt mich daraufhin in das Gemach meines Mannes. Er liegt nur noch mit einem Lendenschurz bekleidet auf seinem Bett und wartet auf mich. Ich weiß nicht, was ich machen soll, bin verwirrt. Er winkt mich zu sich, und ich bewege mich zögernd hin. Er steht auf und nimmt mich in seine Arme. Ich merke, wie in mir plötzlich wieder etwas erwacht. Ich fühle Abscheu, will ihn von mir stoßen, doch meine Arme hängen nur schlapp herunter. Veysi drückt seinen Mund auf den meinen, öffnet ihn mit seiner Zunge. Er riecht nach Alkohol und mir wird übel. Er fährt mit seinen Händen an meinem Körper runter, greift sich meine Pobacken und drückt seine Lenden an mich. Etwas Hartes drückt ungemütlich in meinen Bauch. Seine Küsse werden wilder. Er küsst meinen Hals und stößt auf den Halsschmuck. Seine Hände fahren meinen Rücken hoch und betatschen meine Brüste. Er drückt zu, hart. Es schmerzt. Das Ganze wird immer unangenehmer. Ungeduldig reißt er mir die Kette vom Hals und verletzt mich mit seiner Kraft. Lüstern schaut er sich meine Brüste an und versenkt seinen Kopf zwischen ihnen. Er saugt daran, wie ein kleines Kind. Ich wundere mich, wieso er das tut. Er hebt mein Kleid hoch und führt seine Finger in meine Vagina ein. Ich kann mich nicht mehr zurückhalten, beginne mich zu wehren. Ich will ausbrechen aus seiner Umarmung, will wegrennen. Doch er drückt mich gegen die Wand. Ich zapple weiter, versuche ihn wegzustoßen. Er packt mich noch fester, hebt mich hoch und spreizt meine Beine. Ich drücke sie zusammen, doch er steht dazwischen und sucht etwas. Ich spüre, wie er seinen Penis in mich einführt. Es geht nicht. Er drückt härter und ich schreie vor Schmerz auf. Ich hoffe, dass er aufhört. Er zieht sein Glied tatsächlich wieder aus mir heraus, aber nur, um es wieder hart hineinzudrücken. Ich fühle nur noch die harte Wand in meinem Rücken, und die Schmerzen, die er mir bereitet, immer und immer wieder. Ich weine. Versuche, mich abzulenken. „Bitte, bitte, gnädiger Gott …" Doch nichts hilft. Ich weiß nicht, wie lange es geht. Nach der Wand kommt der Boden. Die physischen Schmerzen stumpfen langsam ab. Ich fühle mich dreckig. Ich will alleine sein, ungestört. Er dreht mich um, seine Stöße werden immer härter. Er ekelt mich an. Er atmet schnell und immer schneller, ein letzter Stoß, und er sackt auf mir zusammen. Ich liege unter ihm auf dem Boden. Kann mich nicht bewegen. Kann ihn nicht hochheben. Ich will aus dem Zimmer fliehen, rennen. Er rollt sich auf seinen Rücken. Ich weiß nicht, was ich machen soll. Sein Atem wird langsamer, regelmäßiger. Plötzlich ein Schnarchen. Ich stehe auf, nehme die Kette vom Boden und renne zurück in mein Zimmer. Die Alte wartet auf mich. Ich stürze mich in ihre Arme und weine. Ich weine die ganze Nacht lang. In den frühen Morgenstunden schlafe ich in ihren Armen ein.

Lily hatte nicht gehört, wie die Türe sich öffnete, doch Lyès' Stimme holte sie aus der Vergangenheit: „Lily? Können wir reden?" Seine Stimme war sanft und ruhig. Sie öffnete die Augen und war überrascht, dass sie nicht weinte, zumindest nicht sichtbar. Ihr Herz war gebrochen, ihre Seele schmerzte. Sie brauchte einen kurzen Moment, um sich in der Gegenwart zurechtzufinden. Sie blickte zu Lyès, er stand im Türrahmen und schaute besorgt zu ihr. Sie nickte kurz, stand auf, und setzte sich in einen Sessel. Lyès schloss die Türe und setzte sich in den anderen Sessel.

Alte Erinnerungen und neue Ereignisse

Lyès schien nicht zu wissen, wie er das Gespräch beginnen sollte. Lily wartete geduldig. „Ich glaube, wir müssen ein paar Dinge klären", fing er zögernd an. „Was ist mit dir passiert? Als ich dich kennengelernt habe, warst du ein zartes, ruhiges Wesen, und jetzt ..." Lyès' Worte ärgerten und verletzten Lily: „Und jetzt was?", fragte sie ihn. „Na ja, wie du den Mann angegriffen und ausgesaugt hast. Und danach, deine Augen ... du warst so verändert." „Er hatte es verdient. Du selbst hast dies gesagt", antwortete sie kurz angebunden. „Ja, schon, aber war ein solch grausamer Tod wirklich nötig?" „Was war mit meinen Augen?", wich Lily seiner Frage aus, sie hatte schon ein wenig ein schlechtes Gewissen. Aber nach Liliths Erzählung war sie nicht in der Stimmung, sich von einem Mann berichtigen oder kritisieren zu lassen. Sie fühlte immer noch die Schmerzen der Demütigung. „Sie waren hellgrün, vielleicht auch weiß ... sogar deine Haut hatte leicht die Farbe gewechselt und ist dunkler geworden. Kannst du mir das erklären?" Lily konnte es erklären. Sie konnte sich noch an Liliths Präsenz während des Angriffs erinnern, aber weshalb sollte sie ihm dies erklären? Er hatte viel dazu beigetragen, dass ihr Leben diesen Weg eingeschlagen hatte. „Ich schulde dir keine Rechtfertigungen." „Aber ...", wollte Lyès einwerfen. „Nichts aber. Du hast Asmodeus geholfen, du hast mein Leben auf den Kopf gestellt, du hast mich von Armand weggebracht und du bist schuld, dass ich ein Vampir bin. Wenn jemand eine Erklärung verdient hat, dann bin ich es." Lyès sah niedergeschlagen aus. Er wusste, dass sie recht hatte. „Also gut, ich werde dir alles erklären. Ich hoffe, du kannst es verstehen und mir dein Vertrauen schenken, denn wenn mir in den letzten Wochen etwas klar geworden ist, dann, dass du das Wertvollste in meinem Leben bist." Lily hatte nicht diese Antwort erwartet, sie hatte gedacht, er würde Ausflüchte suchen und wieder seine inneren Mauern errichten. „Ich weiß nicht, ob dir Armand etwas von unserer Herkunft erzählt hat, aber ..." „Du meinst, wie du ihn ausgetrickst hast, dich auch zu verwandeln. Wie du Menschen willkürlich und brutal umgebracht hast, und wie du schließlich Markus und deinen eigenen Vater getötet hast? Armand hat mir alles erzählt, jedes noch so kleine Detail", antwortete Lily kalt. Lyès war es sichtlich unwohl, er griff aber die Erzählung wieder auf: „Nun ja, die Fakten stimmen, aber die Geschichte verlief etwas anders. Armand weiß nicht, dass sich zu dieser Zeit Asmodeus in der Region aufhielt. Er hatte vor, Markus entweder für den Orden zu rekrutieren oder, wenn dieser ablehnen würde, ihn zu töten. Nachdem mein Bruder plötzlich verschwunden war, habe ich wirklich alles versucht, ihn wiederzufinden. Ich wusste, dass er nicht tot war. Ich konnte es fühlen. Ich durchstreifte immer und immer wieder das Waldstück in den Marais, wo ich Armands Blut gefunden hatte, doch ich fand ihn nicht. Eines Tages aber stieß ich, weit vom Weg, auf einen Fremden. Natürlich war es Asmodeus. Er sah mir an, dass ich indirekt mit dem Übernatürlichen in Kontakt war. Ich realisierte damals nicht, wer er war, oder wie grausam er sein konnte, und erzählte ihm von meinem verschwundenen Bruder und meiner Überzeugung, dass er noch am Leben war. Asmodeus, wissend, dass sich Markus hier aufhielt, vermutete natürlich sofort dessen Einmischung in unser Leben, und erzählte mir von blutsaugenden Dämonen und dass er mir helfen könne. Er begleitete mich nach Hause.

In der darauf folgenden Nacht tauchte Armand wieder auf, er sah anders aus, und ich vermutete sofort, dass er einer dieser Dämonen geworden war. Aber es war mir egal, ich liebte ihn zu sehr, als dass mich das stören könnte. Ich wollte ihn nur nicht wieder verlieren. Er versprach in der nächsten Nacht wiederzukommen, und ich hatte Angst, dass er dieses Versprechen nicht einhalten würde.

Den ganzen Tag hindurch war ich nicht richtig bei der Sache. Asmodeus hatte unser Gespräch heimlich belauscht, und wusste, dass Armand ihn zu Markus führen konnte. Er versuchte, mich zu überzeugen, meinen Bruder zu überreden, mich von Markus verwandeln zu lassen. An diesem Punkt vermutete ich langsam, dass in der ganzen Angelegenheit etwas nicht stimmen konnte, und ich weigerte mich, seinen Aufforderungen nachzugeben. Natürlich wurde Asmodeus über meine Verweigerung wütend und beschloss, das Ganze auf seine Art und Weise zu erledigen: Er erstach mich. Nun blieb mir wirklich nur noch eines übrig, nämlich zu hoffen, dass Armand mir helfen würde. Ich wartete draußen auf ihn, versuchte, die Blutung zu kontrollieren. Ich war nicht immer bei Bewusstsein, und als ich langsam die Kraft verlor, war Armand plötzlich an meiner Seite.

Ich vermute, du weißt, was als Nächstes geschah." Lily nickte: „Ja. Wo es wieder unklar wird, ist dort, wo du anfängst, wahllos Menschen zu töten und sie wie Vieh behandelst." „Was du aber nicht weißt, denn Armand durfte es auch nicht erfahren, ist, dass ich nicht derjenige war, der die Menschen so brutal verstümmelte, es war Asmodeus. Er hatte mich gezwungen, sich ihm anzuhängen oder er würde meinen Bruder töten. Ich wollte auf keinen Fall, dass mein geliebter Armand für meine Dummheit bezahlen sollte, und so machte ich alles, was Asmodeus von mir verlangte. Er mordete wahllos Menschen: Kinder, Frauen, Männer, alles, worauf er gerade Lust hatte. Manchmal verschleppte er sie auch in die Sümpfe und ließ ihre Leichen im Schlamm versinken, oder er brach in ihre Häuser ein und vernichtete die ganze Familie. Ich war angeekelt von diesen Taten, aber völlig machtlos, etwas zu bewirken. Natürlich dauerte es nicht lange, bis Markus sich entschied, mich zu beseitigen.

Der Kampf zwischen Markus und Asmodeus war beeindruckend, ihre Mächte gewaltig. Doch Asmodeus war viel stärker als Markus und spielte nur mit ihm. Er konnte ihn festnageln und begann, sein Blut zu trinken. Er forderte mich auf, auch ein paar Schlucke zu nehmen. Ich weigerte mich zuerst, doch Asmodeus fand Gefallen daran, mich zu foltern, und zwang mich, von Markus' Blut zu trinken. Ich gebe zu, dass dies eines der gewaltigsten Erlebnisse meines Lebens war.

Als Markus tot war, wollte Asmodeus, dass ich bei ihm bliebe. Ich aber wollte nicht von Armand getrennt werden, und weigerte mich. Er drohte, mich und meinen Bruder zu töten, wenn ich nicht gehorchte. Niedergeschlagen folgte ich ihm also zurück nach Aignoz zum Haus meiner Eltern. Ich betrat das Haus, mit dem Ziel, mich von ihnen zu verabschieden, doch mein Vater hielt mich für den Teufel. Er hatte die Veränderung in mir gesehen, und war vom Fluch der Zwillinge überzeugt. Er griff mich an. Ich versuchte mich zu wehren, ohne ihn zu verletzen. Mutter sah unserem Kampf machtlos zu. Ich konnte meinen Vater überwältigen, ohne ihn ernsthaft zu verletzen, als Asmodeus sich wieder einmischte und noch einen letzten Beweis von mir wollte. Ihm war klar, dass ich ihm loyal ergeben bliebe, solange Armand in unserer Nähe war, doch er wollte einen Tribut … Ich tötete meinen eigenen Vater, versenkte meine Zähne tief in seinen Hals. Ich versuchte, ihm nicht zu viel Blut abzunehmen, damit er vielleicht eine Überlebenschance hätte. Doch als ich vorgab, keinen Tropfen mehr trinken zu können, stürzte sich Asmodeus auf ihn und bohrte sich in seinen Hals, biss ihm fast den Kopf ab. Ich konnte dem Geschehen nicht länger zusehen, meine Mutter hatte sich auf den Boden vor dem

Kamin fallen lassen, und ich konnte sehen, dass sie nie mehr normal sein würde. Wir hatten sie in den Wahnsinn getrieben.

In dieser Nacht legte ich eine Maske auf, die ich erst durch dich wieder ablegen konnte.

Es blieb nun nur noch ein Detail zu regeln: Armand. Asmodeus hatte sich verzogen, und ich wartete auf ihn. Ich musste meinen Akt überzeugend spielen, es war die einzige Möglichkeit, meinen Bruder zu schützen. Wie du weißt, ist mir dieses Schauspiel gut gelungen. Ich habe meinen Bruder seit dieser Nacht nicht wieder gesehen."

Lily sah nun zum allerersten Mal Lyès deutlich vor sich. Er war viel komplexer, als sie gedacht hatte, obwohl ihr schon lange klar gewesen war, dass er sich verstellte. Sie sah, wie dieser Mann ein genauso liebevoller Vampir war wie sein Bruder. Doch es erklärte immer noch nicht ganz, weshalb er Asmodeus nicht verlassen und vor dreizehn Jahren geholfen hatte, ihre Familie zu zerstören.

„Es fehlt noch ein Teil der Geschichte", sagte Lily. Ihre Stimme war nicht mehr so kalt wie zu Beginn. Es war ihr nicht weiter möglich, ihre Gefühle zu verleugnen, jetzt, da er sich ihr geöffnet hatte.

„Was willst du wissen? Ich finde, es erklärt alles." „Nein. Weshalb hast du Asmodeus nicht verlassen? Armand war in Sicherheit. Und wieso hast du geholfen, meine Familie zu töten und mir Blut gegeben?" „Das schließt sich alles direkt an jenes an, was ich dir erzählt habe. Es gab keinen Grund für mich, Asmodeus zu verlassen. Es gab nichts mehr auf der Welt für mich. Mein einziges Verlangen, wieder mit meinem Bruder vereint zu sein, konnte nicht umgesetzt werden. Asmodeus hätte mich nicht ohne Weiteres zu ihm zurückgehen lassen. Mir war es lieber, weiterhin maskiert im Orden zu sein, als meinen Bruder in Gefahr zu bringen. Das Ziel des

Ordens war schließlich kein schlechtes. Wieso sollte ich ihm nicht helfen, seine Königin wiederzufinden? Ich kenne nur die Prophezeiung, und die könnte sehr wohl auch übertrieben sein. Ihre Geschichte ist ein wenig wie ein Vampirmärchen, jedoch fehlt noch das Happy End." Lily schüttelte nur den Kopf.

„Zu deiner Familie: Jetzt da ich dich kenne, tut es mir leid, aber damals war es nichts Besonderes. Schließlich liegt das Töten in der Natur der Vampire, wie du kürzlich herausgefunden hast ... Das Blut, das ich dir gab, sollte dein Leben retten. Ich konnte dein Überleben nur unter dem Vorwand leichter Folter und Neckereien sichern. Ich hatte kein Interesse daran, ein kleines Kind zu töten. Hast du immer noch Fragen, oder bist du endlich zufrieden?", schloss er seinen Bericht ab.

Lily fand keine Unstimmigkeiten mehr. Nun ergab alles einen Sinn. Die Welt um Lily herum veränderte sich im Moment so schnell, dass sie das Gefühl bekam, sie müsse sich an etwas festhalten, um nicht unterzugehen. Alles war anders, als es schien, und die Grenzen verschwammen. Sie fragte sich, ob ihr Herkommen doch keine so gute Idee gewesen war. Vorher war alles glasklar gewesen, und jetzt ... Sie hatte den Eindruck, sich im Dunkeln zu bewegen, und nicht mal mit ihren Vampiraugen einen Weg sehen zu können.

Lyès hatte etwas gesagt, doch Lily hörte es nicht. Sie riss sich aus ihren Betrachtungen und fragte nach, was er gesagt hatte. Lyès wollte nun eine Antwort auf seine Frage, weshalb sie so anders schien und sich ihre Augen- und Hautfarbe verändert hatte.

Lily begann ihren Bericht. Es dauerte einige Stunden, bis sie ihn beenden konnte. Lily erzählte Lyès alles, alles außer Liliths eigener Erzählung, die war nur für sie gedacht. Lyès war ein guter Zuhörer, er unterbrach sie kein einziges Mal und hörte sich alles in Ruhe an, bevor er ihr eine erste Frage stellte: „Was ich nicht verstehe, ist, weshalb du Elizabeth und Armand verlassen hast, nach all dem, was sie für dich getan haben?" „Ich hatte plötzlich den Eindruck, dass sie mir nicht mehr weiterhelfen konnten." Dies war nicht die ganze Wahrheit, aber genug für den Augenblick. „Da du mit Asmodeus verbündet bist, dachte ich, dass du mir vielleicht mehr Informationen über ihn geben kannst, als ich sonst indirekt hätte herausfinden können." Lyès runzelte die Stirn. „Ich kann dir nicht wirklich helfen", sagte er. „Asmodeus ist alleine fortgezogen, ich weiß nicht genau, wohin. Aber er ist auf der Suche nach dir. Das ist alles, was ich weiß. Ich kenne auch keine Möglichkeit, ihn zu besiegen. Über Lilith selbst weiß ich nur, was ich in Legenden gehört habe und was du mir gerade erzählt hast. Sonst nichts." Lyès stütze seinen Kopf verzweifelt in seine Hände. Er fühlte sich machtlos, er wollte ihr helfen, und nicht schon wieder einen geliebten Vampir an Asmodeus verlieren.

Währenddessen wurde Lily klar, dass sie auf sich alleine gestellt war. Der Onkel, ihre Mutter und Armand hatten ihr nicht helfen können, und Lyès auch nicht. Sie konnte sich nur auf sich selbst verlassen, und vielleicht jetzt sogar auf Lilith. Lily schloss die Augen und versuchte, durch Lilith, Asmodeus zu finden, zu fühlen. Ihre Macht wuchs stärker, und ihr wurde bewusst, dass sie mit Liliths Hilfe stärker und mächtiger sein könnte, als alle anderen. Im Gegensatz zu Asmodeus reichte ihre Macht mittlerweile anscheinend schon aus, ihn aufzuspüren. Er wusste nicht, wo sie waren, aber Lilith und Lily fanden ihn im Süden der Schweiz. Er war wohl wirklich auf ihren Spuren, mit ein klein wenig Verspätung. Lily lächelte, nun hatte sie die Karten in der Hand.

Lily wusste, dass sie einen Weg finden würde, auch wenn sie sich noch nicht entschieden hatte, welchen sie nehmen würde. Bevor sie diese Entscheidung traf, musste sie das Ende von Liliths Geschichte hören. Diese war das letzte Stück vom Puzzle.

Sie legte ihre Hand zärtlich auf Lyès' Arm. Lyès schaute zu ihr hoch und blickte sie fragend an. „Ich brauche ein wenig Zeit für mich alleine", sagte sie sanft. „Ich muss nachdenken." Er nickte. Lyès schien nur noch ein Schatten seiner selbst zu sein. Lily stand auf ihre Zehenspitzen und küsste ihn kurz auf den Mund, und sie sah den Anflug eines Lächelns. Er verließ das Zimmer. Lily schloss die Tür hinter ihm und legte sich wieder auf das Bett.

Die Zeit der Rache

Kaum hatte Lily sich aufs Bett gelegt, meldete sich Lilith wieder zu Wort: „Willst du den Rest der Geschichte sehen?" Lily hatte Angst davor. Der Schmerz, den sie als Lilith erfahren hatte, überstieg alle bisherigen Erfahrungen. Die Erinnerung an Veysi kam wieder hoch. Der Ekel, den sie verspürt hatte, und das betäubende Gefühl der Machtlosigkeit ihres Lebens ergriffen sie. Doch Lily wollte wissen, wie die Geschichte endete. Sie wollte wissen, wie aus der jungen, sanften Lilith solch ein Monster wurde. Sie musste es wissen.

„Gut", fuhr diese fort, „es ging über Wochen und Monate so weiter. Ich konnte mich nicht für Veysi erwärmen. Er kam immer zu mir, wenn er betrunken war, oder es ihm langweilig wurde. Ich bemerkte, dass er in der ersten Nacht verhältnismäßig sanft zu mir gewesen war. Er wurde immer härter, mein Schmerz schien ihn anzuregen und er begann, mich während des Aktes zu schlagen. Ich lernte schnell, meinen Kopf und meine Emotionen auszuschalten. Ich fand einen Weg, meinen Körper in diesen Schreckensmomenten zu verlassen. Doch die Schmerzen danach konnte ich nicht verdrängen. Meine Familie wohnte mit uns, doch weder Ab noch meine Brüder kümmerten sich um mich. Sie hatten nun den Reichtum und die Sicherheit, die sie so sehr wollten, und mich dafür geopfert. Die Alte, ihr Name war Nitschi, war meine einzige Bezugsperson. Und die junge Frau, die am ersten Tag geholfen hatte mich vorzubereiten, hieß Sitti. Sie war nur etwas älter als ich; wir freundeten uns nur sehr langsam an. Ich durfte das Haus nur in Begleitung von Nitschi verlassen, um den Markt zu besuchen. Ich war eine Gefangene im Hause Veysi, ein Preis, ein Besitz.

Die Zeit verstrich, die Jahre vergingen; ich hielt es immer weniger aus, und schmiedete Pläne. Nitschi konnte ich mich nicht anvertrauen, sie war zu alt, und ihrem Herrn treu, trotz allem was er mir antat. Es war Sitti, die mir half. Sie besorgte Kräuter vom Mediziner, damit ich keine Kinder bekommen konnte. Der Gedanke war mir unerträglich. Ich wusste, dass Gott dies verbot, dass es eine Sünde war, doch er hatte mich damals verlassen, damals, als ich alleine im Schilf hing. Ich hatte nie mehr zu ihm gesprochen und keine Hilfe erwartet. Ich war in jeder Hinsicht verloren und alleine. Ich wollte diesem Gefängnis entkommen, in welchem ich nur dahin welken würde. Ich hatte Sitti Schmuck gegeben, um jemanden anzuheuern, der mich aus diesem Haus befreien und zu einer Cousine meiner verstorbenen Mutter bringen würde. Es waren zwei Jahre seit der Hochzeit vergangen, und mein Lebenswille schwand täglich ein wenig mehr.

Ich werde dich nun in den Tag hineinversetzen, an welchem vereinbart wurde, mich zu befreien."

Lily schloss wie beim ersten Mal die Augen. Kaum hatte sie dies getan, stieg ihr wieder der bezaubernde Duft von Zypressen in die Nase.

Es ist dunkel, der Mond ist noch nicht aufgegangen, aber die Sterne leuchten hell und klar am Himmel. Ich warte ungeduldig am Bediensteteneingang auf das vereinbarte Klopfzeichen. Die Minuten verstreichen und es passiert nichts. Plötzlich öffnet sich die Türe, und meine Hoffnung steigt, doch es ist Ab, der das Haus betritt. „So spät noch auf, liebste Tochter?", sagt er hämisch. Ein bösartiges Lächeln spielt auf seinen Lippen. Er greift in seine Tasche und holt einen Ring hervor. Es ist der goldene, mit Rubinen besetzte Ring, den ich Sitti gegeben habe, um meine Freiheit zu erkaufen. Ich weiß, dass etwas nicht stimmt. Ab greift hart meinen Oberarm und zerrt mich in einen von Veysis Räumen. Veysi muss beim Trinken eingeschlafen sein. Die Kohle der Wasserpfeife ist schon erloschen. Ein Becher liegt lose in seiner Hand, der

Inhalt auf dem Boden. „Veysi!", ruft Ab. „Schau mal, was ich gefunden habe!" Verschlafen öffnet dieser seine Augen, er scheint nicht klar denken zu können. Ab zeigt ihm den rubinbesetzten Ring. „Den habe ich Sitti abgenommen, als sie versuchte, das Haus heimlich zu verlassen. Fortgeschrittene Fragemethoden haben sie dann dazu gebracht, mir alles zu erzählen." Veysis Kopf scheint langsam klarer zu werden, er runzelt die Stirn und hört meinem Vater aufmerksam zu. „Unsere liebe Lilith wollte fliehen. Sie wollte uns ganz alleine lassen ..." Veysi schnaubt vor Wut: „Was?", ruft er aus. „Nach allem was ich für dich getan habe?" Die Angst ergreift mich, was würde nun mit mir geschehen? Eigentlich konnte es nicht schlimmer sein, als das was Veysi mir normalerweise antat. Ich würde den Tod sogar willkommen heißen. „Jetzt reicht es mir!", schreit er nun. In seiner Trunkenheit wird er wieder aggressiv. „Ich habe dir alles gegeben, was sich eine Frau wünschen kann, und das ist dein Dank? Nicht einmal einen Sohn hast du mir geschenkt!" Er bewegt sich auf mich zu und ich weiß, was folgt. Er kennt nur einen Weg, zu handeln. Er zieht seine Hand auf und schlägt mich ins Gesicht. Ich versuche mit gehobenem Haupt stehen zu bleiben und mir den Schmerz nicht ansehen zu lassen, doch das erzürnt ihn noch mehr. Er packt mich an meinen Haaren und reißt meinen Kopf nach hinten, sodass sich mein Rücken krümmt. Ich sehe aus dem Augenwinkel, wie Ab den Raum verlässt; er weiß, was kommt. Ich weiß es auch. Als Veysi mir die Robe vom Leib reißt und mich zu Boden zwingt, habe ich meinen Körper schon lange verlassen. Es ist lange her, dass er so entflammt gewesen ist wie in diesem Moment. Der Akt dauert Stunden, er zögert ihn hinaus, schlägt mich, versucht mich zum Schreien zu bringen. Doch ich bin nicht hier. Nach Stunden gibt er auf. Er ist immer noch wütend. „Du verfluchte Schlampe!", schreit er mich an. „Du hast mich mit deiner verdammten Schönheit verführt! Ich hätte dich nicht aus der Armut holen sollen. Solche Frauen wie du sind nichts wert. Ihr seid nur Dreck!" Es ist lange her, dass er mich wirklich tief verletzen konnte, doch diese Worte zerschneiden meine Seele. Er gibt mir die Schuld an diesem Unglück? Er soll verflucht sein! Ich wünsche mir nichts mehr als das. „Für dich gibt es nur eine Lösung. Ich will mich nicht länger mit dir herumschlagen. Huren sind günstiger und besser." Er packt meinen Arm und zerrt mich aus dem Haus. Ich habe gerade noch Zeit, die zerrissene Robe so herzurichten, dass sie die wichtigsten Teile meines Körpers bedeckt. Es ist schon spät und auf den Straßen sind nur noch Trunkenbolde unterwegs.

Er zerrt mich durch die Straßen Babylons. Seine Schritte sind groß, schnell und ich stolpere regelmäßig. Ich weiß nicht, was er vorhat. Die Straßen werden zu Gässchen. Wir entfernen uns immer weiter vom Stadtkern und gelangen in ein mir unbekanntes Viertel. Hier sind mehr Menschen in den Gassen zu sehen; spärlich bekleidete Frauen, mehr Trunkenbolde, Bettler, die am Boden liegen. Plötzlich stehen wir vor einem kleinen Tempel. Ich weiß nicht, welcher Gottheit dieser gewidmet ist. Es hat kein Emblem, nur einen schwarzen, runden Kreis über dem Eingang. Wir betreten das Gebäude. Auf einem Steinthron sitzt ein fürchterlich aussehender Mann. Seine Haare sind lang und weiß, und untypisch für einen Mann Babylons, ganz glatt. Seine Augen sind fahlgrau, scheinen weiß. Er ist in eine aufwendige rote Robe gekleidet, und mit Gold geschmückt. Vor dem Thron steht eine Schlange von Menschen. Ich wundere mich, um was sie diese Gottheit bitten. Veysi stellt sich an das Ende der Schlange und wir warten. Der nächste Anwärter tritt vor, kniet nieder und spricht: „Oh großer Asmodeus, ich knie hier vor dir, um dich zu bitten Teil deiner Ewigkeit sein zu dürfen. Beteilige mich an deinem dunklen Plan und lass mich eins mit dir werden. Oh finsterer Herr, ich bitte dich unterwürfig darum. Ich übergebe mich ganz in deine Hände." Ich runzle die Stirn. Was das wohl bedeutet? Ich habe noch nie ein solches Gebet oder eine solche Bitte gehört. Der Gott Asmodeus schaut mit seinen weißen kalten Augen auf den Mann hinunter und antwortet ihm: „Deine Bitte sei erhört, erbärmlicher Wurm. Deine Kraft wird die meine sein. Du wirst Teil meines Reiches werden." Mit diesen Worten erhebt er sich wieder, tritt vor, verbeugt sich, und legt seinen Kopf zur Seite. Asmodeus ergreift den Mann am Kopf und an der Schulter, öffnet seinen Mund und beißt, mit einem schrecklichen Knacken, in des Mannes Hals. Es vergehen ein paar schreckliche Minuten und der Gott lässt von ihm ab. Der tote Körper sinkt zu Boden und wird sogleich, von zwei im Schatten stehenden Männern, weggeschafft.

Ich traue meinen Augen nicht. Ich hatte noch nie etwas von dem Gott Asmodeus gehört. Ich denke, er ist kein Gott, er ist ein Dämon. Das Böse. Veysi schaut mich mit einem Grinsen an und sagt: „Jetzt bekommst du endlich, was du verdienst. Was ich dir nicht geben kann, wird er schon erledigen. Er, der über den Tod wacht, er, der den Tod selbst ist; der Totengott Asmodeus!" Sein Grinsen sieht ein wenig irre aus, seine Augen leuchten unheimlich. Asmodeus schaut plötzlich zu uns, er scheint Veysi sprechen gehört zu haben. Asmodeus schaut von ihm langsam zu mir. Seine Augen verändern sich plötzlich, sehen weicher aus, doch sein Ausdruck verändert sich nicht. Ein paar Bluttropfen laufen an seinem Kinn hinunter. „Du, da", er zeigt auf Veysi, „komm her!" Veysi scheint auf einmal nervös zu sein. Er zieht mich vor Asmodeus' Thron und drückt meinen Kopf zu einer Verbeugung runter und verbeugt sich dann selbst. „Wieso bist du hier?" fragt ihn Asmodeus. „Oh großer Asmodeus, diese Frau", er spuckt das Wort aus, „hat nur Unglück über mich gebracht. Sie ist nicht mehr wert als die Würmer in der Erde. Ich gebe sie dir zum Opfer." Ich erschrecke ob diesen Worten, doch scheint mir ein solcher Tod angenehmer, als in seinem Haus zu verrotten. Ich empfinde keine Angst. Etwas verändert sich in mir, verhärtet und erweicht zugleich. Ich weiß nicht, was passiert, aber ich fühle mich wieder lebendig. Ist es der unmittelbare Tod, der dieses Gefühl in mir auslöst? „Mach mit ihr, was du willst. Ihre Schönheit übertrifft viele, doch ihr Eigensinn macht sie wertlos. Sie ist keine gute Frau, weiß ihrem Mann nicht richtig zu dienen. Oh Asmodeus, Gott aller Dämonen, ich bitte dich, nimm sie zu dir, und verbanne sie in die Unterwelt, oder mache mit ihr, wonach dein Wille strebt. Ich bitte dich, nimm sie mir von meinen müden Händen." Asmodeus mustert Veysi nachdenklich und wendet seinen Blick wieder zu mir. Er scheint einen Entschluss zu fassen. Meine letzte Stunde ist gekommen. Ich spüre, wie die Spannung zwischen uns steigt und sich im Saal verbreitet. Asmodeus steht auf, wendet sich an die Wartenden und sagt: „Geht jetzt und kommt morgen wieder." Mit hängenden Köpfen und auf Eis gelegten Erwartungen schlurfen diese aus dem Tempel. Einzig Asmodeus, Veysi und ich sind noch da. Asmodeus schaut abtrünnig auf Veysi: „Ich werde deiner Bitte nachgeben und sie nehmen. Geh jetzt aber, und kehre nicht wieder zurück, außer es wäre dein Leben, wovon ich dich das nächste Mal befreien soll." Veysi schaut verwirrt auf, er scheint noch etwas sagen zu wollen, entscheidet sich aber anders und verlässt den Tempel fast rennend. Asmodeus wendet sich zu mir. Ich bereite mich vor, meinen Körper für die Todesschmerzen zu verlassen, doch Asmodeus' Augen scheinen wärmer geworden zu sein. „Folge mir", sagt er und verschwindet hinter einer Tür. Er hat mich nicht einmal angefasst. Neugierig folge ich ihm. Der nächste Raum ist, bis auf zwei Liegen und einer Holztruhe, leer. Es hat kein Fenster und keine Dekorationen. Er deutet auf eine der Liegen, und ich setze mich. Asmodeus platziert die andere Liege mir gegenüber und setzt sich auch. Für einen kurzen Moment sagt er nichts, und ich bin gespannt, was jetzt kommt. Dieser Gott, oder Dämon, fasziniert mich. Er besitzt eine gewisse Losgelöstheit, die ich nicht kenne. Jetzt sieht er mich an. Er beobachtet mich und schaut mir tief in die Augen. Es regt sich wieder etwas in mir. Ein warmes Gefühl breitet sich in meiner Brust aus, und Asmodeus beginnt zu sprechen. „Wie heißt du?" „Lilith." „Wie alt bist du?" „Ich weiß nicht genau. Em ist gestorben, als ich klein war, und Ab hat sich nie mit meinem Alter beschäftigt. Ich habe vor zehn Jahren angefangen zu zählen. Ich musste damals schon arbeiten … Vielleicht sechzehn?" Asmodeus nickt. „Hast du eine Familie?" „Nicht wirklich. Alles ist mir lieber, als zu ihnen zurückzukehren." Asmodeus schaut tief in meine Augen, ich sehe nichts mehr als sein weißes Gesicht, seine fahlen Augen, die plötzlich mit etwas gefüllt sind, das ich nicht deuten kann. Sie sind … weich? Zart? „Willst du meine Königin sein?" Ich bin sprachlos. „Du wirst ewig leben und an meiner Seite herrschen. Es sind dir keine Grenzen gesetzt, weder Tod noch Krankheit können dir etwas anhaben. Die einzige Nahrung, die du brauchst, ist das frische Blut von Menschen. Ich werde dir ewig zur Seite stehen, über dich wachen und dich beschützen." Ich bin fassungslos. Er will mich zu seiner Königin machen? Eine Göttin aus mir machen, oder vielleicht eine Dämonin? Die Vorstellung an seiner Seite zu sein und sie nicht mehr verlassen zu müssen, erfüllt mich mit Glück. Ich denke an die Anwärter zurück, all diese Männer, die zu meinen Füssen kriechen werden. All diese Männer, über deren Leben ich entscheiden könnte. Meine Gedanken gehen zu Veysi, meinem Vater und meinen Brüdern zurück.

Rachegefühle steigen in mir auf. Ich könnte ihnen Schmerzen zufügen, für jeden Schlag, für jede Verletzung kann ich sie um das Zehnfache bestrafen. Asmodeus' Augen sind immer noch auf mich gerichtet, gespannt wartet er auf meine Antwort. Zum ersten Mal in meinem Leben will ein Mann wissen was ich will und zwingt mich nicht dazu. Vielleicht würde er mich sogar töten, bäte ich darum. Doch die Idee der Macht, des ewigen Lebens, gefällt mir. Alle werden sie büßen, jeden werde ich bestrafen, und Gott inklusive. Ich wende mich von Gott ab, nie wieder würden meine Hoffnungen und Wünsche bei ihm liegen. Asmodeus wird mir die Macht geben, und er und ich werden unser Verlangen selbst in die Realität umsetzen können. Wir werden uns zu Göttern über die Menschen, über die Männer erheben. Ich kehre aus meiner Gedankenwelt zurück und schaue meinem König in seine fast weißen Augen. Er sieht die Entschlossenheit in meinen Augen und nickt stumm. Er hebt seinen Arm und streichelt mir sanft mit seiner eiskalten Hand über die Wange. Noch nie habe ich eine solche Zärtlichkeit erfahren. Wortlos steht er auf, und drückt mich sanft auf die Liege zurück. Er setzt sich neben mich und führt sein Handgelenk zu seinem Mund und beißt hinein. Das purpurne Blut fließt seinen Arm hinunter. Er führt die blutende Wunde zu meinem Mund; ich öffne ihn und trinke sein Blut. Es ist das süßeste Getränk, das ich je gekostet habe. Ich kann nicht genug davon kriegen. Ganz ruhig, meine Haare zärtlich streichelnd, lässt mich Asmodeus trinken. Ich weiß nicht, wie lange ich davon trinke, aber mein Magen füllt sich und ich kriege keinen Tropfen mehr hinunter. Asmodeus zieht seinen Arm zurück und beugt sich über mich. Sanft drückt er seine Lippen auf die meinen und leckt das bisschen Blut, das sich noch auf meinen Lippen befindet, ab. Er lehnt sich noch mehr über mich, bis ich seine Lippen an meinem Hals spüre.

In meinen Gedanken sehe ich noch, wie er den Anwärter vor mir gebissen hat, wie er ihn fast entzweigebissen hat, und ich werde nervös. Doch den Stich, den ich verspüre, ist kein Vergleich zu den Schmerzen, die ich unter Veysis Hand erfahren habe. Asmodeus trinkt mein Blut. Es vergehen Minuten, und ich werde immer schwächer. Kurz bevor ich das Bewusstsein verliere, öffnet er wieder die Wunde an seinem Handgelenk, führt es wieder zu meinem Mund, und ich trinke wieder genüsslich sein Blut. Mein Kopf wird wieder klarer und ich werde stärker. Er wartet wieder geduldig, bis ich keinen Tropfen mehr hinunterkriege, und macht sich wieder daran, mich meines Blutes zu entleeren.

Ich weiß nicht, wie oft wir uns abwechseln, doch diesmal hört er nicht zu trinken auf, als mein Kopf wieder schwammig wird. Er trinkt weiter und meine Augen schließen sich, ich sehe nur noch schwarz.

Als ich wieder aufwache, bin ich immer noch auf der Liege. Asmodeus sitzt noch neben mir und beobachtet mich. Ein Lächeln spielt um seine Lippen. „Wie fühlst du dich?", fragt er mich. Mir ist übel und er weist mich auf einen anderen Raum hin. In den nächsten Stunden wechseln sich Brechreiz und Diarrhö ab. Ich fühle mich miserabel, doch Asmodeus ist bei mir, er tröstet mich, erklärt mir, dass dies normal sei, da mein Körper sich der menschlichen Reste entleeren müsse. Als die Nacht hereinbricht, fühle ich mich stärker denn je. Asmodeus setzt sich auf seinen Thron. Ich soll mich neben ihn setzen und er will mich als seine neue Königin vorstellen. Doch mein Entschluss steht fest, und Asmodeus sieht es in meinem Blick. Ich warte ein paar Stunden, bis die Nacht fortgeschritten ist, und mache mich auf den Weg zu meinem ehemaligen Zuhause. Meine Brüder schlafen, Ab und Veysi feiern. Ich habe mich entschieden: meine Brüder sollen auch bezahlen, aber ich werde gnädig sein; sie sollen nur sterben. Für Ab und Veysi hingegen habe ich ein anderes Schicksal entschieden. Ich gehe zuversichtlich und ruhig in die Schlafgemächer meiner Brüder. Einen nach dem anderen entleere ich seines Blutes. Ich stelle fest, dass ich ihre Erinnerung und Emotionen übernehme, ich erlebe all ihre stärksten Erinnerungen und Gefühle. Aber nichts davon bringt mich dazu, meine Tat zu bereuen. Ich war nichts mehr für sie als ein Sack Gold. Als Nächstes betrete ich den letzten Saal, den ich gesehen hatte, bevor mich Veysi opferte. Beide liegen hier wie Schweine zwischen den Nahrungsmitteln und leeren Flaschen und Bechern. Ich frage mich, wen ich zuerst nehmen soll. Ich gehe auf meinen Vater zu. Ab schläft tief und fest, er hört mich nicht kommen. Ich hebe ihn hoch und beiße ihn in den Hals. Sein köstliches Blut fließt frei in meinen Mund. Ich genieße die wenigen Erinnerungen, die er an Em hat, nehme sie in mir auf. Ich will mehr, ich will, dass er leidet, und nicht, dass es schnell vorbei ist. Dann halte ich inne. Ich habe ihm noch nicht genug Blut abgenommen, er würde noch nicht sterben. Ich lasse Ab zu Boden fallen. Das Geräusch weckt beide Männer auf. Mein Vater ist mittlerweile zu schwach, als dass er sich noch bewegen könnte. Ich gehe also auf Veysi zu. „Verflucht soll ich dich haben?", frage ich ihn mit eiskalter Stimme. Doch in seiner Trunkenheit ist er jenseits allen Verstehens. Er glaubt zu halluzinieren. Wie kann ich ihn verletzen, so wie er mich verletzt hat? Ich schaue ihm grinsend in die Augen und beiße ihn, ohne den Blick zu unterbrechen, in den Arm. Ich nehme aber nur ein klein wenig Blut ab. Der Schmerz kann nur minimal gewesen sein, aber er zittert vor Angst. Nun weiß ich genau, wie ich es ihm heimzahlen kann. Ich reiße ihm die Kleider vom Leibe. „Du magst doch Schmerz", sage ich zu ihm, und kann sehen, wie er zwischen Angst und Erregung hin und her gerissen ist. Ich drücke meinen Körper an den seinen und bohre meine Zähne in seinen Hals, er stöhnt auf. Von seinem Hals ausgehend beiße ich ihn mehrmals in die Brust, in den Bauch, und knie mich vor ihm auf den Boden. Er zittert zwar noch immer vor Angst, doch sein Glied ist vor Erregung steif. Ich schaue ihm nochmals grinsend in die Augen und versenke meine Zähne in seinen Penis. Er schreit vor Schmerzen auf, und das Blut fließt. Doch ich gebe mich damit noch nicht zufrieden und beiße wieder und wieder in sein Glied, bis es nur noch ein herunterhängendes Stück Fleisch ist. Das Blut fließt an seinen Beinen hinunter. Ich genieße meine Macht über ihn, lecke genüsslich das Blut an seinen Beinen, bis ich die Lenden erreiche. Nochmals versenke ich meine Zähne in seinen Körper und sauge ihm sein Blut direkt aus der Hauptschlagader. Veysi ist nicht mehr bei Bewusstsein, und ich weiß, dass er dies nicht überleben wird. Ich lechze nach jedem einzelnen Blutstropfen, bis ich gesättigt bin. Es ist das erste und einzige Mal, dass er mich befriedigt hat.

Voller Freude, gefüllt von Macht, lache ich laut heraus und wende mich meinem Vater zu. Ab hat das Ganze mehr oder weniger mitverfolgt. Er scheint im Delirium zu sein. Meine Blutlust ist vergangen, doch es reicht mir nicht, ihn einfach ausbluten zu lassen. Plötzlich kommt mir eine Idee. Es ist möglich, sein Leiden zu verlängern. Es ist möglich, ihn bis in alle Ewigkeit herumzukommandieren. Ich beiße, wie Asmodeus es getan hat, mein Handgelenk auf, und lasse Ab ein wenig von meinem Blut trinken, sehr wenig. Ich packe Ab auf meine Schulter und kehre in den Tempel zu Asmodeus zurück. Er hebt nur fragend eine Augenbraue. Ich werfe Ab in einen ungebrauchten Raum des Tempels und schließe ihn dort ein.

Es vergehen mehrere Tage. Ich genieße meine gefundene Freiheit und Asmodeus' Liebe. Doch die Ruhe gefällt mir nicht, ich will meine Macht ausüben. Ich schaue also zum ersten Mal seit Tagen nach Ab.

Er hat sich verwandelt, ist aber nicht wie wir. Er scheint kein Dämon oder Gott zu sein, er ist eine wandelnde Leiche. Er erkennt mich nicht, und doch befolgt er meine Befehle. Ich beschließe, weitere derartige Wesen zu schaffen, um mich an den Männern Babyloniens zu rächen. In den kommenden Jahren kreiere ich eine Armee von verwesenden Leichen, die das Land erobern und Männer ermorden. Asmodeus lässt mich gewähren. Wir sind nun frei, uns von allen zu ernähren. Wir können uns in der Vielfalt der Menschen bedienen. Bald ziehen wir in den Marduktempel auf dem Ziggurat und beherrschen die Stadt und das Land.

Nabonid, der König Babylons, sendet Boten, um Hilfe zu erbitten. Doch wir finden ihn und erledigen ihn. Wir sind die einzigen Herrscher Babylons. Die Stadt ist wie leer gefegt und das Land ist eine Ödnis. Mir gefällt die Macht. Die Menschen spielen keine Rolle, sie sind nur unwichtige Figuren auf unserem Spielbrett. Die Welt liegt uns zu Füßen. Dies ist die beste Zeit meines Lebens, und Asmodeus weicht mir nicht von der Seite, er ist immer da. Ich fühle mich geliebt, und meine Liebe zu ihm wird von Jahr zu Jahr stärker und inniger.

Jahre später passiert es. Der Tag ist ruhig, zu ruhig. Ich sehe keines meiner Kinder. Auf der Suche nach ihnen bemerke ich, dass das Tor zu Yenne Velt verschlossen ist. Versiegelt. Ich kann es nicht öffnen. Asmodeus kommt mir zu Hilfe und sagt, dass es das Werk von einer Beschwörerin sei, aus einer alten Linie von Magierinnen, die in Zeiten der Not hervortreten und die Menschen beschützen. Ich bin vor Wut entbrannt und suche nach ihr. Ich fühle sie in der Stadt, doch sehe ich nicht, wo sie sich versteckt hält.

Am nächsten Tag sehe ich eine kleine Gestalt die langen Treppen zum Ziggurat emporsteigen. Es kann sich nur um die Unbekannte handeln. Ich bin überrascht, wie alt und klein sie ist. Sie soll meine Dämonen verbannt und Yenne Velt versiegelt haben? Ich kann es nicht glauben. Es ist unmöglich, dass sie stärker ist als ich. In Asmodeus' Augen sehe ich, dass er auch dieser Meinung ist. Bestimmt hat sie Hilfe von anderen Personen gehabt.

„Höre mich Asmodeus, oh König der Dämonen! Erhöre mich Lilith, Königin der Verfluchten! Eure verdammte Herrschaft findet an diesem Tage ihr Ende!" Ich grinse nur. „Leere Worte!", sage ich höhnisch. „Meine Dämonen zu verbannen, ist nur ein Teil, doch wie willst du uns, König und Königin über die Toten und Lebenden, besiegen? Du bist nur ein altes Weib."

Doch das Weib ignoriert meine Worte. Sie nimmt einen weißlichen Stein aus ihrem Beutel, der leicht violett aufleuchtet, und führt damit seltsame Bewegungen in der Luft aus. Es bildet sich ein Kreis aus demselben violetten Licht, das der Stein verströmt, und ein Tor öffnet sich mit einem Meeresrauschen in der Luft zwischen mir und der Alten. Ich runzle verwirrt die Stirn, spüre aber die Macht, die von der Alten ausgeht. Die Gefahr ist real und unmittelbar. Ich konzentriere mich, höre noch, wie die Alte einen Wortstrang von sich gibt. Ich werde in das violett leuchtende Lufttor gezogen. Es ist zu spät, ich habe mich überraschen lassen! Ich hätte das Weib nicht unterschätzen sollen. Mit meiner ganzen Macht unternehme ich eine Gegenattacke. Das Einzige, was mir übrigbleibt, ist meine Seele von meinem Körper zu trennen.

Ich fluche und verfluche die Alte. Wie konnte sie mir das bloß antun? Sie soll keine männlichen Nachfahren zeugen. Ich werde in ihren Töchtern überleben. Meine Seele soll von

Mutter zu Tochter weitergehen, bis ich mich in einem Körper befinde, der meinem gleich ist.

Die Alte soll sterben! Ihre Linie soll aussterben! Ich werde sie ausrotten! Ich spüre, wie ich mich in einem kleinen Gefäß befinde. Es hat keinen Platz hier. Ich versuche mich auszudehnen, und spüre einen Widerstand; die Alte hat meinen Fluch gehört! Nicht einmal das ist mir richtig gelungen. Ich kann mit ihr sprechen, doch sie weigert sich, mit mir zu kommunizieren. Ich kann alles sehen und hören, was die Alte sieht und hört. Meine Wut sinkt, als ich Asmodeus sehe.

Er steht da, ganz alleine. Es sieht aus, als sei seine Welt zusammengestürzt. Es ist meine Schuld! Wenn ich nicht so überheblich gewesen wäre, wären wir noch beisammen. Ich besitze kein Herz mehr, und doch bricht es … in tausend Stücke. Es ist weitaus schmerzhafter, als alles was mir Veysi und Ab zugefügt haben. Wie kann ich ohne meinen Asmodeus leben? Mein Erretter, mein König, meine Liebe … Ich schwöre mir, eines Tages zu ihm zurückzukehren. Ich versuche, ihm aus dem Körper der Alten Signale zu geben. Er muss wissen, dass ich nicht tot bin! Er muss wissen, dass ich ihn liebe … immer lieben werde!

Die Alte kehrt ihm den Rücken zu und tritt den Rückweg an. Ich kann ihn nicht mehr sehen, nicht mehr spüren … Ich bin in einer Welt des Schmerzes gefangen, wieder einmal. Diesmal ist aber kein Mann daran schuld, diesmal ist es eine Frau. Nein, zwei Frauen: die Alte und ich. Ich schwöre mir, beim nächsten Mal nicht nur die Männer zu vernichten.

Ich tauche in eine Welt voller Selbstmitleid. Ich achte nicht auf meine Außenwelt. Von Zeit zu Zeit merke ich, wie mein Gefäß ausgetauscht wird, und wache kurz auf. Nie aber für lange. Der richtige Zeitpunkt ist noch nicht gekommen. Ich versinke in einen Schlaf. Einen langen, sehr langen Schlaf.

„Asmodeus." Dieser Name … Ich erwache. Ich kenne die

Person nicht, in welcher ich mich zurzeit befinde. Ich muss lange geschlafen haben. Diese Räume sehen fremd aus, gleichen nichts, das ich kenne. Ein Mann liest eine Geschichte vor. Ich schaue auf. Er ist nicht unattraktiv: grüne Augen, schwarz gewellte Haare, feine Gesichtszüge. „Asmodeus allein in der Welt 'rumirrt." Hier schon wieder der Name. Meine Liebe! Wie konnte ich dich vergessen? Der junge Mann fährt nach einer kurzen Pause fort und ich höre ihm aufmerksam zu, vielleicht erzählt er noch ein wenig über meinen verlorenen König. „Ich kenne den Vampir aus deiner Erinnerung, jenen mit den langen weißen Haaren und den weißen Augen. Er ist über zweitausendfünfhundert Jahre alt. Sein Name ist Asmodeus."

Die Zeit scheint gekommen zu sein. Meine Wirtin hat Asmodeus mindestens einmal in ihrem Leben getroffen, und der junge Mann, der da spricht, ist ein Vampir. Die Zeit meines Erwachens ist endlich gekommen!

Dreigeteilt

Lily öffnete ihre Augen. „Verstehst du nun?", war Liliths stille Frage. Lily verstand. Sie fühlte Liliths Schmerz, ihre Erleichterung und die Liebe, welche sie zu Asmodeus hinzog. Lily verstand sie völlig, es gab keine offenen Fragen.

Sie war Lilith ... Sie hatte die Macht gekostet und die Rache vollzogen. Sie hatte es genossen. Sie hatte gelebt. Sie war ein ungeschändetes Wesen. Sie hat die Liebe kennengelernt und ihre Vergangenheit gefunden. Sie hatte eine neue Welt gefunden. Sie hatte die Komplexität ihrer Existenz entdeckt und verstanden. Sie sah, wie sich ihr Weg klar vor ihr wand.

Bevor Lily diese neue Reise antreten konnte, musste sie noch eine Aufgabe erledigen. Sie schloss nochmals kurz die Augen, Asmodeus bewegte sich gen Norden.

Lily liebte drei Männer. Sie hatte die Liebe und körperliche Nähe zu zweien von diesen drei Männern erfahren. Bevor sie ihrem Schicksal entgegentrat, wollte sie aber noch die Nähe zum dritten erleben. Sie wäre sonst nicht vollkommen. Lily wusste, sobald sie ihren Entschluss in die Tat umsetzte, würde es zu spät sein. Sie stand auf und ging auf die Suche nach Lyès.

Sie fand ihn in einem der hintersten Zimmer. Er sah schrecklich aus, in sich zusammengesunken. Seine Verzweiflung und Hoffnungslosigkeit war ihm ins Gesicht geschrieben. Lyès war so tief in seinen Gedanken versunken, dass er nicht bemerkte, wie Lily das Zimmer betrat. Erst als sie vor ihm stand, hob er den Kopf und schaute sie an. Er suchte nach einer Antwort in ihrem Gesicht, in ihren Augen. Lily nahm seine Hand in die ihre und zog ihn zu sich hoch. Er schaute sie leicht verwirrt an und hob fragend eine Augenbraue. Lily lächelte liebevoll, zog sein Gesicht zu ihrem herunter und küsste ihn. Es war kein sanfter Kuss. Sie wollte ihn haben, brauchte ihn in diesem Moment mehr als alles andere. Lyès reagierte sofort und küsste sie leidenschaftlich zurück. Spielerisch knabberte Lily an seinen Lippen. Ihre Ungeduld und ihr Verlangen stiegen, und sie nahm sich nicht mal die Zeit, die Knöpfe seines Hemdes zu öffnen. Lily riss Lyès' Hemd über seine linke Schulter, reckte sich auf Zehenspitzen zu ihm hoch, übersäte seinen Hals mit kleinen Küssen, ließ sich wieder hinabsinken und küsste seine Brust. Der Moment war gekommen, sie konnte sich nicht länger zurückhalten und sank sanft ihre Zähne in seine Brust. Lyès stöhnte leicht auf und genoss ihre Zärtlichkeiten, bevor er seinen Kopf senkte und Lily in den Hals biss.

Wenn Lily das Bluttrinken mit einem Menschen als ekstatisch bezeichnet hatte, so gab es nun keinen passenden Ausdruck für diese Erfahrung. Zum ersten Mal erfuhr sie, was es hieß, ein Vampir zu sein. Sie fühlte, wie das Blut zirkulierte, und wie beide ihre intimsten Gefühle und Emotionen austauschten. Sie konnte Lyès' Verzweiflung spüren, seine Erleichterung, als sie ihm vergab, und seine Liebe. Sie ließ sich in diesem Gefühl treiben. Nichts übertraf dieses Gefühl der Liebe und es zu erleben und zu spüren, es war unvergleichbar mit dem, was sie als Mensch empfunden hatte. Sie wusste nicht, wie lange sie in dieser Umarmung waren, doch es war das Intensivste, das Lily je erlebt hatte. Sie schöpfte nicht nur Liebe und Hoffnung von ihm – Lily spürte, wie ihre Macht anstieg, ohne dass die seine schwächer wurde. Sie konnte sich das nicht erklären, und glücklicherweise unterbrach Lilith diesen wundervollen Moment nicht mit besserwisserischen Bemerkungen. Lily hätte ihr das nie verziehen.

Wie in einem Trancezustand legten sich Lily und Lyès ins Bett und genossen den innigen Moment.

Lily wusste, dass die Zeit bald gekommen war. Es blieben ihr nur noch ein paar wenige Stunden. Sie schloss wieder ihre

Augen; Asmodeus bewegte sich schneller, als sie angenommen hatte. Er würde schon sehr bald hier sein.

Lyès schlummerte, als Lily sich lautlos aus dem Zimmer schlich. Zielstrebig ging sie durch das Labyrinth der Katakomben und fand problemlos Asmodeus' Raum. Lilith war schon ganz aufgeregt, endlich würde sie ihr miserables Dasein beenden und wieder anfangen können zu leben!

Das Tor zur Seele

Asmodeus' Raum war größer als die Zimmer, die sie gesehen hatte. Im Licht ihres Mondsteins zündete Lily ein paar Kerzen an. Im Gegensatz zu den anderen Räumen war dieser mit persönlichen Gegenständen ausgestattet. Asmodeus besaß auch eine beträchtliche Bibliothek. „Trödel nicht rum!", sagte Lilith plötzlich. „Wir haben keine Zeit mehr dafür. Er ist schon fast hier!" Die Freude in ihrer Stimme war unmissverständlich. *Na gut,* antwortete Lily mit einem Seufzer, *lass uns anfangen.*

Sie wusste nicht genau, wie sie diesen Schritt machen musste, doch Lilith würde sie führen. „Am besten setzt du dich, oder legst dich hin. Ich denke, es wird uns beide zu viel Kraft kosten, als dass wir uns noch um den Körper kümmern können." *Wie werden wir eigentlich aussehen?,* wunderte sich Lily. „Das spielt doch keine Rolle." *Also, wie gehen wir vor?* „Ich denke, der Schlüssel zur Vereinigung ist, dass wir beide gleichzeitig all unsere Macht freisetzen. Es dürfen keine Grenzen zwischen unseren Seelen bestehen, damit es uns gelingt. Da du meine wichtigsten Erfahrungen gemacht hast, und ich deine kenne, dürfte es kein Problem darstellen." *Ich habe dies aber noch nie gemacht, woher soll ich wissen, ob ich alles gegeben habe?* „Eigentlich musst du genauso vorgehen, wie als du überprüftest, wo Asmodeus sich befindet. Schließe deine Augen und konzentriere dich mit deinem ganzen Sein auf deine Macht. Sie wird sich wie von selbst manifestieren." *Okay, lass es uns machen.*

Lily schloss zum letzten Mal ihre Augen und konzentrierte sich. Zu Beginn konnte sie nur ihren Körper fühlen, sie wusste genau, wo er anfing und aufhörte. Nach kurzer Zeit spürte sie, wie Liliths Macht anstieg, und ihre Machtkonzentration immer gewaltiger wurde. Sie sah die Grenze zwischen sich und Lilith plötzlich ganz deutlich. Sie fühlte auf einmal, wie eine gewaltige Energie in ihrem Körper zirkulierte, wie sie sich ihren Weg bahnte und nur darauf wartete, kanalisiert zu werden. Lily wusste nun, was sie tun musste. Sie rief ihre ganze Macht an einem Punkt in sich zusammen, sammelte sie. Die Energie drohte auszubrechen, doch Lily hielt sie in Schach und suchte ihre letzten, noch so gut versteckten Reserven. Lilith signalisierte ihr, dass sie bereit war und Lily antwortete ihr mit demselben Signal.

Beide, Lily und Lilith, ließen ihre Macht zur gleichen Zeit frei. Mit einem lautlosen Knall in ihrem Kopf wurden ihr Körper, Liliths Seele und sie selbst in ein violetines Licht getaucht. Lily verlor jedes Gefühl von Selbst und Existenz. Es gab sie nicht mehr. Sie existierte nicht.

In einer lichtlosen Implosion war sie bei Bewusstsein. Eine bisher nicht gekannte Macht zirkulierte in ihrem Körper. Mit geschlossenen Augen drehte sie ihren Kopf in alle Richtungen. Überall sah sie blass-violete Lichtpunkte, die sich bewegten und mit Leben pulsierten. Sie stellte erstaunt fest, dass es sich um die Menschen handelte, die sich in der Stadt über ihr bewegten.

Sie durchsuchte ihre Gedanken. Sie war alleine. Sie fand weder die Seele von Lilith noch das Bewusstsein von Lily in ihrem Kopf. Sie hatte es geschafft. Sie war eins.

Sie war Lilith, die Dämonenkönigin und eine Frau des einundzwanzigsten Jahrhunderts. Gleichzeitig in Babylonien und in der Schweiz geboren. Sie war Jahrtausende alt und hatte doch erst achtzehn Jahre gelebt. Ihr Vater war tot, und lebte noch in Yenne Velt. Ihre Mutter wartete auf sie, und doch hatte sie diese nie kennengelernt. Asmodeus war in der Stadt, er kam ihr entgegen. Lyès war in einem Zimmer ein paar Meter entfernt aufgewacht. Armand war noch nicht in

Basel, doch bald hatte er die Stadt erreicht. Sie würden alle wieder vereint sein!

Lilith öffnete ihre Augen. Ihre Sicht hatte sich um einiges verbessert. Sie löschte alle Kerzen, und sah den ganzen Raum, klar und deutlich vor sich, nur mit dem Licht ihres Mondsteines. Gleichzeitig konnte sie, wenn sie wollte, durch die Benutzung ihrer Macht die Energiepunkte, welche die mit Blut gefüllten Menschen und Vampire waren, auch noch sehen.

Ein solcher Punkt leuchtete heller als alle anderen. Asmodeus hatte die Katakomben betreten. Er wusste, dass sie hier war, er konnte sie sehen und fühlen. In nur wenigen Minuten hatte er seinen Raum erreicht. Er schien zu zögern, stieß aber dann die Türe doch auf.

„Mein Liebster!" sagte Lilith zärtlich. „Ich habe dich erwartet." Ihre Stimme war tiefer und rauer, als sie erwartet hatte. Asmodeus stand wortlos in der Mitte des Raumes. In ein paar Schritten erreichte er eine Kerze und zündete sie an. Seine Sicht musste schlechter sein als die Liliths. Er schaute sie an. Asmodeus hatte Lilys Körper noch nie gesehen, zumindest nicht ausgewachsen. Er musterte sie verwirrt und schaute ihr in die Augen. Er hatte wohl etwas in ihnen wiedererkannt: „Lilith? Bist du das wirklich?" „Ich heiße Lilith", antwortete sie leicht amüsiert. Dies schien ihn zu verunsichern, er wusste für einen Moment nicht wie reagieren, und fand wohl eine für ihn zufriedenstellende Antwort. „Ich sehe, dass es nicht dein Körper ist ..." fing er an und etwas später, „es sind deine Augen! Deine schönen blassgrünen Augen!" Asmodeus schüttelte den Kopf. „Es ist nicht wichtig", versuchte Lilith ihn zu beruhigen, „ich bin ich. Wir sind endlich wieder vereint!" Sie bewegte sich auf Asmodeus zu und umarmte ihn innig. Ihm schien diese Antwort zu genügen und er drückte sie an sich. „All diese Jahre ohne dich ...", murmelte er in ihr schwarzes Haar. „Zuerst dachte ich, du seist tot. Es dauerte Jahrhunderte, bis ich herausfand, dass du lediglich im Körper einer anderen gefangen warst." Wahrscheinlich hätte er geweint, wenn er noch weinen könnte. „Nur mit dir bin ich vollkommen." Lilith genoss seine Umarmung, seine Liebe. Doch ihre Liebe schien sich verändert zu haben.

Eine dunkelrote Blutwolke begann sich um das Paar zu formen und wurde immer dichter. Sie teilten sich den Schmerz, die Liebe und das Verlangen von Tausenden von Jahren. Lilith achtete darauf, dass sie den Lily-Teil ihres Wesens vor Asmodeus verbarg. Er durfte dies noch nicht wissen, erst wenn die Zeit gekommen war. Das Teilen des Blutes heilte alte Wunden, sodass man Asmodeus danach nichts mehr von seiner Verzweiflung ansehen konnte. Er schien seine alte Daseinsfreude wiedererlangt zu haben.

Asmodeus nahm Lilith bei der Hand und führte sie zu einer der hölzernen Truhen, die sich in seinem Zimmer befanden, und öffnete sie: „Ich habe einige deiner Sachen aufbewahrt, damit du deine volle Pracht wiederfinden kannst." Lilith blickte in die Truhe. Viele der Stoffe, die sich darin befanden, hatten die Zeit nicht überstanden. Sie vermutete, dass Asmodeus diese immer wieder aussortieren musste. Die Auswahl war klein. Liliths Schmuckstücke schienen aber alle noch da zu sein. Der Inhalt der Truhe erweckte in Lilith ganz alte Erinnerungen und gleichzeitig Wunder an diesen alten Gegenständen, die sie nur aus Museen kannte. Lilith wählte das einzige Kleid aus, das nicht auseinanderfiel. Es war eine ganz einfache, ärmellose Robe, die nur über eine Schulter hing. Der Saum des Kleides war mit kleinen gestickten Madonnenlilien verziert. Dazu wählte Lilith Goldreifen, wovon sie sich einen am linken Oberarm befestigte und die anderen über ihre rechte Hand zog. Sie fand einen wunderschönen Ring in ihrer Sammlung. Sein Band bestand aus Golddrähten, die einen dunkelgrünen Labradorit in ihr blumiges Muster einwoben. Nachdem die Königin Lilith nun gebührend angezogen und geschmückt war, beschloss sie, sich auch passend zu frisieren. Sie erinnerte sich an eine Zopffrisur, die Lilith besonders gemocht hatte. Sie flocht ihr Haar in verschieden große Zöpfe, die sie wiederum untereinander verflocht, sodass sie nun einen großen Zopf trug, der ihren Rücken hinunter hing. Darin waren mehrere kleinere Zöpfchen lose eingeflochten. Zuletzt hatte sie noch mehrere ganz kleine Zöpfe mit einem feinen Goldfaden verflochten. Diese hingen zum Teil lose um ihr Gesicht, zum Teil waren ihre Enden in andere größere Zöpfe eingeflochten, sodass sie in einem Bogen herunterhingen.

Asmodeus musterte Lilith liebevoll: „Du lebst wieder, meine Königin!" Er näherte sich ihr, nahm sie in seine Arme und küsste sie innig. „Deine Gefolgschaft wartet. Sie haben deine Rückkehr genauso ungeduldig erwartet wie ich." Er nahm Lilith bei der Hand und führte sie aus dem Raum. Die Zeit war gekommen, die Königin der Dämonen zu präsentieren.

Das Treffen

Asmodeus führte Lilith in eine Halle, die einem Kirchenschiff glich. Vermutlich war sie nach dem Vorbild der ehemaligen St. Andreas Kapelle erbaut worden. Die Halle war mehrere Meter hoch. Die Decke lief, ähnlich wie in den kleineren Räumen, in gotische Spitzen zu und wurde von massiven achteckigen Steinsäulen gestützt, die sich in regelmäßigen Abständen in der Halle aufreihten. Wie in einer Kirche erstreckte sich am nördlichen Ende dieses Raumes eine erhöhte Plattform, doch war hier kein Altar errichtet worden. Der Saal hatte sechs Eingänge, Lilith wusste nur, wo einer hinführte. Es war ein direkter Zugang zu Asmodeus' Gemach, die anderen führten wohl in die restlichen Katakomben des Ordens. In der Nähe der Erhöhung war eine kleine Glocke, die man mithilfe einer feinen Kette betätigen konnte. Asmodeus ging direkt zur Glocke und läutete sie einmal, dann positionierte er sich auf der Plattform und wartete.

Lilith hörte Schritte, nahe und ferne, die sich, fast schon mit menschlicher Langsamkeit, aus diversen Richtungen auf die Versammlungshalle zubewegten. Lilith erkannte nur zwei der Vampire, die den Saal betraten, wieder; der fremde Vampir, der sie anfangs bewacht hatte und die asiatische Vampirin, die Lily erschossen hatte. Liliths Wut entflammte sofort bei ihrem Anblick, sie wollte die Asiatin töten. Noch nicht, geduldete sie sich. Lyès betrat den Saal vorsichtig. Lilith beschlich das Gefühl, dass er bereits ahnte, wieso sie gerufen wurden. Als er Lilith erblickte, staunte er kurz, schien aber nicht überrascht zu sein. Alle Vampire betrachteten Lilith gespannt oder verwundert. Einige unter ihnen nickten. Sie hatten verstanden, wer vor ihnen stand. Man konnte keine Schritte mehr hören, man konnte gar nichts mehr hören.

Die Vampire warteten gespannt darauf, dass Asmodeus endlich das Wort ergriff. Die Spannung stieg.

„Meine Freunde!", unterbrach Asmodeus die Stille. „Ich stelle euch Lilith vor! Die Königin der Dämonen, meine Königin, ist zu uns zurückgekehrt! Sie hat den Kampf gewonnen und konnte ihre volle Macht wieder erlangen!"

Die Vampire jubelten. Einige schienen aber nicht sehr zufrieden zu sein und standen still und stirnrunzelnd da. Lyès war einer von ihnen, doch nicht das Misstrauen stand ihm im Gesicht, sondern Trauer.

Asmodeus fuhr fort: „Eine neue Zeit ist gekommen! Mit Liliths Rückkehr ist es uns möglich, Yenne Velt zu öffnen und die Macht über die Menschen zu erlangen. Ich, euer König, und meine Königin Lilith werden die Vampire aus den Schatten ins Licht führen! Die Zeit des Versteckens ist vorüber! Die Zeit der Furcht und Machtlosigkeit gehört der Vergangenheit an! Wir werden die Welt zu unserem Reich machen und die Erde zu unserem Paradies! Vorbei ist die Knechtschaft der Menschen über Dämonen! Unsere Heere werden ihr Reich stürmen und ihre Stätten vernichten! Das Zeitalter der Dämonen hat begonnen!" Diesmal war der Jubel ohrenbetäubend. Alle feierten sie Asmodeus' Verkündigungen, alle, bis auf drei verzweifelte Figuren. Armand und Elizabeth waren während Asmodeus' Rede in die Halle gestürmt. Außer Lilith hatte sie niemand bemerkt, sie alle waren auf Asmodeus konzentriert. Lilith blickte langsam einen nach dem anderen in die Augen; Lyès, Elizabeth und Armand. Diese aber sahen nur Lilith, sie erkannten genauso wenig wie Asmodeus, dass sie weder Lilith noch Lily war. Lilith streifte mit ihren Blicken nochmals die Vampirschar, die noch immer aufgeregt jubelte, drehte sich zu Asmodeus und lächelte ihn liebend an. Langsam, würdevoll, hob Lilith ihren rechten Arm, signalisierte der Menge, sich zu beruhigen, und ergriff das Wort:

„Meine Lieben! Yenne Velt wird für immer versiegelt bleiben." Der Schock war groß, und ein Rauschen ging plötzlich aus der Menge hervor. Lyès, Armand und Elizabeth schauten hoffnungsvoll auf. „Was? Ich dachte, wenn du zurückkehrst, können wir das Tor wieder öffnen ...", sagte Asmodeus. Lilith hob wieder ihren Arm, um die verwirrte Schar zu beruhigen: „Lasst mich erklären. In Yenne Velt befinden sich nur Wesen, die für die Welt keinen Wert haben. Es sind willenlose Geschöpfe, deren Blutlust unsere Nahrungsquellen über kurz oder lang versiegen lassen werden." Die Menge fing wieder an zu murmeln. „Aber wir könnten sie in Schach halten, mit Ihnen, meine Königin!", schrie ein älterer Vampir. „Ich könnte sie tatsächlich problemlos überwältigen, doch zu welchem Zweck?", beantwortete Lilith die Frage. „Wieso sollen wir die Welt der Menschen stürmen, wenn sie doch so viel besser ist, wie sie ist? Sind wir nicht bereits gottähnliche Wesen? In der alten Zeit wurden wir als solche verehrt, doch die Zeiten haben sich verändert. Die Menschen haben sich weiter entwickelt, als wir es für möglich gehalten haben. In ihrer Welt hat es keinen Platz mehr für das Übernatürliche." „Das ist nicht wahr", schrie die asiatische Vampirin, „weißt du denn nicht, wie viele Menschen noch an Gott und den Teufel glauben? Kennst du die Kommunen nicht, die sich als Vampire verkleiden oder gar so leben? Hast du denn keine Vorstellung davon, wie viele Leute Vampire, Hexen und Dämonen verehren, und sich nichts mehr wünschen, Teil dieser, unserer Welt werden zu können?" „Und was glaubst du, wie diese Menschen reagieren werden, wenn tatsächlich Vampire und Dämonen bei ihnen auftauchen würden? Wir sind nicht mehr als eine romantische Vorstellung der Menschen. Ein Traum, der ungefährlich bleibt, gerade weil sie wissen, dass es übernatürliche Wesen nicht gibt. Denkt ihr, wir können einfach ihrer Welt beitreten, und uns als Totengötter oder

Dämonen ausgeben? Denkt ihr, sie würden ihre Mitmenschen diskussionslos opfern, damit die Wut der Dämonen sie nicht träfe? Glaubt ihr, sie würden ihre Rasse nicht um jeden Preis verteidigen? Wir befinden uns nun in einer ungläubigen Welt, die ..." „Nicht die Welt ist ungläubig, du bist es!", schrie jemand. Lilith fand ihn in der Menge. Es war ein kleiner Vampir, er sah aus wie ein junger Teenager, doch war er Hunderte Jahre alt. Plötzlich bildete sich eine dichte Blutwolke um den kleinen Vampir, und er fiel zu Boden. Lilith seufzte genüsslich und lächelte leicht. Sie hatte nicht einmal mit der Wimper gezuckt. Sie musterte die Menge intensiv: „Strengt mal eure Köpfe an. Könnt ihr euch nicht denken, was passiert, wenn wir die Welt regieren würden? Wenn Vampire, Dämonen und willenlose Bluttrinker, losgelöst von jeglichen Gesetzen, auf Erden wandeln würden? Wisst ihr nicht, was aus Babylonien geworden ist, nachdem unsere Dämonenschar ihr Unwesen getrieben hat?" Die Vampire hörten Lilith zwar noch zu, aber die Menge war deutlich gespalten. Einige schäumten vor Wut, andere nickten verständnisvoll, und wiederum andere warteten gespannt auf Liliths Erzählung. Asmodeus schien es ganz die Sprache verschlagen zu haben. Er verstand nicht, was gerade passierte, er verstand nicht, was mit Lilith los war. Wo war die Frau, die er liebte? „Nach bloß neun Jahren", fuhr Lilith fort, „waren Babylon, Babylonien und die umgebenden Gebiete nichts mehr als eine Ödnis. Ich hasste Männer und sendete meine Dämonen auf sie los. Nur Frauen und Kinder blieben zurück und verhungerten allmählich. Könnt ihr jetzt nachvollziehen, was geschehen würde, wenn ich das Tor zu Yenne Velt wieder öffnen würde? Wie viele Jahre würde es dauern, bis es keine Menschen mehr gäbe und wir uns gegenseitig für unser Blut umbringen würden? Wollt ihr das? Wollt ihr den Krieg zwischen Vampiren?" „Ja!", schrie ein anderer Vampir. „Lieber

Krieg als einer falschen Königin zu dienen. Impostor! Du bist nicht ..." Er würde seinen Satz nie beenden können; mit einem dumpfen *Wompf* fiel auch er tot zu Boden. Es dauerte eine Sekunde, bis die Vampire verstanden, was passiert war, und plötzlich brach die Hölle los.

Abschiede

Wie eine Welle stürzte sich ein großer Teil der Vampire auf Lilith, doch sie bewegte sich nicht von der Stelle. Vampire, die anscheinend mit Liliths Ansichten einverstanden waren, warfen sich sofort auf die Angreifer, bevor sie auch nur in Liliths Nähe kamen. Einzeln pickte sie Vampire aus der Menge und nahm ihr Blut in sich auf. Sie schien unersättlich zu sein. Bald schon lag ein Großteil der Vampire tot oder verletzt auf dem Boden.

Es waren nur einige Minuten verstrichen, bis Asmodeus „Stopp!" schrie. Seine Stimme hallte durch die alten Hallen, und alle Vampire hielten inne. Schnell richteten sie sich auf und zogen sich auf die jeweilige Seite der Halle zurück, wo Lilith oder Asmodeus standen. Die Fronten waren klar und undurchdringlich. Asmodeus drehte sich zu Lilith und fauchte sie an: „Was soll das? Willst du uns zerstören? Willst du das zerstören, wofür ich all die Jahre gearbeitet habe? Ich habe das alles für dich gemacht, und du weißt nichts Besseres, als sie zu töten? Wer bist du?" „Ich bin Lilith", waren die einzigen Worte, die sie aussprach. „Nein, du bist nicht Lilith", sagte Asmodeus bestimmt, „ich kenne Lilith. Ich habe Lilith erschaffen. Ich habe Lilith geliebt …" Sein Blick war plötzlich traurig. Lilith wurde wieder zärtlicher: „Aber siehst du es denn nicht? Ich bin immer noch Lilith. Deine Lilith, die du gerettet hast, die du gelehrt hast zu lieben und zu hoffen, die du geschaffen hast." Ihre Stimme flehte ihn an sie zu sehen, sie zu erkennen. Doch sein Blick hatte sich verhärtet, sein Gesicht verschlossen. „Nein." Ihr Herz brach, und sie wusste, seines war auch in Stücken. Wie konnte ihr Vorhaben bloß eine solche Wendung genommen haben? „Du hast mich nur benutzt", fuhr er fort, „du hast mich verraten." Er drehte sich plötzlich von ihr ab, stieg von der Plattform herab und bewegte sich auf eine Tür zu. Er war noch keine zehn Schritte gegangen, als sich die ersten Vampire seiner Front aufmachten, ihm zu folgen. „Halt!", schrie Lilith, als sie dies sah. Alle drehten sich erschrocken zu ihr: „All diejenigen, die Asmodeus folgen, heute oder in der Zukunft, sind dem Tode geweiht. Wenn ihr jetzt geht, dann ..." Sie blickte einen nach dem anderen an, und sah plötzlich eine ihr bekannte Gestalt am Boden liegen, bewegungslos, tot ... „Nein", murmelte sie vor sich hin. Die Vampire waren verwirrt, sie verstanden nicht, wieso sie ihren wütenden Satz nicht zu Ende gesprochen hatte. Es war Armand, der als Erster bemerkte, was nicht stimmte. „Elizabeth!", schrie er, als er die tote Gestalt erblickte.

Die Atmosphäre in der Halle hatte sich abrupt geändert. Die Spannung stieg. Liliths Macht nahm zu. Alle versuchten in Deckung zu gehen, sie wussten nicht, zu was die Dämonin fähig war, und wollten dies auch nicht ausprobieren. Mit einem bitteren, hasserfüllten Schrei ließ Lilith ihre geladene Macht frei. Asmodeus erreichte ganz knapp noch den Ausgang und Lyès hatte gerade noch Zeit, Armand von Elizabeths Leiche wegzuzerren, als sich die Halle mit dichtestem Blutnebel füllte.

Lyès hörte ein leises Schluchzen und ging, Armand hinter sich herziehend, darauf zu. Die Sicht klärte sich langsam. Die Brüder sahen, wie Lilith in sich zusammengesackt war. Sie kniete ganz alleine und verlassen auf der kleinen Plattform, ihr Gesicht in ihre Hände gestützt und schluchzte vor sich hin. Lyès legte seine Hand leicht auf ihre Schulter. „Alle verlassen mich ...", sagte sie ohne aufzuschauen. „Wieso? Wieso kann ich nicht weinen?", fügte Lilith verzweifelt hinzu. „Vampire weinen nicht", antwortete Armand sanft. Er hatte sich neben sie hingesetzt und Lyès gesellte sich zu ihnen. Lilith schaute hoch in die identischen Gesichter der

Brüder. Ihre Augen waren trocken, doch selten hatten sie soviel Leid in einem Vampir gesehen. Es brach ihnen das Herz, ihre Liebe so zu sehen. „Armand und ich sind da. Wir werden immer da sein", sagte Lyès tröstend. Liliths Herz wurde ein bisschen leichter.

Die Macht der Lilith

Lilith stand wieder auf. Der kurze Anflug von Schwäche und Trauer hatte sich verzogen, zumindest vorläufig. Es war zu viel Blut in der Luft, als dass sie alles in sich hätte aufnehmen können. Es formten sich kleine Bluttropfen auf ihrer Haut und schon bald sah Lilith aus, als hätte sie ein Blutbad genommen. Sie hielt Armand und Lyès ihre Arme hin: „Ich brauche Hilfe. Ich kann das Blut nicht aus der Luft nehmen, wenn ich noch so viel in mir selbst trage. Trinkt!" Lyès ließ sich nicht zweimal darum bitten, und versank seine Zähne in seine geliebte Königin.

Armand aber zögerte, er wusste nicht mehr, was er fühlte. Hier stand die Königin der Vampire, die Lily noch in sich zu tragen schien. Doch es war nicht die Lily, die er kannte, es war nicht das verletzliche menschliche Mädchen, das er kennen und lieben gelernt hatte. Hier stand eine mächtige Vampirin, die für ihn fremd war. Er kannte sie nicht. Er wusste nicht mehr, wer sie war und ob er sie liebte. Armand würde Lily immer lieben, aber die Königin?

Lilith schaute ihn fragend an. Armand schob seine Zweifel beiseite und biss Lilith. Auf einen Schlag waren alle drei Individuen miteinander verbunden. Lilith kanalisierte die zwei Geschichten der Brüder. Sie wollte, dass sie sich wieder versöhnten.

Was für ein Bild die drei abgaben! Lilith in der Mitte, ihre Arme leicht angewinkelt ausgestreckt, Lyès und Armand, jeder an einem Arm das Blut Liliths trinkend. Es war dieses Bild, das die überlebenden Vampire sahen, als sich der Blutnebel verzog. Es war in diesem Moment, in welchem sie Lilith von der Königin zur Göttin erhoben. Sie hatte sie alle verschont. Sie hatte sie alle auserwählt. Sie nahm das Blut der Ungläubigen in sich auf und purifizierte es. Einzig treue, handerlesene Anhänger der Lilie würden ihre Rückkehr überleben, und Lilith selbst würde ihnen das Geschenk der Macht geben, das Geschenk des Blutes. Die Vampire knieten sich ehrfurchtsvoll vor Lilith und ihren Geliebten und huldigten ihr.

Lilith wurde vom ungewöhnlichen Geflüster der anbetenden Vampire aus ihrer mentalen Umarmung des Bluttrinkens in die Gegenwart zurückgeholt. Sie öffnete die Augen und sah, wie sie sie anbeteten. Lyès und Armand ließen von ihr ab, als sie bemerkten, dass Lilith sich nicht mehr auf der gleichen Realitätsebene wie sie befand, und schauten sich um. Alle drei wollten ihren Augen nicht glauben.

„Lilith, oh unsere Göttin der Dämonen, Königin der Vampire! Sprich zu uns", sprach ein junger Vampir, als er sah, dass Lilith ihre Augen geöffnet hatte, „leite uns, befehlige uns! Wir sind deine getreuen Untergebenen. Wir werden dir überall hin folgen. Sag uns, was du von uns verlangst und wir werden es dir geben."

Lilith lächelte. „Meine Lieben! Ihr habt wahrhaftig verdient zu leben! Betet zu mir, wenn ihr wollt. Huldigt mir und folgt mir, die Wahl liegt bei euch. Doch wisset, dass ich eure Gebete nicht erhören werde. Ich werde keine Wunder vollbringen. Ich gebe euch keine Gebote. Tut, was ihr wollt! Lebt!" Da war sie, die Macht, nach welcher sie so gelechzt hatte! „Ich habe nur ein paar kleine … Bitten an euch." Die Vampire waren ein bisschen verunsichert nach ihrer Rede, und doch waren sie bereit, ihren Willen auszuführen. „Sprich, oh Lilith!" „Asmodeus, Armand und Lyès unterstehen meinem Schutz. Wer ihnen schadet, wer sie tötet oder versucht zu töten, wird es nicht überleben. Und glaubt mir, ich würde mich nicht mit einem schnellen Tod dieses Vampirs zufriedengeben. Ich würde ihn so lange am Leben halten wie nur irgendwie möglich, sofern man dies noch Leben nennen kann!" Die Menge erschauderte leicht. „Ich werde auch jeden Einzelnen töten, der es wagt, willenlose, lebende Vampire zu erschaffen. Diese Biester sind nichts wert, und ich will keine sehen. Jedes solche Wesen, das meinen Weg kreuzt, werde ich umbringen und seinen Erschaffer zerstören." Die Vampire nickten zustimmend. „Und bitte räumt mir diesen Dreck weg …", fügte Lilith noch hinzu, als sie den Raum betrachtete. Der Boden der Halle war mit Vampirleichen bedeckt, und sie begannen schon leicht zu miefen. Lilith betrachtete die Halle nochmals in Ruhe. Sie merkte sich jeden einzelnen Vampir, der sich im Raum befand, als sie plötzlich Asmodeus in einer dunklen Ecke sah. Er beobachtete sie aufmerksam. Sein Ausdruck gab nichts her. Lilith signalisierte ihm mit einer Kopfbewegung, ihr zu folgen, und bewegte sich mit Armand und Lyès in Richtung des Gemachs Asmodeus'. Sie wusste, er würde ihr folgen.

Letzte Worte

Lilith, Armand und Lyès hatten sich auf das Sofa und die Sessel gesetzt, als Asmodeus den Raum betrat. Lyès stand wutentbrannt auf: „Was hast du hier noch zu suchen?" Doch Lilith beruhigte ihn: „Ich habe ihn gebeten, uns zu folgen. Es wurde noch nicht alles gesagt." Lyès setzte sich zögernd wieder auf das Sofa neben Lilith. Asmodeus blieb stehen. „Was willst du wissen?", fragte Lilith Asmodeus. „Ich ... Deine Macht ... Ich wollte das Ausmaß der Zerstörung sehen", gab er zu. „Ich habe noch nie in meinen Tausenden von Jahren eine solche Macht erlebt." Asmodeus versuchte seine Gefühle zu verbergen, doch Lilith kannte ihn gut genug. Er konnte weder seine Angst noch seine Bewunderung vor ihr verbergen. „Bevor du gehst, musst du wissen, dass ich keine Feindschaft zwischen uns will", sagte Lilith, „und auch keinen Krieg. Beides führt zu nichts." Asmodeus zögerte: „Das kann ich dir nicht versprechen. Ich verstehe deine Entscheidung immer noch nicht, aber ich sehe, dass ich nichts gegen dich ausrichten kann. Deine Macht ist zu groß, aber ich werde mich deinem Willen nicht beugen. Zu viel Zeit habe ich an dich verschwendet. Die Ewigkeit ist eine sehr lange Zeitspanne ..." Seine Worte trafen Lilith hart, aber sie ließ sich nichts anmerken: „Ich liebe dich", erwiderte sie sanft, „ich habe dich immer geliebt." Asmodeus' Ausdruck wurde wieder ein bisschen weicher, er öffnete seinen Mund, als ob er etwas sagen wollte. Er erlangte aber schnell wieder die Kontrolle, sein Mund schnappte zu. Er drehte sich um, und wollte gerade den Raum verlassen, als Lilith ihn nochmals ansprach: „Asmodeus, bevor ich es noch vergesse, du wirst Armand und Lyès von nun an in Ruhe lassen. Du wirst keinen Finger auf sie legen, du wirst keine Drohungen mehr aussprechen. Du hast schon genug Schaden angerichtet." Asmodeus nickte kurz ohne sich umzudrehen, und verließ den Raum.

Lilith drehte sich wieder zu den Brüdern um, die sie ehrfürchtig ansahen. Beide wussten, dass die Person, die hier saß, nicht ihre Lily war. Es konnte sich auch nicht um Lilith handeln, davon waren sie überzeugt. Lilith wäre grausamer vorgegangen, hätte das Tor zu Yenne Velt geöffnet und hätte sicherlich keine Spaltung zwischen ihr und Asmodeus bewirkt.

„Wer bist du?", fragte Armand. Seine vorherigen Zweifel hatten sich nicht in Luft aufgelöst. „Ich bin Lilith, die Göttin der Dämonen", war alles, was sie sagte. „Aber was ist passiert?", fragte Lyès sie. „Im ersten Moment bist du noch die normale Lily und im nächsten tauchst du mit Asmodeus an deiner Seite auf und nennst dich nur noch Lilith …" Lilith sagte vorerst nichts, sie grinste ihn einfach nur an. Ihre Augen funkelten. Nach einem Moment der Stille realisierte Lyès, dass sie nichts weiter zu ihrer Person sagen würde, grinste frech und lehnte sich ins Sofa zurück. Bevor Armand eine weitere Frage stellen würde, die sie nicht vorhatte zu beantworten, ergriff sie das Wort. Die Brüder hatten sich zwar in den letzten paar Stunden nicht gestritten, aber es war klar, dass Armand sich seinem Bruder gegenüber nicht erwärmen würde. Lilith musste eingreifen: „Lyès, ich denke es ist an der Zeit, dass du Armand deine Geschichte erzählst." Lyès verging das Grinsen. Er schaute Lilith ernst an und nickte zustimmend, doch Armand verstand das Ziel dieser Übung nicht ganz. Er sah in Lyès immer noch den bösen Zwillingsbruder, der Markus und ihren Vater getötet hatte. „Was soll das Ganze?", fragte er verärgert. „Ich will nichts über ihn hören. Ich kenne seine Geschichte. Ich will wissen, was mit dir passiert ist, Lily." „Lilith", korrigierte sie ihn automatisch. „Es ist nicht immer alles, wie es scheint. Es wird Zeit, die Vergangenheit hinter dir zu lassen." Armand war immer noch nicht begeistert, doch wenigstens äußerte er seine Einwände nicht, und Lyès erzählte ihm, was damals wirklich passiert war.

Lilith hörte nicht wirklich zu, sie kannte ja schließlich beide Versionen. Sie träumte ein bisschen vor sich hin und genoss die Gegenwart von Armand und Lyès.

Es fiel Armand nicht schwer, Lyès zu verzeihen. Es gab ja nichts zu verzeihen! Lilith hörte vergnügt zu, wie die beiden in gemeinsamen Erinnerungen schwelgten. Sie war erleichtert, dass sie wieder zueinandergefunden hatten.

Lilith beschloss, dass es Zeit war, sie alleine zu lassen. Als sie aufstand, unterbrachen die Zwillinge ihr Gespräch und wie richtige Gentlemen standen sie auch auf. Lilith lächelte, trat zu Armand, und umarmte ihn. Sie streckte sich auf ihre Zehenspitzen und er kam ihr ein wenig entgegen. Sie flüsterte ihm „Ich liebe dich" ins Ohr und küsste ihn kurz auf die Wange. Lilith drehte sich zu Lyès um, er grinste. Seine Augen glitzerten. Sie waren voller Lebensfreude. Sie trat vor ihn, griff in seine Haare, zog seinen Kopf zu sich runter, schaute in seine Augen, die voller noch zu entdeckender Geheimnisse schienen, und wiederholte nochmals dieselben Worte: „Ich liebe dich." Lilith küsste Lyès auf den Mund. Es war ein süßer Augenblick, in welchem sie ganz kurz die Welt um sich herum vergaß. Erst Armands Räuspern vermochte den Kuss aufzulösen. Beide schauten ein wenig schuldig zu ihm rüber. Er grinste!

Epilog

Der Anfang

Mit leichtem Herzen und einem Lächeln im Gesicht verließ sie den Raum. Lilith trat in das Pfeffergässlein hinaus. Es war früh am Morgen, die ruhigste Stunde der Nacht. Der Himmel war bewölkt und der Regen fiel leicht vom Himmel. Sie atmete die kalte Novemberluft tief ein.

Lilith dachte nochmals über die Ereignisse des letzten Monates nach. Es fühlte sich nach einer viel längeren Zeit an. Sie wusste, sie würde sich noch an ihre neue Person gewöhnen müssen. Es war zu verwirrend, gleichzeitig die achtzehnjährige Lily und die über zweitausend Jahre alte Lilith zu sein. Doch die Grenze zwischen den unterschiedlichen Erinnerungen und Erfahrungen zerfloss stetig. Bald würde sie nur noch sie selbst sein. Welche Erleichterung!

Lilith dachte an ihre drei Teile. Sie war tatsächlich dreigeteilt gewesen, ihre Seele und ihr Herz!

Ihre Seele war jetzt eins, ihr Herz aber nicht. Sie würde Asmodeus, Armand und Lyès immer in ihrem Herzen tragen, sie behüten wie einen Schatz.

Jedoch nur zu Lyès würde sie zurückkehren!

Asmodeus lag zu weit in ihrer Vergangenheit, er konnte die Zukunft nicht mir ihr teilen. Trotzdem schmerzte der Abschied. Seine verletzenden Worte rangen noch immer in ihrem Kopf.

Und Armand, der sanfte Armand! Sie würde ihn immer lieben, doch er erkannte sie nicht. Lilith wusste das. Er konnte seine Liebe nicht auf Lilith übertragen. Sie konnte damit leben, schließlich durfte sie ihn trotz allem in ihrem Leben behalten!

Lilith wusste, dass sie Lyès, Armand und Asmodeus wiedersehen würde. Die Ewigkeit war eine lange Zeit, und die wollte sie auf keinen Fall allein verbringen!

Fröhlich pfeifend und voller Zuversicht ließ sich Lilith in einem gestohlenen Boot flussabwärts treiben.

Eines Tages würde sie zurückkommen. Eines Tages würde sie sich mit Armand und Lyès hier niederlassen. Noch war es zu früh! Sie war jung, mächtig und hatte alle Zeit der Welt! Sie hatte Drohungen auszustoßen! Versprechen wahrzumachen! Sie war die Königin der Dämonen, Göttin des Ordens der Lilie – sie war Lilith!

Anhang

Die Prophezeiung der Lilie

Im Mittelpunkt der Welt,
in der Stadt, in welcher Marduk regierte,
ward geboren ein machtsüchtiger Mann.

Asmodeus hieß er,
der durch dunkle Kräfte erlangte das ewige Leben.
Durch Blut ward er geschaffen
und durch Blut ward er genährt.

Nach jahrzehntelanger Herrschaft des Todes und des Blutes,
der Dämonenkönig seine Königin fand.
Der Königin Rachsucht übertraf bei Weitem die seine,
sie befahl ihren Dämonenausgeburten, die Lande zu überfallen.

Eines Tages trat eine Zauberin vor die Königin heran und
sagte:
„Dein Untergang werd' ich sein, und Deiner auch, mein
König.
Ohne Opfer ist's nicht möglich,
doch aus dieser Welt werd ich Dich verbann'."

Die Königin nahm den Kampf höhnisch an und verlor ihn
grimmig.
Doch einen Fluch warf sie vor ihrem Tod:

„Meine Seel' in Dir und Deinen Töchtern folgend,
bis der Tag kommt, an dem Ihr seid wie ich.
Zu neuer Macht ich dann erwach'
und die Welt erneut zu meinen Füßen liegen wird."

Tot ist die Königin und Asmodeus' Herz zerrissen
die Zauberin nun ihre letzten Worte äußert:
„Ausgeschlossen seid Ihr aus Yenne Velt, mein König,
auf ewig allein auf Erden wandelnd,
auf der Suche nach dem was Euch ward entrissen."

Nach diesem zweifelhaften Siege die Zauberin nach Hause geht.
Ihre Tochter vorgewarnt, sie der Tod jetzt findet.

Bis zum heut'gen Tage Asmodeus allein in der Welt
'rumirrt,
zu dem Tage an dem der König selbst nach Hause find't.

Danksagung

Ich möchte mich bei meiner Familie für die zahlreichen Telefonate bedanken; bei Marie-Pierre für ein scheinbar nie endendes Management, bei Erwin, der seit über fünfzehn Jahren an dieses Buch geglaubt hat, bei Rémy für die Unterhaltung, bei Raphaël für logisches Denken in fremden Welten, bei Joël für seine Verfügbarkeit.

Bei Jenny – sie weiß wieso! Bei Seu-Jhing, Noëlle und Andrea, die mir den richtigen Weg gezeigt haben. Bei meinen Freunden: meinen ersten Fans!

Bei Roland, ohne den es dieses Buch vielleicht nie gegeben hätte. Bei Susanne für die Durchsetzung dieses Projektes. Bei der Johanniter Café-Bar und ihrem geduldigen Besitzer Aziz. Bei all den lieben Menschen, die mich mit ihrem Interesse, Enthusiasmus und ihrer Begeisterung angetrieben haben.

Des Weiteren möchte ich mich auch bei folgenden Personen für die Lieferung von Informationen bedanken: bei altbasel.ch und dessen Verwalter, Bibliothekar und Begeistertem der Geschichte des alten Basels, Roger Jean Rebmann. Bei Heinz Schindler, von der Stadtgärtnerei Basel-Stadt, für die Auflösung einer Knacknuss.

And last, but not least möchte ich mich bei den Erfindern und Vertreiber von koffeinhaltigen Softgetränken und von taurinhaltigen Energy Drinks herzlich bedanken. Ohne ihre Produkte wäre dieses Buch wohl erst in zehn Jahren entstanden!